走出非洲：
美国黑人文学变奏曲

丁月霞　著

山西出版传媒集团
山西经济出版社

图书在版编目（CIP）数据

走出非洲：美国黑人文学变奏曲 / 丁月霞著 . —
太原：山西经济出版社，2019.12
ISBN 978-7-5577-0620-3

Ⅰ．①走… Ⅱ．①丁… Ⅲ．①美国黑人—文学史—研
究 Ⅳ．① I712.09

中国版本图书馆 CIP 数据核字（2019）第 283226 号

走出非洲：美国黑人文学变奏曲
ZOUCHU FEIZHOU MEIGUO HEIREN WENXUE BIANZOUQU

著　　者	丁月霞
责任编辑	司　元
特约编辑	张素琴　张玲花　许　琪　庄凌玲
装帧设计	崔　蕾

出 版 者	山西出版传媒集团 · 山西经济出版社
地　　址	太原市建设南路 21 号
邮　　编	030012
电　　话	0351-4922133（市场部）
	0351-4922085（总编室）
E—mail	scb@sxjjcb.com（市场部）
	zbs@sxjjcb.com（总编室）
网　　址	www.sxjjcb.com

经 销 者	山西出版传媒集团 · 山西经济出版社
承 印 者	北京亚吉飞数码科技有限公司

开　　本	787mm×1092mm　1/16
印　　张	15.75
字　　数	204 千字
版　　次	2020 年 3 月　第 1 版
印　　次	2020 年 3 月　第 1 次印刷
书　　号	ISBN 978-7-5577-0620-3
定　　价	98.00 元

前　言

　　16 世纪初期,为了满足欧洲市场的需要,美洲不断扩大甘蔗种植园的规模,造成种植园劳动力紧缺。为了满足种植园主的劳动力需求,非洲黑人被源源不断贩卖到美洲为奴。从此,在美国的黑人奴隶逐渐形成了一个团体乃至一个民族——美国黑人。事实上,美国黑人并不是都来自同一地域,也没有相同的种族文化,但同样的肤色、同样的种族歧视与压迫,使得他们萌发了"同病相怜"的民族认同感。他们被迫失去了自己的传统文化,但又被美国主流文化所隔离,这使得他们在文化生活上处于一个暂时真空的状态。为了改变这一状态,美国黑人作家通过自己的创作来探寻身份、追求尊严,创造出了辉煌的成就。可惜的是,在美国文学中,美国黑人文学一直处在边缘地带,尤其是在正统的美国文学史中,美国黑人文学曾长期处于"缺席"的状态。为了在美国文学中赢得一席之地,美国黑人作家们在不断努力,直到 1993 年,美国黑人小说家托妮·莫里森荣获诺贝尔文学奖,美国黑人文学自此才逐渐进入了美国文学的主流视野。

　　一直以来,学界比较重视美国文学的总体研究,对美国女性文学的研究也较为丰富,唯独对美国黑人文学的研究较为稀缺。事实上,美国是一个由移民组成的国家,是一个多元文化共生的国家,在美国,黑人是一支庞大的队伍,黑人文学也是美国文学的重要组成部分,对其进行研究意义非凡。基于此,作者立足于美国黑人文学出现的历史背景,撰写了《走出非洲:美国黑人文学变奏曲》一书,对美国黑人文学发展历程进行研究,探讨美国黑人文学的创作主题与特点。

　　本书以时间为顺序来研究美国黑人文学的发展历程,共有六章内容，除第一章从非洲文明与奴隶制、当时的美国社会背景与美国对非洲的殖民侵略、美国黑人早期口头文学和书面文学这四个方面来分析美国黑人文学的萌芽之外，其余五章分别从历史背景，本时期美国黑人文学发展概况，本时期黑人诗歌、小说、戏剧和散文具体创作情况等方面对内战前的美国黑人文学、内战后的美国黑人文学、二战结束前的美国黑人文学、二战后至20世纪70年代的美国黑人文学、20世纪80年代后的美国黑人文学进行具体的分析探讨。全书逻辑严谨，脉络清晰，叙述流畅。希望本书的出版，能够为美国黑人文学研究提供一些新的思考方向。

　　本书在撰写过程中，参考了美国黑人文学研究方面的相关著作，也引用了不少专家和学者的研究成果，在此一并表示衷心的感谢。由于时间仓促，作者水平有限，书中难免存在一些疏漏与不妥之处，还请广大读者提出宝贵意见，以便本书日后的修改与完善。

作　者

2019 年 8 月

目　录

目 录

第一章 美国黑人文学的萌芽

美国黑人文学自从美国文学发展的初期就开始形成,最早可以追溯到 18 世纪的奴隶叙事。早在 1526 年第一批非洲黑奴便被运到北美,然而直到 200 多年以后非裔美国人才开始其文学创作。最早主要有自传性的被称为奴隶叙事的作品,着重反映美国黑人在精神和身体两方面从奴隶到自由人的变化过程。早期非裔美国文学的口头作品和书面作品是早期非裔美国人智慧的结晶,对非裔美国文学的发展有着重要的影响,非裔美国作家也把这些萌芽阶段的文学作品视为文学创作的宝贵源泉之一。本章就萌芽时期美国黑人文学的相关状况进行阐述。

第一节 非洲文明与奴隶制

一、非洲文明

反观人类起源史和古代非洲文明史,我们可以更好地认知美国的黑人问题和非裔美国文学的形成与发展。现在的非裔美国史都习惯追溯到古老的非洲,乐于把黑人民族与非洲联系起来。从"非裔美国人"这一术语,就可以看到黑人的文化传统中有一部分是与非洲文明紧密联系在一起的。

非洲大陆的面积有三千多万平方千米,大约是亚洲大陆面积的三分之二。大约 16 万年前,人科动物的祖先就生活在非洲,在进化过程中,只有后来被称之为"人"的人科动物能够习惯于两脚直立行走，制造劳动工具，根据需要取水，使用语言，设法取火；这些能力的获得为他们的进化提供了前提和基础。经过优胜劣汰，这些人科动物慢慢进化成现代人，早期的人为了寻找更好的生存环境，开始成群结队，不断向外迁徙，有的来到中东地区，有的来到欧洲，有的来到澳大利亚，有的来到中国。来到中国的那部分人中又分离出一部分人越过白令陆桥进入北美大陆；其中又有一部分人离开北美大陆，继续往南，进入了现在的南美大陆。

由此可见，非洲大陆是人类文明最早的发源地之一。最早的人类肤色都是黑色的，肤色的深浅程度随着他们向世界各地迁徙的情况而发生变化。总的来讲，他们越往北走，肤色就变得越浅，渐渐变成白肤色；如果他们的居住地越靠近赤道，肤色就显得越深。随着时光的流逝，人的肤色分化越来越明显，就有了白种人、黄种人和棕色人，而留在非洲大陆的人仍然保留着原来的黑肤色。在古代，黑人享有很高的声誉，并受到各种肤色的人的尊重。黑人聚居的古埃塞俄比亚靠近现在埃及的南部地区，曾被誉为众神的度假胜地。

古埃及文明（公元前3500年至公元前600年）被公认为人类五大文明之一，其他四大文明分别是古巴比伦文明（公元前4000年至公元前2250年）、古希腊文明（公元前3000年至公元前1100年）、古印度文明（公元前2000年）和古代中国文明（公元前1600年）。长期被视为"黑色大陆"的非洲地区现在被公认为是人类最早开启智慧的地方，考古发现还揭示出黑人是古埃及文明的开拓者和强大古苏丹国的建设者。

非洲黑人文明是撒哈拉以南非洲黑人各民族在本土各个历史时期所创造的物质文明和精神文明的总和。金属冶炼、文字和城市遗址等在撒哈拉以南的非洲均已出现，这表明非洲大陆在远古时期已经从蛮荒阶段进入文明时代，非洲黑人文明的存在已经是一个不争的事实。从东非的奥尔杜瓦伊峡谷、撒哈拉的洞穴和尼罗河谷出土的骨头碎片和谷物外壳来看，古非洲人的文明程度大大超出了人们的估计。这为非裔美国人对其祖先的口头赞誉提供了实物佐证。

美国白人，不管其祖先来自何地，均把公元前 4 世纪的古希腊人或古罗马人当作自己的文化祖先；与之相对应的是，非裔美国人把古埃及人视为自己的祖先。与此同时，近年来非裔美国学界把古埃及视为非洲古代文明的象征和非裔美国人祖先的发祥地。考古学家发现，古埃及墓碑或墓石上精美刻画的人物形象看上去的确很像黑人，于是，古埃及的灿烂文明就被非裔美国人视为自己民族的文化源头。

古埃及对地中海地区也有过重大影响。古埃及第 25 个王朝是最富有的朝代之一，位于现在的苏丹，其国王是来自库施王国的黑人。在现代社会，白人对古埃及文化的崇尚，也大大提高了非裔美国人的种族自尊心。19 世纪中期，照相术发明之后，印有金字塔和古埃及巨大墓石的图片广为流传，考古学家从埃及古墓发掘出的金银财宝和艺术品在美国和欧洲各地巡回展出，很受欢迎，使世界人民加深了对埃及文明或非洲文明的了解。非洲黑人文明是世界文明的一颗璀璨明珠，对人类文明的发展做出了巨大的贡献。

非洲大陆民族众多，各个民族都有自己的神话传说，分别讲述着世界、人类和民族的起源。他们把许多自然现象视为超人的神灵，塑造了食人怪兽、拟人化动物和英雄人物等各种形象，体现了非洲各族人民对自然界的敏锐观察力和伟大想象力。这些神话传说也随着非洲黑奴传入美洲，成为非裔美国文化的重要组成部分，对非裔美国文学的形成和发展有着重大影响。

二、大西洋奴隶制

在大西洋奴隶贸易开始之前，非洲大陆已进入奴隶制时代，奴隶买卖交易不仅在非洲大陆内存在，也有一些非洲奴隶被卖往欧洲或西亚。从第一批非洲人来到西半球的时间推算，奴隶制在非洲的建立已有 1000 多年历史。奴隶贸易跨过撒哈拉沙漠，进入红海地区，使得东非奴隶贸易持续了好几个世纪。1642 年哥伦布为西班牙王国发现了加勒比群岛，1500 年卡布拉尔为葡萄牙发现了巴西。这些海上探险和新大陆的发现，为以后大西洋奴隶贸易的出现铺平了道路。加勒比群岛和巴西地区适合开办大型甘蔗种植园，发展制糖业。欧洲对糖的需求量非常大；美洲的甘蔗种植园为了满足欧洲市场的需要，不断扩大生产规模，因此对劳动力的需求也不断扩大。1501 年欧洲殖民者第一次用船把非洲奴隶从西班牙运到美洲大陆，紧接着 1505 年又把第二批奴隶运到美洲。直到 1518 年，才有奴隶直接从非洲被运到加勒比群岛。加勒比群岛种植园刚开办时，使用了大量的土著印第安人，但到了 16 世纪中期，欧洲人和非洲人带来的传染病在加勒比群岛流行，许多印第安人死亡，种植园劳动力更为紧缺。为了满足种植园主对劳动力的需求，非洲黑人被源源不断地掳到美洲，被迫为奴。于是，非洲人代替土著印第安人，成为北美大陆的主要劳动力。17 世纪中期，荷兰人以低价向美洲倾销奴隶，导致奴隶贸易量大增。1650 年至 1700 年期间，英法两国的奴隶贩子，获得皇家授权，组建从事奴隶贸易的公司，从利物浦、南特和其他大西洋港口调集船队，专门从事奴隶贸易。最后，英法奴隶贩子击败了荷兰，在奴隶贸易中独占鳌头。

大西洋奴隶贸易从 1501 年一直延续到 19 世纪中期，美国内战（1861—1865）结束后，个别地区仍有人从事奴隶贩卖活动。通过大西洋的中间通道卖到美洲的非洲奴隶总数至今还没有一个确切的统计数字。大多数奴隶来自西非的沿海地区。从非洲西海岸到美洲大陆东海岸之间的跨大西洋航程，一般被称为"中间通道"，实际上这是一条充满噩梦和罪恶的水上通道，因为所有被掳的非洲黑奴都是通过此航线运往美洲各地的。当时的船只按上船奴隶的数量从奴隶贩子那里收取费用，对于贪婪的船主而言，多装一个奴隶就意味着多赚一份钱，而船上奴隶的死亡是奴隶贩子的损失，与船主无关。因此，船主总是千方百计地超载，以追求经济利润的最大化。装载更多的奴隶意味着赚取更多的运费。由于装运的奴隶过多，奴隶在船上几乎没有站、坐或躺的足够地方，奴隶被两个两个地拴在一起，手脚都被链子锁着，连微微伸展四肢的空间都没有。船上的人员拥挤和恶劣的卫生状况经常引起疾病的爆发和传染病的肆虐。奴隶在运输过程中死亡率之高，令人触目惊心。大约90%从"中间通道"幸存下来的非洲黑人被送往巴西和加勒比海热带地区的甘蔗种植园当奴隶。由于所需奴隶可以通过"中间通道"得到源源不断的补充，种植园主为了经济利益，驱使奴隶拼命干活，大量黑奴被活活累死，黑奴生育子女的可能性非常小。大西洋奴隶贸易给非洲大陆造成严重的人口生态失衡，并形成了一个可怕的供需轮动链条：一批奴隶在美洲大陆累死；随后，新一批非洲大陆的黑人就会被贩卖，以填补空缺。

大西洋奴隶贸易是人类历史上值得注意的人口大迁移之一，在这个奴隶贸易中出现的残忍和野蛮事件罄竹难书。

第二节　当时的美国社会背景与美国对非洲的殖民侵略

18世纪40年代以前，直接从非洲运到北美英属殖民地的黑奴很少。北美的黑人和白人之间的关系是奴隶与主人之间的共生关系，白人文化占绝对主导地位。18世纪40年代以后，大量非洲人被奴隶贩子通过大西洋的"中间通道"直接从非洲贩运到北美，他们的到来给北美英属殖民地造成很大的非洲文化影响，其文化自治愿望也越来越强烈。

北美英属殖民地从非洲进口黑奴的数量从18世纪末开始减少，他们分布在刚诞生的美利坚合众国的北部、西部和南部。1799年约70%的非裔美国人出生在美国。19世纪初，几乎整个美国的黑人都是在美国出生的，而且不少人的父母，甚至祖父母也是在美国出生的。在黑奴进口数量减少的同时，欧洲白人移居美国的数量却急剧增加，因此，在美国土生土长的黑人数量有超过土生土长的美国白人的趋势。

18世纪中期，奴隶制已成为美国经济体制的重要组成部分，但种族问题并未能成为当时社会的主要矛盾。北美殖民地的民众和政治家正忙于从事争取北美13个殖民地获得独立的政治斗争和军事斗争，无暇顾及日益尖锐的种族矛盾。尽管如此，当时还是出现了反对奴隶贸易的抗议声，一些殖民地甚至采取对奴隶进口征收高额税收的办法来予以抑制；一些宗教团体，特别是贵格会，公开质疑一个人奴役另一个人的合法性和合理性。随着北美资本主义的发展，美国南方和北方对待黑奴制的态度逐渐产生差异：南方种植园从事劳动力密集型生产，需要大量使用黑奴，而北方主要从事工业生产，相比之下使用的黑奴并不多。但是，社会上尚未出现成熟的废奴思想和声势较大的废奴运动。

18世纪中后期，随着种族冲突的不断激化，种族界限更加严格，对奴隶的管理体制也更加残酷。早在17世纪60年代，殖民地立法机关就通过了一些法规，把"非洲人"等同于"奴隶"，使美国奴隶制合法化。这些合法化措施渐渐发展成为独特的"奴隶法令"，授予奴隶主对奴隶的绝对控制权和处置权。

在美国南方的奴隶制下，奴隶在种植园里过着生不如死的生活，但在个别地区，奴隶可以享有一些自治的权利和一定限度的自由。在南卡罗来纳的查尔斯顿，有些奴隶主允许奴隶保留小块自留地，用来种植蔬菜或其他作物，获得的收成或卖了作物的钱归奴隶自己所有；在个别乡镇，善于经营的奴隶甚至垄断了当地的市场，并取得相当的经济独立地位。此外，在奴隶主的授权下，一些黑奴参与海上和陆上的运输业，对南卡罗来纳的经济发展产生了不小的影响，使这一地区经济繁荣程度可以与新英格兰地区媲美。这些奴隶商人和从事技术工作的奴隶积攒了足够的钱后，可以用钱购买自己的自由。购买自由这一机会的出现动摇了美国南部地区把奴隶与肤色画等号的习俗和惯例。

1763 年"七年战争"① 结束后,英国与其北美殖民地的关系更加不稳定。当时的政治形势对奴隶制的存留问题产生了重大影响。黑奴之间相互传递殖民地政局不稳的信息,很多黑奴跃跃欲试,想利用这个时机解决自己的自由问题。当时的革命思想启蒙了非裔美国人的政治觉悟,他们与白人在奴隶制问题和种族问题方面的斗争越来越尖锐。

1783 年北美 13 个殖民地在乔治·华盛顿的领导下,经过浴血奋战,赢得了独立战争的胜利,成功摆脱了英国的政治和经济控制。非裔美国人虽然在国家层面上的废奴工作未能获得成功,但在局部地区争取自由的斗争取得了不小的成就。为了争取南方各州加入联邦,美国宪法的制定者在宪法中写进了保护奴隶制的几个条款,特别是臭名昭著的《五分之三妥协案》。这个妥协案规定在计算选票时一个奴隶可以算作五分之三个人。然而,黑奴并没有获得真正意义上的选举权。与此同时,宾夕法尼亚和纽约的废奴主义者,在北美最大的反对奴隶制的宗教团体贵格会的支持下,发出号召,要求各州渐渐废除奴隶制。其中以"道德说服"而著称的渐进方式在实践中获得了重大成功,改变了许多白人政治家和白人民众对奴隶制问题的看法。1777 年弗蒙特宣布禁止奴隶制;1780 年宾夕法尼亚通过了废奴法案;之后,罗德岛在 1784 年、康涅狄格在 1784 年和纽约在 1799 年相继宣布废除奴隶制。虽然法令获得通过,但是大量奴隶并未被释放使

1783 年《巴黎条约》② 签订后,美国南方遭遇了严重的经济萧条。烟草种植遭到土力耗尽和市场饱和的双重打击,稻谷和靛蓝的生产几乎无法为种植园主带来利润。种植园对奴隶的需求骤然缩减,市场上的奴隶价格持续下降,奴隶制似乎要寿终正寝。但奴隶主不愿束手待毙,还苦苦支撑。1793 年轧棉机的发明使

① "七年战争"是法国和印第安人于 1754 年在北美爆发的一场重要军事冲突,于 1763 年结束。

② 《巴黎条约》于 1783 年 9 月 3 日签订。北美 13 州邦联议会于 1784 年 1 月 14 日批准了该条约,英国国王于 1784 年 4 月 9 日批准该条约,正式结束大不列颠联合王国和美利坚合众国之间的战争。此条约标志着英国正式承认美国独立。

南方种植园经济的发展出现了转机。轧棉机极大地提高了棉铃处理和棉花生产的效率，刺激了棉花的种植园经济，使得棉花很快成为美国南方最重要的农产品，改变了美国南方的经济结构和美国南方的历史。轧棉机的出现一方面促进了南方农业的发展，另一方面也引起种植园对劳动力的需求增大，激活了快要倒闭的美国奴隶交易市场，导致成千上万的非洲人源源不断地从非洲被贩卖到北美为奴，垂死的奴隶制又复活了。

美国高涨的革命精神与当时奴隶制的社会状况是格格不入的。许多革命领导人意识到黑人动产奴隶制与他们的革命主张不相容。他们反对英国乔治三世的主要理由之一就是国王支持国际奴隶贸易。本杰明·富兰克林也反对奴隶制。1790 年，富兰克林还呼吁第一届美国国会应尽一切努力督促奴隶主减轻对奴隶的剥削和压迫，让奴隶得到更多的人身自由。

反对奴隶制的呼声在立法方面也产生了积极的影响。美国独立战争爆发时，北美 13 个殖民地都存在奴隶制问题。25 年后，所有的州，包括佐治亚和南卡罗来纳，都立法废除了国际奴隶贸易。1787 年大陆会议禁止在《西北法令》适用地区实施奴隶制。在马里兰、特拉华和弗吉尼亚的梅森—迪克森分界线以南地区，也出现了一些废除了奴隶制的地方。

独立战争对黑奴反对奴隶制的斗争产生了很大的影响，给他们提供了挑战动产奴隶制的机会，有助于削弱按白人至上论建立起来的社会体系。除了当时的革命思想，基督教的福音传道遍布各个殖民地，宣传上帝关于人生而平等的思想，与革命的理想主义遥相呼应，向各地政府施加了不小的压力。在美国北方的殖民地，革命思想和革命活动对非裔美国人生存状态的改善产生了积极的巨大影响。美国革命打击了北方奴隶制的发展，北方奴隶制问题得以分步骤解决。北方先是重新定位奴隶制的合法性，然后默许一些奴隶在北方的存在，最后彻底废除奴隶制。独立战争期间，北方的英属殖民地都颁布了奴隶解放计划。

独立战争胜利后，由于黑人政治权利被白人统治者剥夺，废奴运动遭到重创。不过,这场革命极大地启发了美国黑人的政治思想觉悟,他们认为《独立宣言》所揭示的真理不是白人政治家所能否认或曲解的,坚信自己在上帝面前与白人是平等的,确信"生命权、自由权和追求幸福生活的权利"不仅是白人的专利,而是所有美国人(包括非裔美国人)的合法权益。非裔美国人以《独立宣言》和《美国宪法》中关于人类平等和社会正义的理念为思想武器,与白人种族主义者做斗争,争取自己的合法权益。虽然非裔美国人没能获得真正的平等权,但是这两个法律文件给非裔美国人争取自由的斗争带来了巨大的希望,成为黑人与白人种族主义者进行斗争的有力武器。

第三节　美国黑人早期口头文学

在北美大陆的大多数英属殖民地,向黑奴传授文化知识是违法行为。因此,早期的非裔美国文学是从口头文学开始的。非裔美国人为了缓释在奴隶制下生存的无奈和痛苦,创造出口头文学和书面作品来表达自己的喜怒哀乐或对美好生活的向往。口头文学阶段是非裔美国文学传统形成的重要阶段,一般认为早期口头文学对后来书面作品中的主题构思、人物塑造、艺术手法、价值观和文体建构等都有着重大的影响。早期非裔美国文学传统来源于非洲黑人文化与美国白人文学的融合。也可以说,非裔美国文学是在多重文化的熏陶和融合中发展起来的,白人文化的影响与非裔美国口头文学传统时常碰撞,产生的张力一直影响着非裔美国文学的发展。非裔美国文学传统是非洲根文化与欧洲文化相融合后产生的新文化传统,并且以灵歌、世俗歌曲、布道和其他口头形式留传于世,以幽默、轻快和悲情为主旋律,勾勒出美国黑人种族的自画像——勤劳、勇敢和聪明。早期的非裔美国文学直接或间接地反映了非裔美国人的奴隶生活,这些口头形式的文学有助于表达当时黑奴们的人际关系、欲望和恐惧,消解他们在生活中遇到的迷惘和痛苦,同时也有助于表述他们来到北美大陆后新形成的文化见解、社会习俗和宗教思想。早期非裔美国口头文学的主要形式有民间传说、吼叫声和劳动歌曲、歌谣和灵歌。

一、民间传说

早期非裔美国人的民间传说包含了不少非洲大陆世代相传的古老传说。这些故事有的像寓言,有的讲述历史,有的只为逗趣,黑奴流传的口头传说通常颂扬某个伟大的民族或某位英雄人物,蕴含丰富的哲理,有些故事还含有对自然现象的解释。在早期非裔美国人中流传的民间传说常被用来解释一些社会现象,表达黑奴们认同的价值观和伦理道德。

美国南方黑奴中流传的大多数是关于小动物用诡计和智慧战胜更凶猛动物的故事,与非洲民间传说有着非常明显的联系。足智多谋的非洲“兔子”和“乌龟”成了北美黑人奴隶母亲经常讲给孩子们的故事的主角。在这些故事里,黑人母亲教孩子们怎样用传统的智慧从奴隶制的压迫中寻求生路,向下一代传播黑人祖祖辈辈所认同的道德价值观和行为规范,揭示自然现象,同时也让孩子们从这些故事中得到娱乐和启迪。有些民间传说反映了非洲文化启蒙,还有不少民间传说试图解答关于宇宙起源的问题,或解答生存环境是怎样形成的问题。

传到新世界的非洲民间传说主要是有关兔子、乌龟和柏油娃娃的系列动物“机灵鬼”故事。在奴隶们讲述这些故事时,足智多谋的“机灵鬼”非洲兔成为最受欢迎的“兔子兄弟”,而聪明的非洲龟却被演绎成美国神龟的变种。以非洲原型为基础,这些动物“机灵鬼”不仅智胜比它们强大的动物来谋取食物或求生,而且还以此来追求人类社会常见的其他欲望,如权力、地位、财富、幸福和性伴侣等。故事“为什么兔子跑了？”就包含有柏油娃娃故事的基本成分。在奴隶版的故事里,兔子也遭受和母羊一样的命运：兔子搬起石头砸自己的脚,为算计其他动物做了柏油娃娃,自己反被粘上了。

在"机灵鬼"系列动物故事(如"十足的庄稼"和"为什么鳄鱼兄弟的藏身之处如此粗硬?")里不仅有说明解释,而且还有心理分析。擅长计谋的动物(像"约翰故事系列"中"交换梦想"里的奴隶一样)象征美国的黑奴,如愿以偿地战胜了虐待非裔美国人的那个"奇怪制度"。

如果非裔美国人想在美国奴隶制下寻求生路,他们就不得不掌握成为杰出"机灵鬼"所使用的策略和方法。以兔子兄弟为中心人物的系列民间故事所传授的就是这方面的经验。在非裔美国口头文学的"机灵鬼"传统里,狡猾的诡计隐含在娱乐性的讽喻故事里,故事的矛头都是指向欺凌黑人的白人。在废除奴隶制之前,这个口头文学传统就已经存在;在废除奴隶制之后,美国南方的种族歧视仍然猖獗,非裔美国口头文学中的"机灵鬼"传统继续发展,影响了一代又一代非裔美国人。

像斯戴卡里之类的"黑人坏蛋"形象在殖民地后期的民间传说里很常见,尤其在北方的黑奴口中广为流传。这些故事把斯戴卡里描写成下层社会的一名城市黑人,他为达到目的不择手段,把女人视为自己要征服、羞辱和控制的敌人,而不是爱恋的伴侣。出于对奴隶主、私刑和法制的惧怕,黑人母亲通常教育自己的孩子要戴假面具,要压抑自己的男性欲望和冲动,以免招来杀身之祸。

非裔美国民间传说中有不少非洲黑奴为反抗终身奴役而臆想出的复仇故事。总体而言,这些民间传说为非裔美国文学传统的建立奠定了坚实基础。虽然这个时期的非裔美国文学还处于口头阶段,但黑奴们的思想和意识在后来非裔美国文学书面阶段的形成和发展中起着重要的作用。

二、吼叫声和劳动歌曲

吼叫声是非裔美国民歌的一个重要特色。非裔美国民歌形式,特别是劳动歌曲,与非洲文化成分有着非常明显的关联。奴隶们终年从事体力劳动,如划船、装卸码头、剥玉米、稻谷脱粒、推磨、纺纱织布等。为了消解繁重、枯燥的体力劳动带来的乏味与疲劳,黑奴们创造了合乎劳动节拍的伴唱或伴奏,这是最早的非裔美国民间音乐形式。这些劳动歌曲含有许多尘世音乐的成分,如讽刺、批判、赞扬、嘲讽、流言蜚语和抗议。

与其非洲祖先一样,北美殖民地的黑奴们也爱随着劳动的节奏唱歌。奴隶工人在安放铁轨时、在给铁轨上铆钉时、在抬重物时,都会用喊劳动号子的方式来缓释劳动强度。当奴隶工人在抡起铁锤唱歌时,其歌声总是伴随着铁锤落下发出的"当当"声。在下面这首劳动歌曲里,一名黑奴铁匠以幽默的方式边抡铁锤边唱道:

> 它不会杀我,宝贝,它不会杀我。
> 拿着这个铁锤——哈
> 拿去交给船长
> 告诉他我走了,宝贝,
> 告诉他我走了。

在这首劳动歌曲里,奴隶歌手把自己比作铁锤,以轻快的方式消解内心的苦闷。

在美国南方,黑奴在种植园里干活时也喜欢唱劳动歌曲,以此来缓解生活的痛苦和不幸。例如,这首采棉花的劳动歌曲:

> 跳下去,转一圈,采摘一大包棉花。
> 跳下去,转一圈,一天摘一大包。
> 跳下去,转一圈,采摘一大包棉花。
> 跳下去,转一圈,一天摘一大包。
> 啊,上帝呀,一天采摘一大包呀!
> 啊,上帝呀,一天采摘一大包呀!

　　我和我的女儿能采摘一大包棉花，
　　我和我的女儿能一天摘一大包……
　　我和我的妻子能采摘一大包棉花，
　　我和我的妻子能一天摘一大包……

　　我和我的朋友能采摘一大包棉花，
　　我和我的朋友能一天摘一大包……

　　我和我的爸爸能采摘一大包棉花，
　　我和我的爸爸能一天摘一大包……
　　啊，上帝呀，采摘一大包棉花呀！
　　啊，上帝呀，一天摘一大包呀！

　　这首劳动歌曲的歌词重复率高，向上帝控诉的语气强，歌唱的速度随着歌手的情绪和劳动节奏的变化而变化，呈现了歌手在棉花地里艰苦劳作的情景，同时也流露了与自然亲近的生活情趣。

三、歌谣

　　歌谣类似叙事诗，一般在民间广为流传，唱的时候曲调重复，由短小简洁的诗节构成，通常带有叠歌。一些歌谣采集者很惊奇地听到非洲黑奴唱歌谣《我的家乡在伦敦》。其实，奴隶唱的这个歌谣是从白人那里学来的英格兰或苏格兰的传统歌谣。早期的非裔美国人并不满足于唱白人的歌谣，他们还创作了歌颂黑人英雄的歌谣。黑奴的歌谣颂扬黑奴心目中的英雄，如亡命之徒"斯达卡利"，半神话性质的"铁路比尔"和"夜盗军营仓库"的"坏蛋拉撒路"。其中，讲述"法兰克和约翰尼"事迹的民谣有无数个版本。法兰克和约翰尼，像民谣《凯西·琼》中的英雄一样，都是勇敢仗义的黑人，深受黑奴们的喜爱。下面便是一首歌颂黑人英雄的流行歌谣：

> 我是野黑小子比尔
> 来自里得·培帕尔。
> 我以前不想干活，将来也不想。
>
> 我杀死了老板。
> 我打倒了马。
> 我没用苹果酱生吃了鹅。
>
> 我就是逃跑了的比尔，
> 我知道他们想杀我
> 但是老默瑟尔没抓到我，他永远也抓不到！

这首歌谣赞誉了黑人比尔的大胆无畏。比尔是黑人勇敢和智慧的化身，他反抗奴隶主之举是其他黑奴一直想做却未做的事。

其他歌谣中的英雄人物虽然没有比尔那么大胆，但也反映了黑奴的反抗意图。《老狗布鲁》讲述了一条爬树狗的故事。这条狗把荣誉视为自己的生命，到死也坚守自己的名誉。早期黑奴把在生活中遇到的悲剧故事变成歌谣，像中世纪的吟游诗人一样，他们到处传播这些故事。

四、灵歌

灵歌指的是早期非裔美国人喜欢吟唱的宗教性民歌。灵歌深受《圣经》影响，讲述的是群体经历，其特色是以"呼唤与应答"方式来编排内容。而且，黑人灵歌在很大程度上倚重于《圣经》措辞和《圣经》思想。在白人的旧赞美诗集里也经常能看到许多与此相似的福音传道的赞美诗。这些灵歌具有较强的基督教色彩，表达了黑奴对来世的渴望和捍卫自我的抗争精神。

黑人对奴隶制的抗议还反映在像《玛丽，你别哭》和《去吧，摩西》之类的歌谣里。黑人的孤独感和无家可归感反映在使人难以忘怀的弦乐《我感觉像是个没有妈妈的孩子》《意味着自己的笑声》和《巴克赢得自由之法》等歌谣里。这些歌谣显现了黑奴的幽默感和抗争思想，也反映了早期美国黑人的生存状况。最著名的一首早期黑人灵歌如《去吧，摩西》：

> 去吧，摩西，
> 在埃及的土地上走下去
> 告诉老法老
> 放我的族人走。

> 趁希伯来人的故土还在埃及版图内的时候
> 放我的族人走
> 压迫太重，他们受不了
> 放我的族人走。

> 去吧，摩西，
> 在埃及的土地上走下去
> 告诉老法老
> 放我的族人走。

> "上帝这样说了，"摩西大胆地说，
> "放我的族人走；
> 如果不行，我会把你第一胎生出的人砸死
> 放我的族人走。"

> "他们不愿再在奴役中苦干，

放我的族人走；

让他们带着埃及的战利品离开，

放我的族人走。"

上帝告诉了摩西以后干什么

放我的族人走

引领以色列入的孩子们

放我的族人走。

去吧，摩西，

在埃及的土地上走下去

告诉老法老

放我的族人走。

　　这首灵歌借用了《圣经》里的故事：法老在古埃及把以色列人扣留下来做奴隶。摩西代表上帝的旨意，在古埃及向法老提出自己的严正要求，责令法老给予古以色列人自由，让他们回到自己的家乡。在这首灵歌里，黑人把自己等同于以色列人，坚信自己也是上帝的子孙。这首灵歌是黑人反对白人压迫、争取人身自由最强烈的呐喊。

　　对黑奴及其后代来讲，世俗灵歌和宗教灵歌的区别不大。宗教类灵歌也不仅是在教堂或宗教仪式上演唱，黑奴在劳动、娱乐、休息和周日祷告的时候都会唱。大多数黑人灵歌并不只是关于基督的，也讲述《旧约》中的上帝、上帝的门徒或其他人物的故事。黑人灵歌采用基督教故事中的人物意象，如摩西、约伯、丹尼尔、参孙和伊齐基尔等人物。

　　早在1700年之前，黑人就开始创作灵歌，并代代相传。黑人灵歌在形式、内容和演唱风格方面与非洲英雄史诗有许多共同之处。非洲口头史诗的构成要素是长篇叙事故事、赞美诗歌曲、圣歌、布道、祷告文和即兴演唱。灵歌也有冗长的史诗叙事、赞美诗、布道和祷告文、抒情歌曲和诗歌、经常也有即兴演唱。由此可见，黑人灵歌与古非洲历史有着不可分割的血肉联系。

第四节　美国黑人早期书面文学

最早的非裔美国文学作品可以追溯到1746年。早在1680年，英国圣公会牧师摩根·戈德温就声称非洲人不是人类，理由是非裔美国人不能像白人那样创作出文学作品。不过，即使在禁止黑奴学习文化知识的奴隶制时期，也有一些开明的奴隶主不相信非裔美国人没有掌握读写能力的智商；还有的白人通过以教授非裔美国人学文化的事件来做实验，检验非裔美国人是否能掌握英语。一般来讲，女奴隶主更热心于教授非裔美国人学识字。随着时间的推移，一些奴隶成功冲破白人的文化压抑和封锁，掌握了英语语言的阅读和写作，少数非裔美国人开始尝试着进行文学创作。获得文化教育机会的少数黑奴在文学创作中主要是从欧洲文学作品和非洲口头民间文学传统中吸收养分。在非洲传统文化里，音乐和诗歌是紧密连在一起的。早期的非裔美国作家以非洲根文化为文学创作的精神源泉，模仿欧美白人文学作品的表达形式，结合黑人对《圣经》神话和象征主义的独特见解，开始创作诗歌和散文来表达他们对世界的看法，也时常流露出对美国奴隶制的不满。更为重要的是，一些黑奴作家不仅叙述了自己的奴隶经历，而且还表达了废奴的思想。总之，早期非裔美国文学有两个基本主题：对基督教博爱精神的深信不疑和对自由平等的现实追求。早期非裔美国文学的主要体裁有诗歌和散文。

一、早期黑人诗歌

18世纪中叶是非裔美国诗歌形成的重要时期。这一时期的非裔美国诗歌刻意模仿英美白人的诗歌形式和诗歌传统，例如露西·泰莉模仿（Lucy Terry，1730？—1821）早期的英国民间歌谣；朱庇特·哈蒙（Jupiter Hammon，1711—1806？）模仿英国诗人的抒情诗和循道宗赞美诗；菲利丝·惠特莱（Phillis Wheatley，1753？—1784）模仿约翰·德莱顿和亚历山大·蒲柏等诗人的新古典主义诗歌。然而，在模仿的过程中，早期非裔美国诗人能动地加入了非裔美国文化元素，改进和发展了欧美文学的传统，创造出独特的诗歌形式。下面就泰莉、哈蒙、惠特莱的诗歌创作进行分析。

泰莉是非裔美国文学史上最早的非裔美国诗人。她童年时就被人从非洲卖到北美的罗德岛，然后又被转卖到马萨诸塞的迪尔菲尔德。1735年，5岁的泰莉接受洗礼，正式成为基督教徒。泰莉于1756年与自由黑人阿比加·普林斯结婚。由于她嫁给了自由人，根据当时的立法，她的孩子生下来就是自由人。从1762年起，泰莉一家居住在弗蒙特州，先是住在该州的吉尔福德，然后搬到尚德兰德，在镇上以房屋租赁为生，后来又搬回到吉尔福德。不久，普林斯去世。泰莉又回到尚德兰德居住。

泰莉的诗歌《巴尔斯之战》是迄今为止发现的最早的非裔美国文学作品：

8月，那是25号
1746年
印第安人设伏
一些很勇敢的人被杀死
他们的名字，我永远难忘
塞缪尔·艾伦像英雄一样战死了
虽然他勇敢无畏
他的脸，我们再也看不到了。
伊利亚撒·霍克斯被当场杀死
他还没来得及反抗
在他反抗之前，印第安人发现了，

被当即射杀。

奥利弗·安穆敦,被杀死了

带给朋友们的巨大悲伤和痛苦;

西米恩·安穆敦,他们发现他死了

被众多棍棒击中头部;

阿多尼加·吉勒特,我们听说,

失去了妻子,他很爱的妻子;

约翰·萨德勒尔从水上逃走,

躲过了这场恐怖的屠杀;

尤妮斯·艾伦看见印第安人来了,

为了活命,想逃跑,

她穿的衬裙太紧,迈不开步,

那些可怕的人没抓她,

而是举起战斧劈向她的脑袋,

她躺在地上奄奄一息;

小塞缪尔·艾伦,啊！前一天,

被送到了加拿大。

　　这首诗是泰莉目睹了一场印第安人伏击白人的事件后写下的。事件于 1746 年 8 月 25 日发生在迪尔菲尔德的一个被称为"巴尔斯"的地方,当地土话的意思就是"草坪"。在战斗中,土著印第安人打败了白人。这首诗描写出生动的视觉意象,文体清新,以喜剧般的冷讽叙述了整个悲剧事件。该诗可以看作是美国文学史上第一首用象征主义手法来描写的诗歌。这首诗歌是用押韵的四音步偶句诗体写成,经人们一百多年的口头相传,直到 1855 年才被乔赛亚·吉尔伯特·荷兰收录在其著作《西马萨诸塞之史》中。这首诗歌的重要性不仅在于以诗歌的形式表达故事内容,还在于它揭示了一些关于泰莉的个人信息和她对所述事件的态度。这首诗歌几乎可以看作是非裔美国文学书面创作的滥觞。

哈蒙出生在北美大陆的长岛。他是劳埃德家族的奴隶，伺候过这个家族的祖孙三代。劳埃德家族是长岛昆斯村的大地主。据哈蒙所述，劳埃德家族的人都对他很好，鼓励他发挥文学才干。哈蒙写了不少宗教劝说类的诗歌，在奴隶中的威望也很高，被称为"奴隶传教士"和"领头人"。哈蒙的第一首诗《夜思：以忏悔的哭泣声赢得上帝的拯救》于1761年发表。1778年他发表了诗歌《向埃塞沃比亚女诗人菲利丝·惠特莱小姐致辞》，称赞惠特莱是那个时代的杰出诗人，其中的一些赞美之词广为流传。哈蒙的诗歌展示了早期黑人诗歌的创作水平和黑奴们的宗教信仰。

哈蒙的作品主要模仿了英国诗人约翰·韦斯利和埃塞克·瓦兹的措辞和韵律，表达了对循道宗教义的虔诚信奉。他的诗歌，如《夜思》和《仁慈的主人与本分的奴仆》等，揭示了基督教对黑奴生活和意识形态的巨大影响。

哈蒙最著名的诗歌是《夜思》。这首诗开头部分的几个诗节摘选如下：

基督前来拯救，
上帝唯一的儿子：
现在为每一个人赎罪，
爱他神圣话语的每一个人。

亲爱的耶稣，现在给每个民族，
还没有信仰上帝的每个民族
你的神灵，你的恩惠，
拯救灵魂的上帝呀。

亲爱的耶稣，我们对着你哭泣，
让我们做做准备活动；
别把你那温和的目光移开；
我们寻求你真正的拯救。

　　这首诗歌在主题上反映出诗人对基督教虔诚性的关注,认为上帝是人类的唯一拯救者,作者企图以来世获得拯救的办法来调和基督教理想与现实奴隶制的矛盾。哈蒙在这首诗歌里所使用的结构与英国赞美诗的结构非常相似。该诗共有 88 行,模仿民谣的诗节模式,形式合乎规范,内容表达生动。更为重要的是,《夜思》揭示出循道宗教义对哈蒙人生观和世界观的形成性影响,显示出诗人对基督教教义的深刻理解。

　　哈蒙的文学创作深受美国独立革命的影响,其作品时常流露出对当时社会状况的不满。这类诗歌,如《冬天篇》和《对纽约州黑人的致辞》等,受到社会排斥,直到 18 世纪 80 年代才得以发表。他发表的诗歌与露西·泰莉未发表的诗歌相映生辉,有助于早期非裔美国文学传统的形成。虽然他没有为黑人民族的解放事业摇旗呐喊,但其诗歌《向埃塞沃比亚女诗人菲利丝·惠特莱小姐的致辞》的最后三个诗节里却隐含有对不合理社会制度的间接批判。

19
卑贱的灵魂也将飞向上帝那里,
离开尘世的一切,
就像一接到信息就动身,
去体验更神圣的生活。

20
请注意! 灵魂会随风飘走,
当我们离世的时候,
离开用泥土建成的小屋,
一刹那间。

21
现在荣誉最重要,

一致赞赏，

由大家给予，不断地，

天上神灵也给予。

从以上三个诗节可见，非裔美国人虽然社会地位低贱，但在死后也能得到上帝的恩惠。在上帝的庇佑下，非裔美国人的灵魂也能在天堂过着快乐的生活。诗歌认为所有的非裔美国人都盼望来世过上幸福生活，这是非裔美国文学史上间接表达种族抗议的第一个作品。

惠特莱是第一位把自己的书出版并赢得国际声誉的非裔美国作家。她出生在西非，1761 年被奴隶贩子卖到美国。波士顿的白人约翰·惠特莱先生买下她，把她作为礼物送给妻子。惠特莱夫妇给她取名为菲利丝·惠特莱，把她留在身边当女儿看待，并教她学习了语法、天文学、古代史、地理、《圣经》和拉丁语经典作品。惠特莱发表的第一首诗歌是哀悼当时著名的英国福音传道者乔治·怀特菲尔德的挽歌。这首诗于 1770 年出现在单面印刷品上。1772 年惠特莱到伦敦旅游，出版了诗集《关于宗教和道德之各种主题的诗歌》。1773 年惠特莱夫妇解除了她的奴隶身份，使她成为自由公民。

惠特莱善于就生活中的重要事件作诗抒发情感，比如《致华盛顿将军阁下》。这首诗是她献给大陆军总司令乔治·华盛顿的。她采用的英雄偶句诗体、超越主题的真挚情感和深刻的圣经含义都反映了当时流行的新古典主义艺术风格。她的其他重要诗歌有《美国》《致自然神论者》和《致新英格兰剑桥大学》。

惠特莱非常热爱和倾心新古典主义。她研读拉丁诗人和英国诗人的作品，博取众家之长。从她的诗歌中，读者能感受到弥尔顿的诗歌风格。亚历山大·蒲柏是英国新古典主义的主要实践者，其诗歌也是惠特莱模仿的范本之一。在其诗集《关于宗教和道德之各种主题的诗歌》的 39 首诗中，除 5 首外，其他全部以英雄偶句诗体写成，在诗的结构和形式方面沿袭了蒲柏的风骨，诗歌的措辞和韵律方面的风格近似蒲柏。但是,有别于蒲柏诗歌中的某些睿智和嘲讽之处,惠特莱的诗歌显得更加多愁善感、更加虔诚;蒲柏的诗歌中表现出无拘无束的地方,她却表现出蹩脚忸怩的模仿。此外,惠特莱还按社会认同的文体撰写说教性的挽歌,告诫牛津大学的学生们在读书期间要潜心学业,并且以抽象的语言赞扬了乔治·华盛顿和"哥伦比亚"。她的大多数思想在当时诗歌中都极为常见。其诗歌《自由》赞扬了摆脱英国暴君束缚所得到的自由。

惠特莱在创作中避免使用讽刺手法。她遵从蒲柏和新古典主义的创作方法,在诗歌创作中添加了很浓的宗教色彩。她采用的主题给读者以丰富的想象空间,在诗歌《论回忆》和《论想象》中可见一斑。创作中,她喜欢使用拟人手法,其作品臻于逻辑、语气客观。她的诗歌能使读者联想起人类美好的情感,分享到她的快乐。

惠特莱没有从事非人的体力劳动,还接受了较高的文化教育。在她创作的诗歌中几乎看不到关于奴隶悲惨生活的场景或描述。但是,在下面这首诗歌《被从非洲带到美洲》里,她提及黑人是如何到美洲的:

> 是上帝的恩惠把我从异教的他乡带来,
> 启蒙我愚钝的灵魂
> 世上有一个上帝,还有一个救世主:
> 我完全不知救赎,也不知如何寻求救赎,
> 一些人带着蔑视的目光看着我们黑人民族,
> "他们的肤色像魔鬼一样吓死人了。"
> 请记住:基督徒,黑人,和该隐一样黑,
> 也能使道德得到完善,加入去天国的行列。

这首诗表明黑人是被上帝从非洲带到美洲的,歧视黑人的黑肤色是没有道理的。她指出非裔美国人,虽然皮肤黑,但他们信

奉上帝,也能得到上帝的恩惠。这样,她用自己掌握的宗教知识抨击了白人的种族偏见。

二、早期黑人散文

18 世纪中期至 18 世纪末,非裔美国散文的主要形式有公开信、请愿书和记叙文。最早的非裔美国散文于 1760 年发表,题目是《不同寻常的苦难与出人意料的判决:由黑人布里敦·哈蒙亲自执笔所写的叙事》。在这篇文章中,哈蒙间接提及美国革命的思想。但是,当时的其他散文作家则更为直接地把黑人的地位与美国革命联系起来。1774 年,前奴隶凯撒·萨特在马萨诸塞的一份报纸上发表了一封公开信,列出了奴隶制的罪恶。莱缪尔·B. 海恩斯写了一篇名为《自由进一步发展》的散文。1983 年美国学者鲁丝·波根在哈佛大学图书馆里找到这篇论文,并认为它是黑人撰写的公开抗议奴隶制的第一篇文章。有些散文作家,像菲利丝·惠特莱一样,在美国革命的浪潮中看到了机会。他们撰写的请愿书借用宣传小册子中的革命思想,揭露情形类似的非裔美国人问题,表达了非裔美国人也需要自由和平等的强烈愿望。詹姆斯·斯旺在 1772 年的请愿书《规劝大不列颠》中抨击奴隶贸易。

18 世纪下半叶最引人注目的散文是奴隶叙事。这种叙事来源于非洲黑奴所写下的生存记录。北美的奴隶叙事 18 世纪时就有在英国出版的版本,这种文学体裁后来发展成为早期非裔美国文学的主要文学形式之一。早期的奴隶叙事一般是讲述黑奴获得基督教救赎的心路历程。作者们通常认为自己是非洲人,而不是奴隶。早期奴隶叙事可以分为三类:第一类,作者不详的奴隶叙事,如《不同寻常的苦难与出人意料的判决:由黑人布里敦·哈蒙亲自执笔所写的叙事》(下面以"布里敦·哈蒙的《叙事》"表述)。第二类,由奴隶口述,白人执笔的奴隶叙事,如《范裘尔的生平与历险记:一个非洲土著人,却在美利坚合众国生活了约 60 年,由其自叙》(下面以"范裘尔的《叙事》"表述)、《亚当·尼格诺的各种尝试》、《主人与约翰·马兰特的精彩交易,一个黑人的叙事》和《约勃生平的点滴回忆》。第三类,由奴隶本人执笔的叙事,如奥拉多·厄奎阿娄(Olaudah Equiano,1745—1797)的《生平趣叙》。下面就重点说布里敦·哈蒙的《叙事》、范裘尔的《叙事》、厄奎阿娄的《生平趣叙》。

　　布里敦·哈蒙的《叙事》讲述了作者在海上的13年冒险生活,整个叙事只有14页,讲述了一系列惊人事件。哈蒙获主人温斯娄将军的批准,离开马萨诸塞的马尔斯菲尔德出海。在1747年圣诞节那天,他搭乘一条单桅帆船按期到达牙买加。可是,在归途中,他的船在佛罗里达附近海域触礁,船长命令船员乘坐小船上岸。大概半数船员登岸时,一伙印第安人偷袭了他们,把他们绑了起来。那些印第安人向帆船纵火,活活烧死了留在船里的船员,然后返回岸上,把捆绑起来的船员一个一个地杀死。看到厄运将至,哈蒙企图跳进海里逃命,但没有成功。很幸运的是,他是船员中唯一没被杀掉的人。印第安人把他当作俘虏关押起来,直到西班牙人来把他救走。救他的西班牙人并没有真正想释放他,而是把他关进古巴的一座监狱。最后,他越狱而出,搭乘其他船只,来到英国。经历这次冒险后,哈蒙和总督住在城堡里。大约一年后,他遇到一帮歹徒袭击,又被监禁起来。因拒绝在海盗船上干活,他被关入地牢长达五年之久。在贝蒂·霍华德夫人的恳求下,船长释放了他。随后,总督命令哈蒙返回城堡,哈蒙在那里又生活了一年多时间。为了摆脱总督的控制,哈蒙曾多次尝试逃走,最后终于获得了自由。之后,他乘船到牙买加,从那里抵达伦敦。在去伦敦的路上,他乘坐的船与另一艘船发生冲突,头部不幸被子弹击中,失去了劳动能力。他在格林威治医院住院治疗,直到康复。不久,他在伦敦又发高烧,病了六个星期,花光了身上的钱。病好后,他在一艘船上工作,意外地与分离了13年的老主人再次相遇。两人都对命运感叹不已,感谢上苍让他们再次相见。在故事的结尾处,大难不死的哈蒙对上帝表达了深深的谢意。布里敦·哈蒙的《叙事》于1760年在波士顿印刷。尽管哈蒙的作者身份还有争议,叙述中的许多事件可能是杜撰的,但美国学界还是公认这部奴隶叙事是非裔美国人的第一部自传。

范裘尔的《叙事》的主要情节如下:范裘尔本名叫布罗提尔·弗洛,出生在几内亚一个名叫"杜堪达拉"的地方。叙事中的线索显示他是来自非洲的某个草原地区。他在加纳的阿诺玛布港被卖掉,这表明他可能来自现在的加纳、多哥或贝宁的某个地方。他是王子的儿子,父亲有多个王妃。还是小孩的时候,他就被奴隶贩子雇用的黑人暴徒绑架了。后来,他被白人罗伯逊·曼福德以四加仑朗姆酒和一匹印花布的价格买走。曼福德给他取名为"范裘尔",其英语词义为"商业冒险",曼福德把购买"范裘尔"当作是一次商业风险投机。然后因禁范裘尔的奴隶贩子把船开往巴巴多斯岛。当船到达巴巴多斯时,船上的260名奴隶中有60多名在途中死于天花。幸存下来的奴隶,有的被卖给巴巴多斯的种植园主,有的和范裘尔一起被运到罗德岛,到达罗德岛的时间大约是1737年。然后,范裘尔就留在位于康涅狄格地区费西斯岛的曼福德家,做些家务活,当他成年后,才被派到种植园去当苦力。22岁时,范裘尔与女奴麦格结婚。不久,在爱尔兰裔契约奴赫迪的鼓动下,他们两人一起逃离了种植园。逃跑途中,赫迪在长岛偷了东西。范裘尔认为这不道德,于是把他告发了。之后,范裘尔返回主人家,又来来回回被卖了多次,期间妻子生下了几个孩子。最终,他用自己的积蓄赎回了自己的自由,搬到长岛,靠砍柴挣钱,省吃俭用,陆陆续续赚钱为全家人购买了自由。1776年,范裘尔在康涅狄格的哈丹买了一个农场,以打渔、捕鲸、种地为生,同时也在萨尔门河上做些小生意。范裘尔于1805年去世,享年76岁。范裘尔以执着和睿智而出名,靠自己的艰苦努力改变了自己和家人在美洲的命运。他几乎被人们描述成奴隶制里的超人,不仅熬过了奴隶制的压迫,购买了自己的自由,而且通过自己的勤劳和智慧购买了妻子和所有孩子的自由。范裘尔在回忆家乡非洲时,常以骄傲的神情谈及做王子的父亲和自己的童年;但当他谈及自己的黑奴生活时,时常显现出小资产者的精明。在《叙事》里，范裘尔也会发牢骚，但抱怨的对象不是针对奴隶制，而是那些使用诡计、不遵守商业合同的白人或黑人，这些人的赖账使他损失了不少钱财。因此，工于算计和经商的范裘尔经常被人们看作是早期黑人商人的典型形象。

厄奎阿娄出生在非洲尼日利亚的伊博人部落，11岁时被非洲奴隶贩子绑架。之后，他在美洲的西印度群岛和英国海军里做了10年奴隶。1766年成为自由民。1788年他写了《生平趣叙》，抗议英国和美国的奴隶贸易。这是早期非洲黑奴写下的最早的也是最好的反对奴隶制的书籍。厄奎阿娄经历过各种各样的奴隶制，也经历过奴隶生活的各个阶段。他是为数不多的几个幸存下来并有能力描写其奴隶经历的黑人。厄奎阿娄的《生平趣叙》讲述了其波澜壮阔的一生。通过在非洲的童年生活、在美洲的10年奴隶生活、在欧洲和美洲的20年自由人的生活，他观察到了大千世界的各种变化，目睹了巴哈马群岛的海难、北极地区的冰封、加勒比海的地震、意大利维苏威火山的爆发，经历了伊博人的原始宗教、贵格派教堂的礼拜，并还曾与天主教牧师和土耳其穆斯林讨论宗教，在英国圣公会教堂洗过礼。作为英国海军的老兵，他曾在"英法七年战争"中与法国作战；他于1765年目睹美国庆祝取消印花税法的情景，于1776年目睹英国战舰追逐并击沉美国武装民船的事件。他的书引起读者对权利和自由等问题的重新思考。《生平趣叙》的真正魅力在于厄奎阿娄以一名非洲黑人的独特视角记载了一些重大历史事件。

厄奎阿娄的个人生活经历非常丰富，几乎构成了非洲与美洲数百年来黑奴生活和自由黑人生活的缩影或全景展现。这部奴隶叙事是18世纪下半叶非洲贩奴运动和废奴运动的史诗，具有强烈的政治意向，勾起读者对非洲奴隶制的回忆，使该书成为美洲奴隶制的精神自传。厄奎阿娄认为奴隶制问题的关键不是黑人问题，而是社会的制度问题；奴隶制把人视为财产，给白人提供了奴役黑人的借口。厄奎阿娄认为非裔美国人个人身份的获得、政治权利的拥有和文化自信感的建立是正义战胜邪恶、民主替代暴政的根本保证。

厄奎阿娄披露了大西洋奴隶贸易中的各种惨案，专门描述了在一艘奴隶贩卖船上发生的事件，其细节如下：1780年9月，一艘名为"棕"的奴隶贩运船满载440名奴隶，经过两个月的航行，到达加勒比海地区。可是，船上爆发了传染病，导致了60名奴隶和7名船员的死亡。船上的疫情无法控制，许多幸存下来的奴隶也奄奄一息。生病的奴隶，无法卖出好价钱。船长开始考虑如何弥补自己和投资人的经济损失。根据当时英国保险公司的规定，奴隶在运输过程中病死，不予以赔偿，但如果奴隶是溺水身亡，则可以获得赔偿。于是，船长命令把生病的54个非洲人用链子铐在一起，扔进海里淹死。第二天，他又命令把42个感染了传染病的奴隶淹死。第三天，他又命令把患病的36个奴隶统统扔进海里淹死。掩饰好所有的罪证后，船长把船上剩下的健康奴隶都卖掉，然后返航英国。"棕"号奴隶贩子船刚一回到利物浦港，该船的股东们马上填了保险索赔单，要求保险公司支付132名被淹死奴隶的赔偿金。此事败露后，英国法院并没有受理这个案件，涉嫌杀害奴隶的船长逍遥法外。这个事件表明英国殖民者在追求资本主义自由竞争发展的同时违背了经济发展的诚信原则，导致不少保险公司退出大西洋奴隶贸易的保险业务，为大西洋奴隶贸易的最终失败埋下了伏笔，成为大西洋奴隶贸易消亡的重要原因之一。

厄奎阿娄以奴隶身份攒钱购买自由的经历形成了一个有趣的经济学悖论。他在托马斯船长手下当水手。在完成本职工作的同时，他还经营自己的小生意。起初，他只有一个银币（值3便士），在去荷兰岛屿圣尤斯塔夏泗的途中以半个银币的价格买了两个玻璃杯子；回到蒙特塞拉特岛后，按一个杯子一个银币的价格卖掉，净赚了3个便士。之后他多次做这种生意。后来，他根据市场供需关系，把杯子的价格提高到两个银币一个。随着杯子生意的看好，赚的钱越来越多。他借此扩大经营范围，见什么有钱可赚就经营什么。几年后，厄奎阿娄用挣的钱购买了自己的自由,并且办理了相关法律手续,成为非裔美国文学作品中靠自己挣钱而成功购买自由身份的第一名非裔美国人。然而,在奴隶制社会环境里,奴隶的一切都是奴隶主的,奴隶主一般是不允许黑奴拥有个人财产的。然而,这奴隶攒钱的成功个例也是违反奴隶制的基本原则的。这个"黑奴挣钱买自由"的经济学悖论挑战了美国奴隶制的根本,但同时又表明了黑奴对这种社会制度的无奈顺从。

在这部奴隶叙事里,厄奎阿娄站在世界经济发展的高度提出了"废除奴隶制,发展非洲经济"的政治主张。他提醒英国读者,英国人自己的经济世界也在变化。厄奎阿娄认为,应该释放西印度群岛的奴隶,终止大西洋奴隶贸易;这会在实质上有助于加速英国工业经济的转型。

《生平趣叙》出版后,得到了全世界的关注,因为它提供了反对奴隶制的第一手证词。这部叙事详细讲述了海上冒险、精神启蒙、英国和北美的经济成功。它描写了一个人在这个野蛮世界的遭遇以及如何从精神上和物质上在这个世界寻求生路。厄奎阿娄在讲述自己幸存下来的故事的同时,也讲述了其他许多没能活下来的人的故事。他以通俗易懂的语言表达了对冒险精神的赞同;其精湛的文笔,也深受读者喜爱。厄奎阿娄的《生平趣叙》以事实驳斥美国启蒙运动时期白人对黑人创作能力的贬低。该部叙事所提及的种族、伦理、人性、女性等问题已成为一百多年来非裔美国小说经久不衰的主题。严肃的主题和老练的自我解剖深化了这部奴隶叙事在政治、经济和文化方面的悖论,使这部叙事成为非裔美国文学发展史上的重要里程碑之一。

早期奴隶叙事不同于19世纪出现的奴隶叙事。除了厄奎阿娄的《生平趣叙》,其他早期的奴隶叙事都不是奴隶亲自执笔写的,因为那个时候几乎所有奴隶都没有文化,无法用英语创作。因此,绝大多数奴隶叙事是由奴隶口述,然后由白人记录下来的。

总而言之,惠特莱和厄奎阿娄等早期黑奴作家几乎都出生在非洲,但由于各种社会条件所限,他们或者渐渐遗忘了非洲语言,或者以前的非洲母语本来就没有书写形式，所以他们在 18 世纪中期开始创作的时候不是用非洲语言创作，也不是以非洲的民间口头文学为样本，而是用他们在北美学会的英语进行文学创作，在创作时多是模仿英国文学经典作品。早期非裔美国文学作品，虽然艺术造诣不高，但为 19 世纪前半叶更好的非裔美国文学作品的出现打下了坚实基础。

第二章　内战前的美国黑人文学

相比萌芽期的美国黑人文学,内战前的美国黑人文学呈现出一些新的特点。这一时期的美国黑人文学主要表达了美国黑人追求人身自由和种族平等的主题,而且有不少的美国黑人作家力求在文学作品里重建黑人的身份。在本章中,将对内战前美国黑人文学的创作状况进行详细研究。

第一节　美国经济的发展、白人种族主义与黑人反奴隶制斗争

自独立战争以后,美国在政治、经济和思想领域内都呈现出一片生机盎然的景象。同时,美国在独立后不久便效法英国,大量用美国船只从非洲贩卖奴隶到美国南方种植园当苦力。南方种植园主经常鞭打、虐待甚至杀害黑人奴隶,这引起了自由黑人和黑奴的强烈不满,黑人与白人之间的种族仇恨也不断加剧,黑人反奴隶制斗争也开始出现。

一、内战前美国经济的大发展

从 1801 年开始,美国在经济上强调发展包括广大农村在内的资本主义生产,开拓边疆,活跃市场,这为美国资本主义经济的发展打下了重要基础。与此同时,美国广泛地吸收外来投资,大批接纳移民,积极扩充国内外市场,建立商品粮基地等,这也在很大程度上促进了美国经济的发展,为资本主义经济的飞跃发展开

辟了广阔的道路。因此可以说，从 19 世纪初到内战爆发前的这段时间，是美国科技和经济大发展的重要时期，也是轧棉机广泛运用、工业大繁荣、铁路大发展和西部大开发的火热时代，美国经济在这一时期出现了空前膨胀的现象。

美国经济的快速发展，使得美国人民中产生了高度的乐观主义精神和对未来的美好憧憬，并且越来越多的美国人以"上帝的选民"自诩，以实现"上帝所命"为己责。但是，随着经济的发展，美国的奴隶制问题越来越突出，南方和北方的矛盾发展到水火不相容的地步。这一时期的美国就像一座分裂的房子，经济的发展也呈现出独立以来最为严重的畸形现象：一边是北方的工业资本家，积极发展资本主义工商业，另一边是南方的种植园主，仍然维持落后的庄园式奴隶主经济；一边是蓬勃发展的废奴组织，另一边是坚决维护蓄奴制的顽固势力。两方分歧巨大，矛盾难以调和，这也成为后来爆发的美国内战的根源。

二、内战前的白人种族主义

在美国内战爆发之前，白人至上论呈现出泛滥之势。白人至上论者认为白人是人类历史上最优秀的种族，把种族之间的文化差异视为种族之间的优劣评判依据。在制度化种族歧视的社会环境里，处于强势地位的种族剥夺了处于弱势地位的种族的正当权利和合法权益，获得不合理的特惠待遇。种族主义者总是把自己种族的优点或强项与其他种族的缺点或弱项作比较，以突出自己的优势，贬低其他种族。综观美国在 19 世纪上半叶存在的白人种族主义，可以发现其有以下几个鲜明的表现形式。

（一）白人种族主义者以"殖民"为幌子，企图将黑人驱赶出美国

在白人种族主义者中，有不少持"殖民地化"政治主张的，希望把美国黑人遣送回非洲或把他们移民到墨西哥、中美洲、南美

洲、海地或其他任何地方,旨在把美国黑人永久性逐出美国。早在18世纪初,就有人提出这个想法。美国殖民协会策划的第一次移民运动开始于1816年,当时很多的政界要人和社会名流都非常支持该运动。但是,自1831年开始,许多废奴主义者察觉到这项移民措施带有种族主义性质。绝大多数自由黑人,特别是在美国北方的黑人,从一开始就看穿了这个移民计划的本质,指出殖民化的主要受益者是奴隶主,奴隶主企图借此消除可能由自由黑人引起的经济竞争和政治压力。

（二）白人种族主义者对美国黑人实施种族隔离

在美国内战前,白人种族主义者对美国黑人实施种族隔离,因此当时的一些美国黑人虽然获得了自由,但他们在交通工具和公共区域遭受种族隔离,不得不忍受社会的无情排斥,蒙受难以忍受的种族羞辱。在北方,几乎所有的公共交通工具、娱乐场所、膳宿地等不是实施种族隔离,就是禁止美国黑人进入或使用。在南方,自由黑人的处境更为艰难,几乎每项行动都受着限制。在南方各州,美国黑人外出须持有通行证。在一些州,美国黑人在获得白人的担保书后才有行动自由。在北卡罗来纳,自由黑人外出最多只能走到相邻的县。在海湾地区,黑人水手不准上岸。黑人自由集会的权利在内战前25年就已取消。在美国南方,自由黑人随时有可能因与白人发生小冲突而被投入奴隶制。白人种族主义者常以合法或非法的方式使黑人处于低下的社会地位,有时甚至聚众施暴,毒打黑人。

（三）白人种族主义者剥夺美国黑人的政治权利

在美国内战前,白人种族主义对美国黑人实行政治歧视政策,美国黑人仅在缅因、佛蒙特、新罕布什尔和马萨诸塞等地能够得到与白人基本平等的政治选举权利,但是在那些地区美国黑人所占的人口比例很低。罗德岛的美国黑人于1842年获得选举权。

可是,在其他州,情形完全是两样。康涅狄格、宾夕法尼亚、新泽西、马里兰、田纳西、北卡罗来纳和印第安纳等州都剥夺了美国黑人的选举权,尽管这些美国黑人以前曾拥有过选举权。1842年纽约召开的制宪会议和后来的立法机构取消了对选举人的财产要求,但只适用于白人,美国黑人被排除在外。如果美国黑人要参与投票,他必须在那个州居住三年,并且拥有不得低于250美元的个人财产。在《美国宪法第十五个修正案》颁布以前,大多数州的美国黑人从来没有过选举权。然而,尽管在美国黑人拥有投票权的那些州,社区惯例、政治压力或选举诡计等经常阻止这个最基本民主权利的实现。

（四）白人种族主义者对美国黑人实施教育歧视

在美国内战前,白人种族主义者对美国黑人实施教育歧视,因此当时的美国黑人绝大多数都没有机会接受正规教育。在南方,公办学校几乎没有,教授美国黑人文化在法律上被认定为犯罪。西部各州有公立学校,但在1850年前,美国黑人不准就读这些学校,黑人只能到专门为黑人开设的学校读书。在美国北方的部分地区,美国黑人有上公立学校读书的机会,但在学校里,白人学生和黑人学生是被隔离开来的。1860年之前,大多数地区自由黑人子女读书的学校不是被隔离,就是教学设施极为简陋,还有很多地方连种族隔离的学校也没有。唯一的例外是,1855年波士顿和新彼得福德这两个地方取消了种族歧视的教育体系,两所黑人大学——宾夕法尼亚的林肯学院和俄亥俄的韦伯弗尔特学院——在内战前十年建成。

（五）白人种族主义者对美国黑人实施司法歧视

在美国内战前,白人种族主义者对美国黑人实施司法歧视,因此当时的美国黑人想在法庭上申冤的话,困难重重,几乎没有白人法官愿意受理。此外,在南方所有的州和在北方的一些州里,黑人证词在涉及白人的案件中不会被采用,而且那些地方的法官也没有黑人担任。唯一例外的是,在内战爆发的前一年,在马萨诸塞的陪审团里出现过一名黑人陪审员。

（六）白人种族主义者对美国黑人实施就业歧视

在美国内战前,白人种族主义者对美国黑人实施就业歧视,因此当时的美国黑人主要从事低收入、没有劳动技能的工作,如种地、零工、送货、船运或为白人干家务。此外,这一时期的美国自由黑人沉沦为北方社会的底层,陷入贫困,遭人蔑视,始终处于被边缘化的地位。

三、内战前的黑人反奴隶制斗争

美国黑人的数量在 19 世纪初时达 100 多万,约占美国总人口的 20%。但是,在当时美国的南方地区,除了巴尔的摩、查尔斯顿和新奥尔良,只有少数美国黑人获得了名义上的自由,绝大多数美国黑人仍是奴隶;在北方,大多数美国黑人摆脱了奴隶制,获得了法律意义上的自由,奴隶数量很小。

为了限制奴隶制的发展,美国联邦政府和一些州政府在 19 世纪的前十年采取了多种措施,这使得美国奴隶制和黑人问题上的总形势喜忧参半。1804 年,新泽西州率先颁布了《奴隶制逐渐废除的法令》,计划用渐进的方式在新泽西州逐步废除奴隶制。这个法令敲响了美国北方奴隶制的丧钟,拉开了废除奴隶制的序幕。当时,美国政府没有宣布立即废除奴隶制,但首次制定了禁止直接从非洲进口黑奴的法令。法令规定,大西洋奴隶贸易将于 1808 年 1 月 1 日起在美国终止。可是,这条法律没有得到严格的执行,沿海地区还是存在着奴隶贸易;国内的奴隶贸易完全没有受到这个法令的影响。大西洋奴隶贸易的官方关闭却极大地刺激了国内奴隶贸易的发展,1815 年国内奴隶贸易已经发展成为美国的主要经济活动。此外,北方经济的发展很快但北美劳动力奇缺,也是导致美国国内奴隶贸易繁荣的一个重要原因。

奴隶贸易的繁荣以及奴隶制的存在,严重制约了美国资本主义经济的发展,因此从19世纪30年代开始,有组织的、有规模的废奴运动开始出现。1831年,威廉·劳埃德·加里森(William Lloyd Garrison,1805—1879)提出了废除奴隶制的明确号召:"我是认真的——我不会含糊其辞——我不会后退一步——我的话要让所有人都听到。"加里森的言论引起了公众对奴隶制问题的关注,但真正采取实际行动来响应废奴的人并不多。在这一年的8月,黑奴纳特·特纳(Nat Turne,1800—1832)在弗吉尼亚南安普敦发动奴隶起义,几天内杀死60名白人。不幸的是,起义终因寡不敌众而以失败告终,70多名美国黑人遇害,特纳本人被俘,后被处以绞刑。特纳带领的起义虽然失败了,但它震惊了蓄奴的南方地区,弗吉尼亚殖民地立法机构就"立即废除奴隶制还是更凶狠地镇压奴隶"的议题展开了激烈争论,最后决议维护奴隶主的既得利益,采取更残暴的手段控制、威慑和镇压奴隶。此后,在整个南方地区,白人对自由黑人的控制度大大加强,更加严格地限制奴隶在教堂的聚会,监视黑人牧师的活动,禁止黑奴读书,连《圣经》也不例外。不过,美国黑人面对南方白人的残酷迫害和镇压,并没有屈服,而是对南方奴隶主的不满日益增强,黑人和白人之间的种族仇恨也日益加剧。同时,有越来越多的黑奴通过"地下铁道"逃亡到美国北方。"地下铁道"是由美国北方和西部赞成废奴的爱心人士组成的民间组织,地下交通网络一直延伸到密歇根,进入加拿大境内。在南方地区和濒临加拿大边境的各州,贵格会教徒和其他有正义感的宗教人士积极帮助逃亡奴隶,黑人教堂和获得自由的美国黑人为逃亡奴隶提供最可靠的栖身之处。

在1846年,美国和墨西哥之间爆发了战争。美国的废奴主义者非常不满这场战争,认为这场战争是为维护美国南方奴隶主利益而战的非正义战争。于是,美国的废奴主义者更加积极地开展废奴运动。与此同时,在墨西哥战争之后,美国北方发布了《威尔莫特限制性条款》,用于禁止在任何从墨西哥得来的土地上实施奴隶制,但是这个法令最后以失败而告终。1850 年,为了调和废奴主义者与蓄奴主义者之间的斗争,美国南方发布了《1850 年妥协案》,同意加利福尼亚成为自由州,并取消在首都华盛顿地区的奴隶贸易;至于新墨西哥和犹他加入美联邦是以蓄奴州还是自由州的身份,取决于当时各州宪法的决定。可是,《1850 年妥协案》中最臭名昭著的一个法案就是所谓的《逃亡奴隶法案》,里面的条款损害了北方自由州每个黑人的自由,包括自由身份的黑人和奴隶身份的黑人,并且这个法案把帮助奴隶逃亡的北方白人或自由黑人定性为罪犯。因此,《1850 年妥协案》并没有达到预期的蓄奴目的。1852 年,哈丽雅特·比彻·斯托(Harriet Beecher Stowe,1811—1896)的小说《汤姆叔叔的小屋》极大地激起了人们反对奴隶制的热忱,特别是激起人们对《逃亡奴隶法案》的抵制。这种情绪愈演愈烈,最终在 1854 年《堪萨斯—内布拉斯加法案》通过后引发了一系列暴力事件。这项法令废除了《密苏里妥协案》,决定开放相关地区供人们定居,奴隶制的问题由当地居民自行决定。其中,"流血的堪萨斯"事件是赞成奴隶制的定居者和不赞成奴隶制的定居者之间爆发的一场血腥争斗,使废奴的进步力量遭到重挫。

废奴进步力量除了因"流血的堪萨斯"事件遭到了严重打击外,1857 年美国最高法院作出的"德里得·司各特裁决"也对其造成了重要打击。司各特与他的主人在伊利诺伊州居住了多年,然后又搬到《密苏里妥协案》授予奴隶自由的地区居住。法庭否决了司各特关于自由身份的诉求,并且规定后代布伦斯不是奴隶都不受美国宪法保护,也永远不能成为美国公民,其裁决的部分理由是建国之父们的信条:"黑人作为一个种族,没有权利得到白人应该得到的权利。"此外,"德里得·司各特裁决"中还有美国国会无权在联邦的土地上禁止奴隶制,奴隶不是美国公民因而在法院没有起诉权,奴隶作为不动产或个人财产不能不经过法定程序就从主人那里带走等内容。从这个案件,我们可以看到政治手段已经无力解决奴隶制问题,美国南方和北方之间的战争难以避免。同时,这个案件刺激了约翰·布朗(John Brown,1800—1859)那样的白人废奴主义者采取更为激进的措施来反击奴隶制维护者的猖狂进攻。布朗是美国历史和美国废奴运动的主要人物,是受到几乎所有美国黑人尊敬的为数不多的几名白人之一。他主张以武装起义的手段来消灭一切形式的奴隶制,1856年他直接领导了在堪萨斯州坡塔瓦托密的战斗,1859年又率领起义奴隶袭击弗吉尼亚的哈珀尔斯渡口。布朗曾邀请后来的黑人领袖弗雷德里克·道格拉斯(Frederick Douglass,1818—1895)参加袭击哈珀尔斯渡口的战斗,但道格拉斯婉言谢绝了,他不愿像布朗那样做无谓的牺牲。布朗的袭击事件震惊全国,最后他被控犯有反对弗吉尼亚州的叛国罪、谋杀罪和煽动奴隶暴动罪,于1859年被处以绞刑。历史学家们一致认为:1859年的哈珀尔斯渡口袭击案加剧了南方和北方的紧张关系,成为一年后美国内战爆发的导火索。

在黑人的反奴隶制斗争中,除了布朗等白人废奴主义者发挥了积极作用外,共和党人亚伯拉罕·林肯(Abraham Lincoln,1809—1865)也是不容忽视的一个人物。他是美国历史上第一位公开反对奴隶制的总统候选人,他在当选为美国总统后引起了南方极端主义者的仇恨。他们不甘心自己的失败,于是开始紧锣密鼓地着手分裂活动。为了维护国家的统一,林肯向南方承诺不废除奴隶制,但是他警告那些主张南方脱离联邦的政客们:他是不会允许任何分裂联邦的行为的。当南卡罗来纳于1861年4月12日炮轰驻扎在查尔斯敦·萨姆特尔要塞的联邦军队时,林肯发出号召,征集志愿者7.5万人帮助平息南方叛乱。美国内战形势日益紧张,美国黑人在捍卫联邦的事业中承担起越来越多的重任。战争爆发后,美国黑人迫切希望林肯总统把联邦制止国家分裂的目标与废除奴隶制的事业联系起来。南部邦联的士兵不少是黑人,为了击溃其军心,林肯于1862年夏天颁布了《解放黑奴宣言》,宣布从1863年1月1日起在叛乱各州的所有奴隶获得自由。这时,美国北方的黑人才感受到,他们的国家终于下定决心着手废除奴隶制了。此前,黑人一直被禁止加入联邦军队。1862
年夏天,林肯下令把路易斯安那和南卡罗来纳刚解放地区的自由
黑人组建成团。当两个南卡罗来纳黑人因于 1863 年 3 月攻占了
佛罗里达州杰克逊维尔的时候,林肯才真正意识到美国黑人士兵
在战争中的重要性,于是决定在全国范围内征募黑人士兵。最终,
林肯领导的北方军队渐渐掌握了战争的主动权,南部邦联的军队
于 1865 年 4 月 9 日被迫在弗吉尼亚的阿坡马托克斯正式投降。
至此,美国内战以北方的胜利而结束,黑人反奴隶斗争也由此获
得了重要胜利,即美国境内的所有黑人奴隶获得解放,全体美国
黑人获得了法律意义上的公民身份。

第二节　内战前美国黑人文学发展概况

自 19 世纪初到 1865 年,是美国黑人的生活发生了巨大变化
的年代,也是黑人从奴隶变成自由民的前夜。在这样的生活现实
下,美国黑人文学形成了自己独特的主题思想和艺术风格。

一、内战前美国黑人文学的主题

在美国内战之前,美国黑人文学的主题生存和抗议,同时还
以最直接的方式揭露美国的黑奴问题。1827 年,第一份黑人报
纸《自由之报》诞生,随后更多的黑人报纸面世。这些报刊都纷
纷要求社会变革,刊登了美国黑人撰写的论文、诗歌、小说和新闻
报道,引起人们对黑人在美国北方取得的成就的关注,呼吁南方
各州取消奴隶制。1830 年,抗议成了几乎所有美国黑人作家的
创作目的,而且热衷于抗议主题的大多数作家不是逃亡到北方
的黑奴,就是出生在北方的自由黑人,但他们都坚决要求废除奴
隶制。

在美国内战即将取得胜利之际,美国黑人作家关心的主要问

题变成了奴隶制、自由黑人的命运和来世的宗教忧虑。其中，宗教类文学作品一般都回避了奴隶制和种族问题，可是仍有一些文学作品直接地表达了黑人对来世的希望，激励黑人以自己的方式改变生活现状。

二、内战前美国黑人文学的具体发展

对内战前美国黑人文学的创作进行分析，可以发现诗歌、小说、戏剧、散文等文学创作形式都已存在，而且以诗歌和小说取得的成就最大。

就诗歌来说，内战前的美国黑人，不论是奴隶还是自由人，都渴望成为诗人，他们在条件允许的范围内尽量读书、学习，以诗歌的形式记录他们的心声。因此，在这一时期出现了不少的美国黑人诗人以及优秀的诗歌作品。比如，乔治·摩西·霍尔敦（George Moses Horton，1797—1883）的诗集《自由的希望》、詹姆斯·M. 惠特菲尔德（James M.Whitfield，1823—1878）的诗集《诗歌》《美国和其他诗歌》、兰西斯·E.W.哈珀尔（Frances E.W.Harper，1825—1911）的诗集《杂题诗》等。

就小说来说，内战前的美国黑人创作的小说依据主题可以分为两类：一类是种族融合类小说，讲述黑人不顾种族歧视和种族偏见，想方设法地融入美国主流社会，如《克洛泰尔》《加里一家和他们的朋友们》《我们的尼格》等；另一类是描写黑人民族主义者的革命活动的小说，这类小说倡导奴隶革命，梦想建立一个黑人当家做主的国家，如《布莱克，或美国茅屋》等。内战前的美国黑人创作的小说，还有五个鲜明的特点：第一，这一时期的美国黑人小说绝大多数接受了严格的新教禁欲主义，认同中产阶级追求个人财富的合理性，经常把重点放在对人品的考察上，节俭和勤劳、进取心和锲而不舍、守时与守信等都被用做衡量小说人物思想素质的标准；第二，这一时期的美国黑人小说充当废奴主义抗议的工具，作家在其小说里表达对社会弊端的不满和对社会正义的呼唤；第三，这一时期的美国黑人小说的戏剧性张力来源于小说主人公的成功意识与种族等级意识之间的冲突，此时的美国黑人小说家企图通过文学作品激发白人的正义感和黑人对财富的大胆追求；第四，这一时期的美国黑人小说家的中心艺术问题在于如何塑造丰满的黑人艺术形象，消除白人文学作品对美国黑人形象的歪曲和贬低，其中美国黑人小说家采用的主要方法是现实主义写作手法，而不是简单地批驳丑化美国黑人形象的言语，在创作中他们的小说艺术经常让位于废奴主义思想的表达；第五，传奇剧式的情节时常出现在小说里，成为这一时期美国黑人小说里最为常见的成分。

就戏剧而言，内战前的美国黑人戏剧的主题仍然是抗议美国社会对美国黑人的人权和公民权的剥夺。正如美国学者帕特里夏·里根斯·希尔所指出的："所有的这些创新形式和传统形式继续表达美国黑人追求自由的政治主张，南北战争前的动荡年代是压抑、暴动和抵抗的年代，也是暴动、反击和维权的时代，同时也是改革、复辟和反抗的年代。"

就散文而言，内战前的美国黑人散文也有一定的发展。这一时期的黑人散文作品主要抨击了丧尽天良的奴隶制，竭力激发起读者的政治觉悟和正义感，讴歌黑人反对奴隶制和白人种族主义的勇气和反抗精神。

总的来说，内战前的美国黑人文学有了进一步发展，为日后美国黑人文学的发展奠定了重要基础。

第三节　以诗歌形式记录心声：内战前的黑人诗歌

内战前的美国黑人诗歌，都揭露了美国黑人在奴隶制社会环境里所遭受的种族压迫，记录了美国黑人渴望获得独立与自由的心声。乔治·B. 凡桑（George B.Vashon，1824—1878）、霍尔敦、詹姆斯·麦迪逊·贝尔（James Madison Bell，1826—1902）、惠特菲尔德、哈珀尔等都是这一时期影响较大的美国黑人诗人。在本节中，将通过对霍尔敦、惠特菲尔德和哈珀尔的诗歌进行阐述，来展现出内战前美国黑人诗歌的重要特色。

一、乔治·摩西·霍尔敦的诗歌

（一）乔治·摩西·霍尔敦的生平

霍尔敦一生命运多舛，他既是奴隶，也是诗人。他出生在北卡罗来纳的北安普敦，一生下来就是奴隶，直到 1865 年才被联邦士兵从奴隶制中解放出来。他通过学习小纸片上的字母和读循道宗赞美诗的方式，自学了英语的阅读和写作。1820 年，他从北安普敦县游历到雷利县，然后在伽贝尔·希尔的州立大学读书。霍尔敦在学校引起很多人的好奇，因为他是出版过一部书的奴隶。读书期间，他给校长当助理，经常有同学央求他代写求爱诗，献给自己心仪的女孩。霍尔敦为同学写情诗，通常会根据煽情的程度，收取 25 到 50 美分不等的报酬。

在大学求学期间，霍尔敦如饥似渴地学习各种文化知识，在百忙中抽空创作了一部诗集《自由的希望》，并于 1829 年出版。《自由的希望》仅含有 3 首关于奴隶制主题的诗歌，但是霍尔敦希望这部诗集的出版能使他挣到足够的钱去购买他的自由，然后以自由之身到利比里亚去开拓新的人生。这部诗集受到读者追捧，1837 年和 1838 年分别在费城和波士顿再版，但是霍尔敦得到的报酬仍然不足以购买他的自由。直到南北战争胜利，他才和其他奴隶一起，依照法律摆脱了奴隶身份。之后，他又出版了诗集《乔治·M. 霍尔敦诗作：北卡罗来纳的非裔美国诗人》《赤裸的天才》等。其中，诗集《乔治·M. 霍尔敦诗作：北卡罗来纳的非裔美国诗人》没能保存下来。据说，他为该书写了一个自传性的前言"乔治·M. 霍尔敦：北卡罗来纳的非裔美国诗人"。如果将来有人找到这本书的幸存版本，那我们就可能知道这位早期非裔美国诗人的生活经历或家庭背景,也许会有可能搞清楚霍尔敦身为奴隶怎么能到处游历并到大学念书的原因。诗集《赤裸的天才》在出版后,一位名叫威尔·班克斯的骑兵上尉非常欣赏他的诗歌,认为他的才干应该得到更大的发挥,于是威尔陪同霍尔敦去费城,把霍尔敦介绍给一位社会名流,希望霍尔敦有机会得到社会资助,出版更多的诗歌。为了达到这个目的,班尼科尔学院于 1866 年 8 月专门举办了一个隆重仪式,欢迎诗人霍尔敦。但是,这次活动没能达到预期目的,费城人不是很喜欢他的诗歌。因此,在《赤裸的天才》出版之后,霍尔敦就没再出版过诗歌了。为了生计,他开始给一些刊物写短篇小说,直到 1883 年去世。

（二）乔治·摩西·霍尔敦的诗歌创作

霍尔敦是一个黑人奴隶,但他积极创作诗歌,梦想成为一名职业诗人。可是,在他所生存的社会里黑人连从事文学创作的权利也没有,不合理的社会制度和黑人恶劣的生存环境使他对自己诗人身份的难堪处境深感痛苦。因此,他的诗歌作品中突出的个性化主题便是黑人身世的无奈性和人生追求的社会障碍。

此外,霍尔敦的诗歌与惠特莱和哈蒙的诗歌相比,有着明显的不同。霍尔敦的诗歌除了表达自己对摆脱奴隶制的渴望之外,还充满了幽默感,间或抒发一些奔放的情感。他以简洁、朴实、机敏的笔触描写爱情和自然,有时对生活还带轻微的讽刺。因为他早期研习过赞美诗,所以从其诗歌的形式和格律仍能看出赞美诗对他的影响。他在诗歌方面取得的杰出成就也是对美国黑人低下论的强有力反驳。种族主义者认为,美国黑人生来就与其他人不一样,因为黑人天生在智商方面低于白人。而在《奴隶制》中,霍尔敦对这种观点进行了批评。这首诗的第一诗节写道:

当我的心中第一次燃烧起希望的时候，

我从山顶上俯视

看到快乐的平原：

但是,啊！那景象多么短暂呀——

瞬间消逝,似乎从来都没出现过。

在这一诗节中,霍尔敦揭示了黑人对自由的渴望,对生活的热爱,但因为奴隶制剥夺了他的人权,他所有的希望看起来都是那么缥缈、那么不真实。此外,通过这一诗节,读者也能很清楚地看到,被白人视为"野兽"的黑奴也像白人一样拥有爱、希望或绝望的情感。

二、詹姆斯·M.惠特菲尔德的诗歌

（一）詹姆斯·M.惠特菲尔德的生平

惠特菲尔德是美国历史上第一位出版自己诗集的黑人,其出生于新罕布什尔的埃克塞特,出生时是自由民。后来,他在波士顿生活了一小段时间后,就定居在纽约州布法罗城。他先是当理发匠,后是从事诗歌创作,成为美国黑人中语言最犀利、对奴隶制最愤怒的废奴派诗人之一。黑人领袖道格拉斯和布朗赞赏他的诗歌才能,钦佩他对黑人解放事业的献身精神,认为他是有较高政治觉悟和种族责任感的非裔美国诗人。1854 年,惠特菲尔德在"全国有色人种移民大会"开会的时候,积极从事关于黑人殖民的宣传。就殖民是否有益的问题,惠特菲尔德与道格拉斯在报纸上展开了激烈的辩论。为了更加明确地阐释自己的观点,惠特菲尔德于 1858 年创办了支持殖民的报纸《黑人宝库》。1878 年,惠特菲尔德在加利福利亚去世,但他直到去世也没有改变过殖民主张。

（二）詹姆斯·M.惠特菲尔德的诗歌创作

惠特菲尔德的诗歌创作受到了英国浪漫主义诗人乔治·戈登·拜伦（George Gordon Byron，1788—1824）的影响，他在1846年出版了第一部诗集《诗歌》，引起了美国读者的较大关注。在1853年时，他又出版了诗集《美国和其他诗歌》，这是他最著名的一部诗集。该部诗集的成功激励他进一步献身诗歌创作，以诗歌为武器捍卫黑人的废奴事业。

诗集《美国和其他诗歌》是献给马丁·R.德莱尼（Manin R Delany，1812—1885）的，其中最优秀的诗歌是《美国》。这首诗歌模仿了当时流传很广的一首赞美诗，对奴隶制的罪恶性和荒谬性作了一个系统而犀利的分析。诗歌一开始，诗人就以黑人的血泪表达了对奴隶制的强烈谴责。他指出，美国的虚伪在于一边提倡民主和自由，而另一边却剥夺黑人的自由。白人把黑人强行从非洲掳到美洲为奴，视黑人为会说话、会干活的牲口。这首诗表达了诗人在道义上的愤怒和对奴隶制的猛烈抨击，向正义感化身而成的上帝作了虔诚的祷告，从而展现了诗人拒绝绝望的豪情壮志。

在诗集《美国和其他诗歌》之后，惠特菲尔德又创作了不少诗歌，如《自助》《妄想的希望》《献给七月四日的赞歌》《写给J.T.霍利先生及其夫人的几行诗》等。这些诗歌是惠特菲尔德政治主张的图解和延伸；评论家们发现其诗歌里含有冥思式的忧郁和潜在性的怒火。

三、弗兰西斯·E.W.哈珀尔的诗歌

（一）弗兰西斯·E.W.哈珀尔的生平

哈珀尔出生在巴尔的摩，曾在宾夕法尼亚和俄亥俄读书。在宾夕法尼亚教过一段时间书之后，她就自愿到废奴协会当讲演

者。1852 年，她被派到缅因州的废奴协会工作。通过几年的实践和磨炼，她成为一名深受听众爱戴的演讲者和诗歌朗诵者。1860 年她在辛辛那提与芬顿结婚。1864 年丈夫去世后，她又回到废奴协会工作，奔走于缅因和路易斯安那之间，全身心地投入黑奴的解放事业。1883 年至 1890 年，哈珀尔积极参加"全国妇女基督教徒戒酒联合会"的各项活动，1896 年参与组建"全国有色人种妇女协会"，并被选为副会长。1911 年，哈珀尔去世。纵观哈珀尔的一生，可以发现其把毕生精力都投入到解放黑人奴隶和自由黑人的权利以及女性权利的运动和妇女禁酒运动中，也是最早倡导黑人教育的女性之一。

（二）弗兰西斯·E.W. 哈珀尔的诗歌创作

哈珀尔的诗歌不但秉承了惠特莱所确立的黑人女性诗学传统，而且在主题、风格和书写策略上都有所发展和拓展，成为黑人女性诗歌发展链条中的重要一环。有学者认为，哈珀尔的诗歌"不但形成了重建时期的历史而且成为她的小说的基础，爱厄拉·雷诺伊……克罗姑妈……可能是在悲剧性的混血儿传统之外，最早被作为生活的榜样表现出来的黑人女主人公"[①]。

在哈珀尔共出版了 9 部诗集，并有不少脍炙人口的诗歌佳作，如《奴隶拍卖》《一个小孩应该引导他们》《上帝保佑我们祖国的土地》等。然而，哈珀尔一直被冠以"抗议"诗人的标签，不少研究者更是习惯于把哈珀尔的诗歌与她不同时期的政治运动加以对比观照。芭芭拉·克里斯蒂安（Barbara Christian，1943—2000）就认为哈珀尔的书写主要以黑人女性在社会中被奴役和压迫的处境为主，极少触及个人及个性，大多着墨于种族与性别主题。克里斯蒂安的观点不是空穴来风，哈珀尔的诗歌带有明显的政治诉求，主张诗歌创作的目的是进行社会抗争。比如，在她

---

① 王卓.多元文化视野中的美国族裔诗歌研究 [M].北京：中国社会科学出版社，2015：582.

的诗歌《双重标准》中,激昂的口号式的诗句比比皆是:"你因为
我爱他而责备我?／那么当孤立无助之时／我在这个冷漠的世界
哭求面包／却求得压在唇上的石头""犯罪不分性别,而今／我带
着耻辱的烙印;／而他在欢愉和骄傲中／依旧带着一种盛名"。她
作品中强烈的政治诉求使得她所表露的女性的主体,往往不是个
人的感性的表白,而是集体意识的表现。因此可以说,哈珀尔的
诗歌的确被诗人本人、黑人读者和研究者赋予了反对种族主义和
批判性别主义的历史重任,然而,哈珀尔诗歌的社会性和政治性
却并非是其诗歌的全部意义所在。

　　在哈珀尔的诗歌中,宗教扮演着十分重要的角色,宗教意象
也在多首诗作中有所体现。上帝是无所不在、无所不能,但又与
美国人的生活贴得近、靠得紧的角色。正如她在《上帝保佑我们
的故土》一诗中所说的,上帝保护着刚刚从内战的阴影下解脱出
来的美国和美国人:

　　　　　上帝保佑我们的故土,
　　　　　　刚刚自由的土地,
　　　　　　哦,她可能曾经代表着
　　　　　　真理和自由。

　　　　　上帝保佑我们的故土,
　　　　　　那里安眠着我们死去的亲人,
　　　　　　让和平掌控在你的手中
　　　　　　在他们的坟冢上遮风挡雨。

　　　　　上帝帮助我们的故土,
　　　　　　终止她的纷争,
　　　　　　并从你的手中普降甘露
　　　　　　一种更富庶的生活。

上帝保佑我们的故土，
她的家园和孩童的幸福，
哦，她可能曾经代表着
真理和正义。

　　这首诗不论是语气还是表情，都是极为虔诚的，全然一位基督徒对上帝的呼唤和感恩。然而，哈珀尔的宗教观却并非看起来那般简单，也并非如她本人的表述那般单纯。哈珀尔从小受叔父的影响，成为非洲人美以美会的成员，是一名坚定的废奴主义者。然而富有戏剧性的是，1870 年她却加入了著名的白人教堂，费城第一公理教会唯一神教教堂，并在这一黑一白两个教会中都扮演着十分活跃的角色。这是一件颇令研究者费解的事件。哈珀尔本人对此事也是讳莫如深，几乎没有留下关于此事件的任何只言片语，因为她"很少写到她自己"。这一事件成为令很多研究者颇为费解，也一直试图破解的谜。一些研究者试图解释这个事件背后的宗教动机，对这一谜团的破解目前主要形成三种不同思路。第一种思路来自于宗教性思考。某些研究者宣称哈珀尔的这一举动的确是出于对基督教唯一神教的支持，因为"对于她来说，耶稣不是一个距离遥远的神，而是全人类都可以获得的某种升华的生存的典范"。然而，有一点不容忽视的是，加入唯一神教教堂并不是接近上帝的唯一方式，任何一个把社会革新作为使命的宗教组织都是可行的选择。与这种泛泛的推测不同，一些研究者把这一事件归结为完全个人的原因。比较有代表性的观点认为，废奴主义者、唯一神教传教士，圣威廉姆·亨利·费尼斯雄辩的废奴演讲、对宗教和政治的真知灼见以及在废奴运动中的积极行动是吸引哈珀尔并加入该教会的直接原因，这也是破解这一谜团的第二种思路。第三种思路是政治性的思考，"尽管自从她的第一部诗集出版后，她与黑人和白人社区都有私人的和职业的联系，然而还是有一些门对她关闭着。在一个肤色界限清晰划分的社会中，公理教会唯一神教教会为种族交会提供了一个难得的机会。

她所认识的公理教会唯一神教人员可以在她从来也无法到达之处帮助她发展她所支持的事业"。相比较而言,第三种观点是比较可信的,即宗教与政治的结合是哈珀尔实现政治抱负的政治协商策略,也是她实现诗歌书写的文化协商策略。因此,她的诗歌作品中无处不在的宗教所指和圣经人物以及诗人对这些宗教因素的微妙改写策略同时实现了她的政治和文化协商。

虽然对于哈珀尔而言,基督教是"在人类谋划并贬低的社会中""精神生存的"唯一"绝对可靠的系统",然而她也认识到宗教也可能被别有用心之人滥用。在诗歌《圣经对奴隶制的保护》中,哈珀尔就抨击了利用《圣经》为人类最邪恶的体制辩解的言论和行为:

> ……
> 一个"体面"的人,他的光明应该是
> 老老少少的指引,
> 为奴隶制的灵殿带来了
> 真理的牺牲!
> 对人类施加的极致的罪恶
> 自从所多玛恐惧的哭喊,
> 生命的语言已经被关闭,
> 给你的上帝谎言。
> 啊!当我们为异教徒的土地祈祷之时,
> 并为他们的黑暗的海岸祈福之时,
> 记住奴隶制的残忍的双手
> 在你的门口制造异教。

在这首诗歌中,出现的所多玛显然代表着哈珀尔的一种警告:罪孽深重的所多玛被上帝毁灭,那么同样罪孽深重的奴隶制也必将等到上帝的审判。

除诗歌《圣经对奴隶制的保护》外,长诗《摩西:一个尼罗河的故事》中也对宗教意象进行了完美体现。这首长诗由九章组成，从摩西率众出发写到摩西之死，远景近景交替，书写了一部完整的出埃及记。整部长诗有明显的模仿《圣经》的痕迹，比如以章而不是节来架构诗篇、以无韵体来书写诗歌等均体现了《圣经》的风格。摩西是哈珀尔十分偏爱的宗教人物，原因在于她认为，解放了黑人奴隶的林肯总统在精神实质上与率领族人穿越红海走向自由的摩西是一致的。从这个角度来说，哈珀尔的宗教体现的就是政治，或者说哈珀尔为她的政治巧妙地披上了一层宗教的外衣。

在哈珀尔的诗歌中，除了运用了宗教意象外，也对黑人女性的形象进行了塑造，此外黑人女性在她的诗歌中往往扮演着"道德权威"的角色。哈珀尔的不少诗歌都是由一位虚构的黑人女性克娄姑妈讲述的，这个品尝过"孩子被卖掉"之痛的女人，这个明白政治是"丑陋的把戏"的女人，这个希望能"干干净净投票"的女人以自己的言行成为非裔美国人的"楷模"。克娄姑妈以黑人女性质朴的智慧、简单幽默的语言，向人们特别是黑人男性展示了不可小觑的力量和人格魅力。在《拯救》一诗中，克娄姑妈告诉人们，她会如何对待投票：

> 如果有谁问我
> 我是否愿意出卖我的选票，
> 我会告诉他我不是那种
> 朝三暮四的人。
> 如果自由看起来有点艰难
> 我愿意经历风霜雪雨；
> 至于想要收买我的选票，
> 我绝不会卖的。

在上面的诗行中，克娄姑妈对于黑人男性颇有些恨铁不成钢的焦灼。在接下来的诗行中，克娄姑妈以幽默的口吻讲述了一个黑人丈夫为了给妻子买面粉和肉卖掉了选票，与这位目光短浅的丈夫不同,他的妻子凯蒂婶婶不但丢掉了面粉和肉,而且对丈夫的行为感到羞耻。所以很显然,尽管当哈珀尔遇到种族问题时,她会果决地放弃性别这个次要问题,但是性别问题却始终是哈珀尔最为关注的问题之一。这就不难理解,当关于第十五宪法修正案的争论尘埃落定之后,哈珀尔立即投入了为女性选举权的呼吁和呐喊。

第四节　废奴主义思想的表达:内战前的黑人小说

内战前的黑人小说主要着眼于教育、戒酒、妇女权利、废奴主义和商业主义等热点话题,其中阐述最多的是废奴主义思想。德莱尼、哈丽雅特·A.雅各布斯(Harriet A.Jacobs,1813—1897)、威廉·威尔斯·布朗(William Wells Brown,1814—1884)、哈丽雅特·E.威尔森(Harriet E.Wilson,1825—1900)、哈珀尔、弗兰克·J.韦伯(Frank J.Webb,1828—1894)等都是这一时期著名的黑人小说家。在这里,将通过对他们的小说进行阐述,来展现出内战前美国黑人小说的重要特色。

一、马丁·R.德莱尼的小说

（一）马丁·R.德莱尼的生平

德莱尼是美国著名的黑人废奴主义者,同时也是黑人民族主义的先驱。他一直倡导黑人要建立自我,要有主见;他拥护美国殖民协会的主张,希望美国黑人能在世界上的某个地方建立一个由黑人控制的主权国家。他提出的激进黑人民族主义思想反映了其对美国种族形势的不满和失望。

德莱尼出生在西弗吉尼亚的查尔斯镇,父亲是奴隶,但母亲是自由人。后来,他随母亲搬家到宾夕法尼亚,在匹兹堡上小学。

之后,他来到纽约,毕业于奥尼达学院。1843年至1847年期间,他创办了报纸《神秘》,并在1847年至1849年期间和道格拉斯一起编辑了《北斗星》。在这段时间里,他的激进言论险些使他丧命。1852年,德莱尼在哈佛大学获得医学博士学位。同年,他出版了专著《从政治上考虑美国有色人种的状况、提升和命运》。这部书倡导美国黑人移居到世界上没有白人的地区,认为只有这样,黑人才能有机会建立自己的国家,决定自己的命运。1852年至美国内战期间,他在芝加哥、加拿大和宾夕法尼亚等地行医。行医期间,他到过很多地方,发表反对奴隶制的言论,支持黑人移民的思想。1859年,他出版了小说《布莱克;或美国茅屋》,这也是他一生中撰写的唯一一部小说。内战期间,他在联邦军队里担任军医,被授予少校军衔。1885年,德莱尼在俄亥俄州吉尼亚去世。

（二）马丁·R.德莱尼的小说创作

德莱尼最为重要的文学成就,便是创作了小说《布莱克;或美国茅屋》。在这部小说中,他改写了斯蒂芬·福斯特的感伤诗"种植园之歌",借用诗歌的结构和一些词语来表达黑人抵抗奴隶制的决心和追求自我的意志。

小说的主人公布莱克是美国黑人文学史上的第一位黑人民族英雄。他是一名出生在西印度群岛烟草种植园的自由黑人,本想到一艘西班牙军舰上去当兵,结果阴差阳错地被抓上了一艘贩奴船。不顾布莱克在奴隶拍卖台上的大声抗议,船主还是把他当作奴隶卖给了弗兰克斯。来到弗兰克斯种植园后,布莱克很快与女奴玛吉成婚,生下了一个儿子。玛吉被奴隶主卖掉后,布莱克非常愤怒,到南方各州去发动黑奴,准备举行武装暴动。之后,布莱克将武装起义的计划带到古巴,在那里结识了名扬四海的古巴诗人普拉斯多。非裔古巴人也遭受到残酷的压迫,他又企图煽动那里的黑人暴动。后来,布莱克的暴动计划走漏了风声,遭到奴隶主当局的残酷镇压。在小说的结尾部分,德莱尼宣称古巴革命虽然失败了,但他们还将继续顽强抵抗,坚信更大的奴隶暴动一定会到来。这种情节的设计利用了当时人们对美国并吞古巴的争议以及美国南方人对英国与西班牙企图通过给古巴奴隶以自由(称作"古巴非洲化"),从而导致美国发生叛乱和杀戮的恐惧。例如,就在《布莱克;或美国茅屋》一书出版的同一年,一份亲蓄奴制的长期宣传命定论的杂志《美利坚杂志与民主评论》在头版刊登文章鼓吹占领古巴,恳求政府将古巴从欧洲人的暴政下"解救"出来,还预言了将一直持续发展的"民主契约"运动。

总的来说,《布莱克;或美国茅屋》是一部关于密西西比河、美利坚合众国和古巴的小说,不仅讲述了大西洋奴隶贸易,而且还暗示黑人的全国性革命也许是解决黑人问题的一个好办法。同时,这部小说中所提出的黑人革命思想是美国黑人民族运动的先驱。

二、哈丽雅特·A.雅各布斯的小说

（一）哈丽雅特·A.雅各布斯的生平

雅各布斯出生在北卡罗来纳的伊顿屯,她的父母亲都是黑白混血奴隶,于是雅各布斯一出生就也成为一个奴隶。但是她也度过了快乐的童年,直到6岁的时候母亲去世,她才知道了自己奴隶的身份。之后,她和弟弟约翰去母亲的奴隶主玛格丽特家。以后六年里,玛格丽特教雅各布斯读书、写字和针线活。女主人死后,雅各布斯又成了女主人的亲戚诺康的奴隶,这个新主人霸占她近十年之久,不许她嫁人,并对她进行性骚扰。雅各布斯从未停止过对主人的反抗。她与一个自由的白人律师索亚自由恋爱,并与他生下了两个孩子。但是这两个孩子都被诺康据为奴隶,并把他们作为要挟雅各布斯的条件。

到了1935年,雅各布斯忍无可忍,成功逃脱。她逃到外祖母家,躲在外祖母家的阁楼上,一躲就是七年。她起初的"逃亡"方法是奴隶叙事史上最吸引人的描写片段。躲在小阁楼上，她尽可能在狭小的空间里活动身体，每天只能从阁楼的小孔窥视自己的孩子。之后，她又度过了一段躲避抓捕的恐怖经历，直到最终在一个朋友的帮助下彻底赎得自由。同时，在朋友们的鼓励下，雅各布斯把她的这一段经历写成一本小说，这就是1861年问世的《女奴传奇》。而且，她还在朋友的影响下成为一个积极的废奴主义者。美国内战期间，雅各布斯在弗吉尼亚当过护士和教师，她对1862年颁布的《解放奴隶宣言》充满热情，宪法第十三条修正案最终结束了奴隶制。雅各布斯在华盛顿度过了她的晚年，直到1897年去世。

（二）哈丽雅特·A.雅各布斯的小说创作

雅各布斯是美国文学史上撰写奴隶叙事的第一位黑人妇女，而且她的一生只出版了一部小说，那就是《女奴传奇》。但是，正是这部小说奠定了她在美国黑人文学史上的地位。

在这部小说中，她为读者描绘了一个生活在内战前的奴隶妇女的生活，并以触目惊心的细节描述，展现了她怎样来抵抗奴隶主的性压迫，以及她为得到自由而奋斗的过程。因此，小说从一个黑人女奴的角度，对奴隶制进行了无情的揭露。小说中恶棍般的奴隶主就是源于现实中雅各布斯原来的奴隶主诺康。小说中的奴隶主对女主人公施加的各种各样的压迫都是源于作者的亲身经历。通过对奴隶制的揭露，雅各布斯使人们认识到了奴隶制的残酷无情，也使人们关注到奴隶们尤其是女奴隶们的悲惨命运。雅各布斯在这部小说的前言中说道："我非常热切地想要使北方妇女意识到，南方还有两百万妇女仍在受奴役，遭受着我所遭受过的痛苦，有的痛苦甚至比我的还要沉痛。我想在那些更为优秀的文学作品中加上我的这段证明，使自由州的人们认识奴隶制到底是什么。只有亲身经历过的人才会意识到奴隶制这个罪恶的深渊有多么深、多么黑暗、多么邪恶。"在这部小说中，雅各布斯还叙述了她是怎样为了保护她的家庭而作出牺牲，以及她和她的两个孩子如何获得了法律上的自由身份,这为探究黑人妇女的不屈精神提供了新视角。为了隐藏她的身份,小说中的人名全部用了化名,包括她自己的名字。

雅各布斯在写这部小说时,即使是在自己的叙述中,仍然声称不得不有所保留,因为她的许多遭遇是不宜付诸文字的。尽管如此,她的这部小说仍然挑战了奴隶主的权威,把奴隶主的道德堕落和好色淫荡描写得淋漓尽致。

总的来说,《女奴传奇》向美国北方自由州的人们揭露了南部奴隶制的本来面目,激起美国北方妇女对南方两百万黑奴妇女的悲惨遭遇和非人生活的极大同情,开创了19世纪美国具有开拓意义的女性奴隶叙事文本。而且,这部小说中塑造的黑奴女性形象比当时美国男性作家撰写的众多奴隶叙事中所描写的黑奴妇女形象更为真实、更为深刻。此外,这部小说有着19世纪盛行于美国的感伤小说的风格,并从黑人女权主义者的角度对小说的传统进行了挑战,如她在书中对于性进行了大胆的描写,而这一主题在当时的文学传统里是一个禁区,尤其是对于一个女性作家而言。不过,这部小说的文学价值在19世纪没能引起人们的重视,但在20世纪末,该书越来越受到人们的喜爱。

三、威廉·威尔斯·布朗的小说

（一）威廉·威尔斯·布朗的生平

布朗出生在肯塔基州列克星顿,出生时是奴隶,施洗礼后只有一个教名"威廉"。布朗青年时代的大部分时光是在圣·路易斯度过的,主人把他当作牲口出租,视其为挣钱工具。当时,密苏里河是奴隶贸易的主要通道,布朗曾多次谋划从水上逃走。1834年,布朗终于逃出奴隶主的魔爪,来到自由州俄亥俄州,得到当地一个名叫威尔斯·布朗的废奴主义者的帮助,因而改名以表纪念。同年,他与一个自由黑人姑娘结婚,生下两个女儿;后来定居在密苏里州圣路易斯城，先在一家轮船公司当服务员，后进入《圣路易斯时报》印刷所工作。与此同时，布朗成为废奴运动的积极分子，并加入了好几个民间废奴组织，积极参与反对奴隶制的斗争。

布朗思想敏捷，刻苦好学，逃到北方以后，通过自学，获得了一定的知识，加上他自身的苦难经历，曾在报上发表过几篇深受欢迎的描写黑奴生活的作品；他还经常发表演讲，并同社会上改革运动的各种团体发生联系，逐渐成为黑奴领袖人物和废奴运动的骨干。1849年，布朗代表美国社会和平组织去巴黎参加世界和平大会。会后，他离开美国，游历英伦三岛，到处做反对奴隶制的巡回演讲。他不仅传播废奴思想，而且还传播关于文化、宗教和哲学方面的知识。后来，由于《逃亡奴隶法》的实施，布朗逃到自由州后仍不安全，随时有可能被捕。因此，他从1850年起就一直待在英国，不敢回国。1854年，一对善良的英国夫妇花钱购买了布朗的自由。之后，布朗才回到美国继续发表演讲，宣传废奴主张。由于19世纪50年代美国黑人在美国的处境越来越恶化，布朗转而支持美国黑人向海地移民。在美国内战期间和战后一段时间里，布朗继续出版叙事类和非叙事类书籍，成为当时最多产的非裔美国作家之一。1884年，布朗在马萨诸塞州切尔西市去世。

（二）威廉·威尔斯·布朗的诗歌创作

布朗是美国黑人文学史上的第一位黑人职业作家，他把纯文学作为反对奴隶制的有力工具，竭力把黑人塑造成应该得到同情的对象。尽管不少评论家认为布朗的小说和诗歌负载了太多的废奴主义思想和多愁善感的情绪，但大家几乎一致认为他开创了美国黑人叙事传统中最持久、最令人振奋的一些人物类型和小说主题。

《克洛泰尔；或总统的女儿》是布朗最著名的一部小说，也是美国文学史上的第一部黑人长篇小说。布朗写这部小说的初衷，是为了引起英国读者对美国废奴事业的同情和支持。此外,这部小说是以美国第三任总统托马斯·杰斐逊与他的黑人女管家赛莉·赫敏斯(Sally Hemings,1773—1835)所生混血女儿的传说为题材而写成的。赛莉是杰斐逊的黑人奴隶,据说,她是杰斐逊妻子玛撒·杰斐逊同父异母的妹妹。新闻记者和一些人声称在杰斐逊任总统期间以及此后的一段时间里,妻子去世后,杰斐逊与赛莉同居,并生下了几个孩子,但是这点并没有得到历史学家的认可。然而,1998 年的一份 DNA 鉴定报告证实,杰斐逊至少是赛莉所生的其中一个孩子的父亲,这又引起了学界的争论。在《克洛泰尔》后来的版本里,出版商故意把对杰斐逊的称谓从"总统"改成"参议员",旨在掩饰一些白人心目中的"国耻"。

小说的主人公克洛泰尔虽然身为总统之女,但由于母亲是奴隶身份,终也逃脱不了受尽折磨的厄运。她在长大后被送往奴隶市场拍卖,买主是弗吉尼亚州一名叫霍拉旭·格林的政客,于是,克洛泰尔成了他的情妇,生了两个女儿。不久后格林正式结婚,把克洛泰尔母女活活拆散,把她卖到边远的南方。克洛泰尔历尽艰难逃回弗吉尼亚,想把女儿救出火坑,适逢德雷德·司各特领导的黑奴起义刚受到镇压,克洛泰尔与其他无辜黑人一起被捕入狱。被押往首都华盛顿后她越狱外逃,在华盛顿长桥附近被追兵包围,最后跳入波托马克河自尽。小说通过讲述克洛泰尔的特殊身份和她与广大黑奴一样最后被逼上死亡道路的故事,探索了奴隶制对美国黑人家庭的毁灭性打击、美国混血儿的艰难人生和白人奴隶主对黑奴的欺凌与压榨,同时对罪恶的奴隶制、对那些残酷无情而又荒淫腐败的统治者提出了强烈的控诉。

在这部小说中,布朗也展现了人性的高尚和正义的光辉,指出人性是不以人的主观意志而转移的。换言之:"人性其实就是'人在'的自然要求,是资本物化的天然克星。只有通过人性的回归,黑人才能最直接、最完满地实现黑人的'人在'。随着人类的不断发展,人性的实现越来越依靠个人幸福的能动创造。"不把黑人当人看待的行为既有悖于人性,也有悖于"人在"的实现。"物性化就是生活在资本主义社会中一切人的必然的、直接的现实。只有通过坚定不移的和不断重复的努力来破坏跟整个发展中具体地暴露出来的矛盾具体相关的物性化的存在结构，通过意识到这些矛盾对整个发展的内在意义，才能克服这个物性化。"克服物化是人类进步和发展过程中的永恒课题，其解决有助于人类文明的进步。因此，布朗在这部小说里从物化关系的角度，描写了美国政治理想与社会现实的反差和悖论，揭露了美国民主和自由的虚伪性和局限性。该小说关于种族越界、种族内性别歧视和平等人权等方面的主题成为 19 世纪和 20 世纪黑人文学的重要话题，对日后作家的小说创作产生了很大的影响。

四、哈丽雅特·E. 威尔森的小说

（一）哈丽雅特·E. 威尔森的生平

威尔森出生于新罕布什尔的米尔福德镇，父亲是一位非洲裔的桶匠，母亲是一名具有爱尔兰血统的洗衣女工。在威尔森还很年幼时，父亲就去世了，母亲把她遗弃在富裕农场主尼希米·海沃尔德的农场里，后被尼希米收养。她长大后，成为尼希米家的契约奴。契约期满后，她在新罕布什尔南部和马萨诸塞的中西部地区当家庭女佣和裁缝。1851 年，她与托马斯·威尔森在密尔福德结婚。婚后不久，她被丈夫抛弃。之后，她发现自己怀孕了，紧接着又病魔缠身。她被人送到希尔斯巴罗县的新罕布什尔济贫农场，在那里生下一个儿子。不久，托马斯·威尔森回家了，把她和儿子从济贫农场接走。一家刚团聚没几天，托马斯又去出海，不久便去世了。为了抚养儿子，威尔森只身前往波士顿寻找工作。在波士顿期间，威尔森创作了小说《我们的尼格》。1859 年 9 月初，这部小说由波士顿的一家出版社出版发行。然而一年后，她的儿子因病死亡。1870 年，威尔森在波士顿与约翰·加勒廷·罗宾森结婚，这次婚姻再次以失败告终。1876 年至 1897 年的将近 20

年时间,威尔森在一家家庭旅馆当管理员,但没再从事文学创作。1900 年,威尔森去世。

（二）哈丽雅特·E.威尔森的小说创作

威尔森是美国黑人文学史上的第一位妇女小说家,也是第一位在北美大陆出版小说的美国黑人作家。她最重要的小说作品是《我们的尼格》,这部作品的全名是《我们的尼格；或,一个自由黑人的生活素描,在北方的一座二层白楼里,甚至那里也在奴隶制的阴影里》。由于威尔森的小说关注的是自由黑人在北方所面临的歧视和穷困,所以它在完成之后一个多世纪里只落得个默默无闻的下场。部分原因可能是它直接挑战了主流的文化规范,北方的文学读者愿意接受南方种植园的暴力故事,而对北方黑人所遭受的暴虐却漠然置之。

这部小说的题目是作者精心挑选的,威尔森写这部书的目的就是要把北方黑人与南方黑人的生活状况作比较,提醒黑人同胞在种族问题上不要过于乐观。同时,这部小说的中心人物黑人少女福拉多是以威尔森本人为原型的。福拉多是一名浅肤色的美国黑人,母亲是白人,父亲是美国黑人。父亲死后不久,母亲便把福拉多抛弃了,导致她成为白人邻居贝尔蒙特的契约奴。正如小说的题目所示,某种形式的奴隶制在北方也存在。福拉多经常遭受贝尔蒙特太太和其女儿玛丽的毒打,受尽了苦难。小说中描述的恐怖场景很多,如福拉多被拳打脚踢、被皮鞭抽、被吊在橱柜里。虐待她的暴行可以与南方奴隶主的暴行相提并论。在小说中,福拉多的苦难持续了 12 年,直到她 18 岁的时候才获得了自由,但此时她已体弱多病。她离开贝尔蒙特家族后,自力更生,最后嫁给了一个逃亡的奴隶汤姆,并到处为废奴运动发表演讲。在小说的结尾,威尔森并没有为平衡小说的伤感情节而以快乐的婚姻结束,她在儿子出生后被丈夫抛弃,生活拮据,努力用自己的双手来养活孩子。总的来说,福拉多经历了人生的巨大痛苦,成为种族歧视和种族偏见的受害者。

在这部小说中，威尔森经常会描写大量福拉多会经常不高兴。但她不高兴的主要原因不是别人对她的种族主义凌辱，而是她不满自己的肤色。她一遇到詹姆斯就问，为什么上帝要把她变成黑人，而不是白人？她从牧师那里得到言辞上的安慰，因为黑人也会像白人那样死后进入天堂。在祷告中，她对自己的肤色感到惋惜，总是希望哪天能变成白人。这表明，福拉多对于自己的黑人身份缺乏认同。由此，威尔森呼吁美国黑人要对自己的身份进行认同，并在此基础上积极开展反奴隶斗争。

在这部小说中，威尔森还纳入了一些实验性的文本，如混杂的自传、虚构的情节和阐述的论点等。同时，在讲述内战前种族主义与白人经济优势的关系方面，她的小说显得比韦伯的小说更容易令人信服。此外，威尔森把黑人女佣描写成令人同情和敬佩的人物，显示出她对性别问题的高度敏感和独特见解。总的来说，这部小说是美国黑人小说史甚至是整个美国文学史上不可忽视的一部重要作品。

五、弗兰西斯·E.W. 哈珀尔的小说

哈珀尔既是内战前著名的美国黑人诗人，也是著名的美国黑人小说家。其中，她的小说《爱厄拉·雷诺伊》是第一部出自黑人女作家之手的长篇小说，对黑人女性小说的发展起到了至关重要的作用。

《爱厄拉·雷诺伊》是以美国南北战争为历史背景的，着重探究了这场战争爆发的政治经济原因。小说的主人公是爱厄拉，她的母亲玛丽是一个有四分之一黑人血统的女奴，她的父亲勒罗伊是美国南方的一名富有的奴隶主。当他生病的时候，朋友们都抛弃了他，只有玛丽自愿留在他身边，精心照料他。勒罗伊在感动中爱上了玛丽，之后，他解除了玛丽的奴隶身份，并把她送到北方去上学，还不顾表兄的强烈反对向玛丽求婚。结婚后，玛丽生下了三个孩子，这些孩子只有八分之一的黑人血统。勒罗伊夫妇决

定把他们按白人的生活方式培养。为了让孩子们免受种族偏见和奴隶制的折磨,勒罗伊夫妇过着没有社交活动的生活。一到入学年龄,孩子们就被送去北方读书。勒罗伊因黄热病去世后,其表兄直接毁灭这个家庭,不仅用欺诈手段侵吞了勒罗伊的财产,而且宣布勒罗伊和玛丽的婚姻无效,取消了玛丽的自由身份,把玛丽和她的孩子们当作奴隶出售。

爱厄拉被卖到了品行败坏的奴隶主汤姆先生家,但她长着一双蓝色的眼睛,皮肤白皙,外表上与白人无异。黑奴汤姆引领联邦军队把爱厄拉从种植园救了出来。之后,她成为联邦军队的一名护士,跟随部队南征北战。汤姆在与南部邦联军队的一次战斗中负了重伤,住在爱厄拉工作的医院,得到了精心护理。白人军医格里斯哈姆博士悄悄爱上了爱厄拉,但当他看到她对黑人伤兵汤姆无微不至的关怀时,心里充满了醋意。格里斯哈姆博士鄙视白种人与黑人的通婚;当他得知爱厄拉是黑白混血儿时,竭力抑制自己情感。不过,他未能克制住对爱厄拉的爱,最后还是向爱厄拉求了婚。但是,爱厄拉断然拒绝了他的求婚,理由是他的民族利用奴隶制来压迫她的家庭和黑人种族。与此同时,爱厄拉开始正视自己的黑人身份,决心在结婚前找到母亲的下落。一次,爱厄拉护理在战场上负了伤的老兵罗伯特时,她用歌声来安慰他。罗伯特觉得这首歌特熟悉,原来这是他母亲过去经常唱的歌。以歌声为线索,罗伯特发现护理他的女护士就是自己亲妹妹的女儿。内战结束后,联邦医院关闭,爱厄拉在一所黑人学校教书,并且找到了失散多年的母亲与自己的兄弟姐妹。后来,爱厄拉和玛丽、罗伯特一起去了北方,但他们在北方寻找住房时遭遇了种族歧视。而且,作为一名黑人妇女,爱厄拉很难找到一份工作。

虽然如此,爱厄拉却完全把自己看作是黑人妇女,决定非黑人不嫁。因此,她拒绝了格里斯哈姆的第二次求婚。最终,她与放弃了社会赋予白人的各种特权和升职机会,抛弃了家里的财产,通过种族越界成为一名黑人的拉丁默博士结婚。拉丁默博士和爱厄拉都积极倡导黑人的人权,他们志趣相投。在小说的最后,奴隶主和奴隶的生活被彻底地颠倒过来。以前的奴隶主没落了：凯蒂大妈的前奴隶主顾恩多维尔在孤独中死去；前奴隶主约翰逊太太穷困不堪，靠前奴隶罗伯特的资助为生。而前黑奴的生活却发生了很大的变化：哈里和德兰尼小姐开办了一所学校；罗伯特买了地，生活变得越来越富足；丹尼尔伯父和哈丽雅特外婆退休了，玛丽在黑人社区充当志愿者。重新团聚的勒罗伊一家积极参加民权运动，为维护黑人的人权和公民权而斗争。

总的来说，《爱厄拉·雷诺伊》是一部重要的小说，一方面是因为这是黑人妇女作家创作的第一部小说；另一方面是因为小说清晰地勾画出那个时代黑人妇女的形象，表达了作者对种族偏见和性别偏见的强烈谴责。

六、弗兰克·J. 韦伯的小说

（一）弗兰克·J. 韦伯的生平

韦伯出生在费城，1845 年他与一位名叫玛丽的混血儿结婚。1856 年，韦伯一家到伦敦旅游，在那里结识了一些上流社会的人物。1857 年，他出版了小说《加里一家和他们的朋友们》。1858 年，韦伯一家定居牙买加，并在金斯敦邮局找到一份工作。同年底，玛丽去世。韦伯又在牙买加住了几年，并与牙买加的当地女子玛丽·罗杰斯再婚，组建了新的家庭。1869 年，韦伯把家人留在牙买加，只身回到美国，他想重新开始自己喜爱的文学创作工作。19 世纪 70 年代初，他居住在华盛顿特区，在自由民管理局工作。之后，他到《新纪元》杂志社工作。1872 年，韦伯离开华盛顿，定居在得克萨斯州的加尔维斯敦，并在那里教书，1880 年后，韦伯担任过一所中学的校长。1894 年，韦伯在加尔维斯敦去世。

（二）弗兰克·J. 韦伯的小说创作

《加里一家和他们的朋友们》是韦伯最重要的一部小说作品，

虽然这部小说的撰写正值国际社会关注和谴责美国奴隶制问题的时期，但是作者没有写关于种族问题的敏感话题，而是讲述美国北方的自由黑人如何在种族歧视严重的社会环境里追求社会地位和经济成功的故事。

在这部小说中，韦伯追溯了两个非裔美国中产阶级家庭的生活和磨难，一个是混血家庭；另一个是纯粹的黑人家庭。故事发生在南北战争前的费城。加里先生是一名拥有奴隶的南方人，妻子曾是奴隶，他们生育了两个混血儿。为了逃避南方的种族主义社会环境和佐治亚州禁止其儿子获得自由的严酷法律，他们一家人搬到费城居住。他们住进了一个白人社区，在那里结识了一些地位显赫的"朋友"，其中有中产阶级黑人埃里斯一家。不久，他们发现北方种族主义的表现形式不同于南方，但对黑人来讲，处境是同样的危险。住在隔壁的白人发现新来的邻居是黑白混血儿，大吃一惊，同时对富有的黑人又充满了嫉妒。于是，他策划了一个阴谋，打算抢劫加里一家的财物。

有不少评论家认为，这部小说是19世纪传奇剧式的通俗小说，写作手法平庸，但是这个作品所涉及的主题和问题在19世纪末20世纪初黑人文学运动中成为关注的热点。另外，这部小说的主题开创了美国黑人文学史上的四个第一：第一次对北方自由州种族主义和种族隔离作了不加渲染的描写；第一次对种族暴动作了生动的描写；第一次对黑人中产阶级提升社会地位的行为作了正面描写；第一次对越过"种族界限"的混血儿作了含蓄的谴责。此外，这部小说对种族问题的描写可以看作是非裔美国文学批判现实主义传统的最初尝试。作者揭露了美国北方白人价值观的虚伪性，披露黑人混血儿"越界"进入白人社区所遭受的各种精神痛苦。加里一家和埃里斯一家的精神痛苦具有二分性：埃里斯一家在保留黑人文学传统的同时取得了社会地位和经济成功；加里一家企图"越界"进入白人主流社会，却遭到白人种族主义暴徒的毒手。

由于受自身阶级的局限，韦伯在这部小说中所描写的是美国黑人中产阶级的生活，而不是普通黑人的艰难生活。他原打算在小说里刻画几个奴隶，但后来又放弃了。所以，小说里没有奴隶出现，所出现的那些美国黑人都是生活优越的有产者。总的来讲，这部小说所描写的是南北战争即将爆发时费城自由黑人的生活状况，这些黑人虽然有自由身份，但仍然会遭遇社会上的各种种族歧视。

第五节　黑人形象的重塑：内战前的黑人戏剧

从 1800 年至内战之间的半个多世纪里，美国戏剧从总体上来说处于平稳发展的阶段，也可以说这一时期是美国戏剧发展史上的一个薄弱环节。不过，这个时期的美国黑人戏剧却出现了萌芽状态，并对黑人形象进行了重新塑造。

虽然这一时期没有出现真正有文学价值的黑人戏剧的剧本，但是黑人剧院的出现却为将来黑人戏剧的繁荣打下了一定的基础。在美国内战前，白人禁止黑人进入剧院。为了改变这种不公正的现象，黑人资本家威廉·亚历山大·布朗（William Alexander Brown）建立了一个戏院"非洲果园"，给黑人提供类似的娱乐场所。这个戏院地址是纽约百老汇西面的托马斯街 38 号，正好位于他家住宅的后面。戏院里有花园和林荫小道，可供顾客散步；有分隔的小亭子间，里面有桌子和椅子，客人们可以在那里休息，还有欧式酒吧和其他服务区域，周日的客人一般会穿着较正式的服装来。这个没有种族歧视的娱乐场新颖而独特，吸引了很多城里的黑人来消费。非洲果园演出公司于 1823 年在纽约首次上演了废奴作品《地狱边境的生活——爱中的生活：在奴隶市场》，虽然这个剧本现已失传，剧本作者的身份也不清楚了，但是学者们通过一些零星的资料推测该剧本的作者可能是美国黑人或熟悉奴隶生活的南方白人。在上演《地狱边境的生活》的两个月里，非洲果园演出公司还上演了由美国黑人撰写的剧本《索塔维国王的戏剧》以及戏剧形式再现了发生在圣·维恩申特岛上的奴隶暴动所谓《索塔维国王的戏剧》。

由于纽约城黑人的文化消费能力不强,再加上白人观众对黑人撰写的剧本有普遍的抵制情绪,所以"非洲果园"不久就被迫关门了。之后,一所新的剧院——"非洲剧院"出现。这所剧院主要上演莎士比亚的剧本,如《查理三世》《奥瑟罗》《麦克白》《朱莉亚·凯撒》和《罗密欧与朱丽叶》等。为了提升剧院的吸引力,该剧院的老板还特意邀请英国的一些著名演员来演出,一些黑人演员也参与本色演出。"非洲剧院"最著名的黑人演员是艾拉·奥尔德里奇,他的演出才能出类拔萃,获得过极高的国际声誉,在英国和欧洲从事职业演出长达 40 年之久。

在"非洲剧院"创立之后,又有一个自由黑人在 1838 年建造了一家戏院。这家戏院取名为"马里格力戏院",平均每周上演一部戏,演出语言是法语。通常在一个戏剧重演时,会赠送看第二部戏的票。不过,这家戏院上演的全是由白人剧作家写的,而且只是偶尔会雇佣一些黑人演员。

总的来说,由黑人建造的戏院以及演出黑人戏剧的戏院的出现,在一定程度上推动了内战前美国黑人戏剧的发展。因此,在当时有不少的黑人作家尝试了戏剧创作,其中最为著名的是布朗。他既是这一时期著名的小说家,也在这一时期的戏剧创作领域取得了重要成就。

布朗一共写了两个剧本,但在其有生之年都未能搬上舞台。第一个剧本是对亚当斯博士讽刺,亚当斯是波士顿牧师,在南方待了三个月后,1854 年发表了为奴隶制辩护的文章。作为回应,布朗讥讽亚当斯,并指出自己当过 20 年奴隶,对那个"特别制度"的了解程度和亚当斯一样。于是,他在 1856 年写了《经历;或,怎么给予北方男人脊梁?》。在这个剧本里,他虚构了一个牧师被错卖成为奴隶的故事。当这个牧师最后获得自由时,他对奴隶制有了全新的认识。布朗在美国废奴协会的巡回演讲中时常诵读这个剧本。后来有个同事持异议,他解释说:在某些地方,读剧本比演讲的效果更好，因为"人们听戏要花钱……而参加废奴集会，就不用花钱了"。

《逃跑；或，跃入自由》是布朗创作的第二个剧本，讲述了逃亡奴隶到加拿大寻求自由所面临的问题。在美国，他们是逃亡奴隶，随时有可能被逮捕；如果被抓回，前主人会更残酷地虐待他们。布朗觉得第二个剧本相比第一个剧本来说写得要好一些。在这个剧本的前言中，他解释说："剧本的人物是真实的。格勒恩和米林达是真正的演员，还住在加拿大。其中的许多事件都来自我在南方18年的亲身经历。"同时，他在这个剧本前言中还承认剧本有缺点，并补充说："由于我出生在奴隶制社会里，一生中没上过一天学，我对书中出现的错误就不向公众道歉了。"

事实上，对于《逃跑；或，跃入自由》这个剧本，许多评论家觉得其是不同场景的杂乱堆积，语言也显得矫揉造作，但他们原谅了作者，因为作者并未打算把剧本搬上舞台。就像剧作家在前言里所说的那样，其中的许多事件是奴隶经历的真实写照。此外，剧本还揭露了奴隶主及其监工对漂亮女奴的性侵犯和性剥削，这一描述使得不少评论家进一步肯定了这个剧本的价值。

第六节　抨击奴隶制：内战前的黑人散文

美国内战前，黑人散文也获得了一定的发展。虽然这一时期的美国黑人散文的发展成就远远比不上当时的诗歌和小说，但不少散文作品竭力激发起读者的政治觉悟和正义感，讴歌黑人反对奴隶制和白人种族主义的勇气和反抗精神，因而是值得关注的。此外，戴维·沃克（David Walker，1796—1830）和道格拉斯是这一时期最著名的两位散文家。

一、戴维·沃克的散文

（一）戴维·沃克的生平

沃克出生在北卡罗来纳州的威尔明顿，父亲是奴隶，母亲是自由人。由于黑人后代的身份随母亲而定，因而他一生下来就是"自由人"。但是，南方的生活超越了他能忍受的心理极限，他无法面对那些正在奴隶制中煎熬的兄弟姐妹们。他曾经说过："如果我在血腥的土地上待下去，我会活不久的。我会为我的民族遭受的苦难进行报复的。这里不适合我——不，不。我必须离开这个地方。在一个那么多人处于奴隶制的社会环境里生活，对我来讲，是一个巨大的考验。我当然不能留在这个我时时刻刻都能听到铁链声的地方，不能待在我必须遭受虚伪奴隶主侮辱的地方。走，我一定要走。"[1]

沃克后来去了波士顿，开了一家服装店，成为波士顿黑人社区的一个重要人物，加入了马萨诸塞有色人种总会，还在报纸《大家之权》担任编辑。但是，沃克对奴隶解放事业最大的贡献是1829年出版的小册子《戴维·沃克的呼吁》。这是当时对白人种族主义最尖刻、最猛烈的谴责。由于该作品的巨大影响力，南方奴隶主把沃克视为眼中钉、肉中刺，不惜用巨金悬赏他的脑袋。1830年，沃克突然暴毙，死因不明。

（二）戴维·沃克的散文创作

作为第一个号召积极抵抗奴隶制的早期美国黑人作家，沃克倡导黑人弘扬坚韧不拔的民族精神，团结起来，勇敢斗争，不择手段地去追求解放。因此，沃克被誉为"美国黑人民族主义之父"，他的革命思想预示了20世纪60年代末70年代初"黑人权力

---

① 庞好农.非裔美国文学史（1619—2010）[M].北京：中央编译出版社，2013：89.

运动"的出现。而沃克的思想，主要是通过其创作的小册子《戴维·沃克的呼吁》体现出来的。这个小册子由四篇文章组成，明确提出了废除奴隶制的政治主张，用因果报应的宗教信条来威胁奴隶主。另外，这个小册子不仅是美国黑人撰写的最激进的早期抗议作品，而且是在美国印刷的黑人文化民族主义的第一个文本。

《戴维·沃克的呼吁》的攻击目标主要有两个，白人种族主义是其第一个攻击目标。白人种族主义主要表现在顽固维护奴隶制，无情剥夺黑人的受教育机会，故意篡改基督教教义以压制黑奴，以及实施驱逐黑人的移民计划。《戴维·沃克的呼吁》攻击的第二个攻击目标是黑人对种族主义现状的默认。在创作中，沃克有意使用了一个容易使人们联想到美国宪法的题目和结构框架。通过这种写作手法，沃克旨在使读者联想到美国宪法倡导的理想与美国现实中的奴隶制和种族主义之间的矛盾。小册子的许多观点引起读者关注美国社会的一个悖论：博爱的基督教伦理与白人种族主义暴行之间的矛盾。

《戴维·沃克的呼吁》的创作基调，从总体上来看是政治劝说和宗教劝说，其中也包括对白人种族主义者的公开的或隐含的威胁。沃克指出，"白人种族主义者的暴行会引起上帝的震怒或导致奴隶暴动，最后给白人带来灭顶之灾。白人需要奴隶，需要我们给他们做奴隶，但是他们中有些人一看见我们就诅咒我们。就像太阳会在子午线闪耀光芒一样，我们黑人到时会把他们连根拔出，逐出地球的每一个角落。"在小册子中的许多地方，沃克的说话语气与20世纪六七十年代的黑人民权主义者一样，他们不仅反对白人种族主义者，而且颂扬黑人的种族自豪感，倡导黑人团结起来，为黑人的解放事业而献身。同时，他认为教育不仅应该被视为让个人适应社会的工具，而且还应该是革命团体的武器。

《戴维·沃克的呼吁》的攻击目标及其创作基调，使其在出版后对奴隶主都产生了巨大的震撼。南方的白人，特别是在佐治亚、弗吉尼亚和北卡罗来纳的奴隶主们，被吓得惊慌失措，采取一些歇斯底里的行为，在路上设卡，搜查行人。不仅小册子被没收、销毁,而且身上携带了小册子的人也会被逮捕;武器分发给白人,用于镇压可能出现的奴隶暴动。这些白人要求波士顿市长下令逮捕沃克,波士顿议会通过了压制黑人的法规,要求隔离佐治亚港口有非裔美国水手的船只,不准他们上岸度假,对传阅煽动奴隶暴动出版物的人处以极刑,禁止印刷厂雇用黑人奴隶,禁止任何人以任何理由教黑人奴隶读书或写字。

虽然如此,许多黑人仍衷心地拥护《戴维·沃克的呼吁》中的政治主张,认为沃克是第一位勇敢说出黑人心声的人。

二、弗雷德里克·道格拉斯的散文

(一)弗雷德里克·道格拉斯的生平

道格拉斯出生在南方马里兰州的特尔勃特县,是一个名叫哈丽特·贝利的女奴与一个不知名的白人的私生子。他幼年时母亲就不知去向,直到8岁都是由外祖父母抚养。此后,在劳埃德的种植园里生活,曾受到一个叫"卡蒂大婶"的女人的照料。由于不堪忍受繁重的奴隶劳动,他几次反抗主人,曾受到残酷折磨几乎丧生。1836年,他终于逃到马萨诸塞州,改名为弗莱德里克·道格拉斯,先从事体力劳动,后因他善于演说,又遭过磨难,被当地的废奴协会聘请去做宣传鼓动工作。1841年,道格拉斯在马萨诸塞废奴主义者主办的会议上发表演讲。他是一名很有气势的演讲者,声音洪亮、逻辑清晰,言辞引人入胜。他身材高大、长发飘逸、神采奕奕,常常是废奴集会上最引人注目的人物。1845年,道格拉斯应邀访问英国,他作为废奴运动演讲者的名声早已在英国传开。他在英国向同情美国黑奴的人们发表演讲,争取他们对美国废奴运动的支持。不少评论家说,单凭他那出色的口才,就不该是个奴隶。同年,他以散文形式创作的第一部自传体作品《弗莱德里克·道格拉斯生活的自述》,把他早年奴隶生活的非人遭遇和逃亡奋斗的经历作了生动、详尽的描绘。此书出版后在社会上引起了很大的反响,大大推动了废奴运动的发展,但他也因此暴露了自己的身份。为了避免奴隶主的追捕,道格拉斯在友人们的资助下前往英国和爱尔兰。1847 年,他回国后赎回了自由,并创办了一份废奴主义的报纸《北极星报》。从此道格拉斯成了一个职业政治家和废奴运动的领导者之一。南北战争爆发后,他在马萨诸塞州组建了两个黑人师团投入战斗,并把自己的两个儿子也送到师团里去当兵。后来,他成为林肯总统黑人问题的顾问,直接参与内战期间国家的军事和政治的领导工作。战后重建时期,道格拉斯一直在政界服务。1877—1881 年任哥伦比亚特区行政长官,1881—1886 年任联邦法院法官,1889—1891 年任美国驻海地公使。道格拉斯的最后几年在华盛顿度过,致力于他的作品的修改工作,1895 年,道格拉斯病逝。

（二）弗雷德里克·道格拉斯的散文创作

道格拉斯不仅是在 19 世纪四五十年代的美国废奴运动中崛起的黑人领袖,而且是美国黑人中极具雄辩之才的演说家和知名作家。同时,道格拉斯不仅是杰出的废奴主义者,而且还是妇女参政运动的支持者。他坚定不移地倡导所有人类的自由和平等,不管是美国黑人、妇女、土著印第安人,还是新来的移民。他声称:"我将和一切干正确事情的人团结起来,不和任何干坏事的人走到一起。"由于其在美国政坛和民众中的重大影响力,他于 1872 年被推举为美国副总统候选人,成为美国历史上获此殊荣的第一位黑人。

道格拉斯一生发表了无数次控诉奴隶制的演说。《7 月 4 日对尼格鲁人的意义》是道格拉斯非常著名的一篇讲演稿。在这篇演讲稿中,他将英国的基督教与美国的"蓄奴者的基督教"作对比,将建国伟人的崇高精神与奴隶制的邪恶本质作对比,并将《圣经》中以色列人的苦难与奴隶的遭遇作对比,达到了既高度赞扬了建国伟人、又给奴隶制以及那虚伪的庆典以严重一击的目的。对于建国者们,他在演说中给予了高度评价:"他们支持和平,但他们宁愿革命,也不愿屈从束缚,苟且偷安;他们喜好安静,但他们绝不从反压迫的斗争中临阵脱逃。他们生性宽容,但他们明白宽容应有一定的限度;他们相信秩序,但不相信专制制度下的秩序。他们所在之处,一切谬误不能长存;他们所在之处,正义、自由和仁爱终将战胜奴役与压迫。"对于罪恶的奴隶制和美国民主思想的双重标准,他疾言厉色地指责道:"对黑人民族来说,7月4日的国庆是一个骗局;你们白人鼓吹的自由是一种不神圣的自由;你们白人民族的伟大是膨胀的虚荣;你们白人的欢庆之声空虚残忍;你们白人对暴君的谴责厚颜无耻;你们白人叫嚷的自由和平等是空洞的嘲弄;你们白人的祈祷、赞美诗、布道和感恩,还有气氛庄严的宗教游行,对黑人民族来说,只不过是夸大其辞、欺诈蒙骗、不虔诚和虚伪,像一层微薄的面纱掩盖着种种罪行,使这个国家因这些野蛮行径而蒙受了耻辱。此时此刻,在这个地球上,没有一个国家像合众国的人民那样,犯下如此惊人而血腥的罪行。"道格拉斯当时已经转变了对美国宪法和《独立宣言》的看法,但仍旧面临着两难的选择:白人社会对独立日和国父们的高度热情几乎到了宗教式崇拜的地步,一味地控诉这虚伪的庆典必然会招致听众的反感,而像白人那样歌颂这一庆典又有违他的内心。

　　道格拉斯在演讲中,善于运用白人对黑人的刻板化印象,或不怀好意的讽刺漫画,达到相反的效果。他的许多演讲在结构上都具有这样一个特点,即先呈现残酷黑暗的现状再表达对未来的希冀。比如,1855年他发表了一篇有关反奴隶制运动的演说,该演说以顽固的亲奴派议员约翰·卡尔洪(John Calhoun)和原先支持废奴、但中途转而投票赞成逃奴议案的议员丹尼尔·韦伯斯特(Daniel Webster)的事情开头,讲述了当时南方畜奴势力气焰高涨,而北方的废奴力量却有些畏缩,以及反奴隶制运动面临的重重困难挫折,并在末尾表明了自己对正义的反奴隶制运动必将胜利的坚定信念。他在批判美国人的双重标准时曾这样说道:"你们欢迎从被压迫中逃离出来的难民来到你们的海岸,以盛宴款待他们,用掌声迎接他们,为他们喝彩,向他们敬酒,对他们致敬,给他们以保护,为他们挥金如土;但对于本土的难民,你们发出告示追踪他们,逮捕他们,枪杀他们:你们一方面自恃自己的民族教养、自豪于自己的全民教育,另一方面却维护着一个野蛮的、可怕的社会体制,一个起源于贪婪的、用骄傲支撑的、靠残忍延续的体制,这个体制深深玷污了这个民族的特性。你们总是津津乐道法国人的自由和爱尔兰人的自由;但一想到美国奴隶的自由,你们就会变得冷若冰霜。你们滔滔不绝地谈论劳动光荣,但你们支持的体制却在本质上玷污了劳动。为了废除3便士的茶叶税,你们赤膊面对英国人的枪林弹雨。然而你们却从本国黑人劳动者的手里夺走他辛苦赚得、所剩无几的微薄收入。"这段话将那些言行不一的美国人对外高呼仁义道德,对内却胡作非为的虚伪本性表现得淋漓尽致,充分展现了道格拉斯卓越的演说才能。

除了演说稿外,在道格拉斯的散文作品中,其以散文形成写成的三个版本的自传也是值得关注的,每个版本都是在前一个版本基础上的扩展。这三个版本分别是《弗雷德里克·道格拉斯:一个美国奴隶的生平叙事》《我的奴隶生涯与我的自由》和《弗雷德里克·道格拉斯的生平和时代》,其中,《弗雷德里克·道格拉斯:一个美国奴隶的生平叙事》主要记叙了道格拉斯的奴隶生涯;《我的奴隶生涯与我的自由》在此基础上加入了道格拉斯在北方生活了十年的经历;《弗雷德里克·道格拉斯的生平和时代》在《我的奴隶生涯与我的自由》的基础上加入了道格拉斯在此后25年间的活动与经历,主要以他在内战前后以及南方重建期间所从事的公共活动为主。此外,与后两部自传相比,第一部自传受到了更多的关注与好评。有的学者甚至对后两部自传进行了严厉批评:"1855年版的自传篇幅更长,信息量更大。它或许为社会历史研究提供了更多的数据,但就其文学价值而言,明显不及第一部自传。它句子结构复杂松散,节奏缓慢,文字冗余。这种松散的结构和风格在《生平和时代》中更加明显。"但这只代表部分学者的观点,并不意味着道格拉斯在创作后两部自传时对奴隶制和种族问题的态度有所缓和,也并不意味着他的文学创作能力的衰退。相反,这实际上反映出道格拉斯在看待问题时变得更为全面、辩证和深刻,他的文学思想也变得更为客观和成熟。在这里,我们着重分析一下《弗雷德里克·道格拉斯:一个美国奴隶的生平叙事》。

《弗雷德里克·道格拉斯:一个美国奴隶的生平叙事》直线叙述了以美国南方为背景的个人生活经历,高潮是道格拉斯成功逃到北方,摆脱了奴隶制的残酷压迫和人性压抑。这部作品把道格拉斯的生活片段以松散的方式串联在一起,以个例的方式图解奴隶制社会里白人的残暴和黑人的善良。为了揭示白人的非人性,这部叙事专门把白人和黑人之间的行为作了鲜明的对比。作者举了5名白人都曾杀害过黑人的事例,而书中的黑人没有犯下些许过错;黑人妇女经常被白人男子强暴,但没有白人妇女成为黑人男子性侵犯的受害者;同时,道格拉斯揭露了黑奴的悲惨生活,黑奴们住在四面透风的窝棚里,穿着破破烂烂的衣衫,吃着猪狗食,过着牛马不如的生活。值得注意的是,在这部作品中道格拉斯经常提及在危难时刻黑人互相帮助和互相鼓励的事例。由于逃奴法案的出台,逃奴的自由岌岌可危。为了保护自己以及同胞的自由与安全,逃奴们团结起来,形成统一、稳固的组织,一旦遇到以透露逃奴行踪相要挟的叛徒,他们便以集体的力量将其打退,以保护同伴。

在这部作品中,道格拉斯还讲述了以自己为代表的黑奴如饥似渴地学习各种文化知识,提高自己的种族觉悟和思想觉悟。奴隶掌握了文化知识后,变得越来越不满既定的奴隶身份和被剥削状态:在白人文化的不间断移入下,黑奴对自己身份和奴隶制社会的认识越来越清晰,采取了各种各样的反抗方式,也产生许多捍卫黑人权益的思想,把获得自由和解放作为人生的奋斗目标。道格拉斯通过其个人经历的描写表明他的经历不是他一个人的特殊经历,而是整个黑人民族在奴隶制社会环境里生存状态的逼真再现。因此，这部作品一方面为揭露美国南方奴隶制的残忍提供了证词，另一方面以自己学文化的事例和撰写出这部奴隶叙事的事实表明了黑人和白人一样也具有读写能力和思想观念的表达能力，驳斥了黑人智力低下论，戳穿了"黑人不是人"的谎言。

《弗雷德里克·道格拉斯：一个美国奴隶的生平叙事》从创作特色来说，文体明畅、用词精确、描写生动、情节震撼。同时，这部作品的语言和句式十分复杂多变，包含了比喻、双关、排比、反问等修辞手法以及较为明显的政治口吻。此外，道格拉斯还采用了内省的视角，加强了对叙述文本的控制，使之更接近自传。这样的变动使得奴隶叙述不但成为攻击奴隶制的强有力的社会和政治武器，同时也成为颇具研究价值和欣赏价值的文学作品。

第三章　内战后的美国黑人文学

1865 年,美国内战最终以联邦胜利告终。战争之初本为一场维护国家统一的战争,后来则演变为一场为了黑奴自由的新生而战的革命战争。战争结束后,美国虽然废除了奴隶制,但政府对南方黑人的承诺一直没有兑现。黑人无记名投票的权利也是昙花一现。之后,南方重建时期的种族制度、白色恐怖主义和种族歧视法律更是剥夺了美国黑人的公民权,导致几百万刚获得解放的美国黑人沦落到几乎和奴隶时代同样悲惨的境况。一直到 20 世纪初,白人和黑人在种族、阶级和性等方面的冲突与矛盾不断出现,这促使一批黑人作家默默通过文学作品来调和这种矛盾。于是美国黑人文学获得了进一步的发展。当然,尽管黑人作家很努力地在创作,但比较低调,所以前期并没有引起广泛关注,尤其没有多少白人读者。直到美国大文豪威廉·迪恩·豪威尔斯在 1896 年公开认可黑人诗人保罗·劳伦斯·邓巴(Paul Laurence Dunbar, 1872—1906)的创作才能后,白人读者才开始注意到黑人作家。总的来说,内战后的美国黑人文学带有较强的民族同化倾向,不少作家表现出了对美国中产阶级价值观的高度认可,作品主题以反抗种族偏见和社会不公为主。

第一节　帝国主义兴起、种族歧视与南方重建失败

一、帝国主义的兴起

内战后,美国工业生产迅速发展,特别是到了 19 世纪末和

20世纪初，更是突飞猛进地向前发展。这时，美国开始由"自由"资本主义向帝国主义过渡。

从1860—1900年四十年间，美国耕地面积增加了两倍，资本主义农场数目也增加了两倍。从1860年到1894年，美国工业生产总值增长四倍，由占世界第四位，一跃而居首位。生产和资本急剧集中，工厂工人增加百分之二十三，而工厂数目只增加百分之一。通过各个资本主义企业的残酷竞争和1873年、1883年、1893年三次经济危机，中小企业不断破产，资本和财富最后落到一小撮财团手中。于是出现了铁路大王范德比尔、石油大王洛克菲勒、钢铁大王摩根、汽车大王福特。他们垄断全国铁路、石油、钢铁、汽车生产的百分之八十以上，有的达到百分之九十五。

洛克菲勒财团的美孚石油公司，创立于1870年，1879年改组为托拉斯，除控制几乎全部美国石油公司外，还拥有数百艘海轮和煤气、电气、铜、铅等企业。1901年，银行家摩根创立联合钢铁公司，除控制钢铁企业外，还拥有铁路、轮船、煤矿、炼焦等企业。这类大型的托拉斯，在1909年只占全国企业总数的百分之一，却掌握了全国企业产值的一半。所以，列宁称美国为典型的托拉斯帝国主义。

不仅工业走向垄断化，而且银行业也向集中和垄断发展。银行资本和工业资本结合，形成金融资本，从而又产生金融寡头。它们操纵着美国经济生活，控制着国家政权，决定着政府的对内对外政策。

在这期间，美国出现了两党制。共和党利用领导内战胜利的"汗马功劳"，连续执政达二十四年，到1885年，由民主党的克利夫兰上台当总统。以后的美国政府，就由这两党轮流执政。两党制只是维护资产阶级专政的一种方法。两党政权对内都是实行残暴统治，对工人、黑人和广大劳动人民进行残酷剥削和迫害，这就不能不激起国内阶级斗争的发展。

垄断资本就是掠夺。19世纪中期，美国在大陆的领土扩张基本告一段落，就转而把侵略矛头指向海外。由于美国是后起的暴发的帝国主义国家,在它加紧向海外进行扩张、夺取殖民地和势力范围时,资本主义的丰盛筵席上,早已挤满了各种贪婪的鹰犬。美帝国主义怀抱野心,向很多国家发动战争,进行大肆侵略。

美国帝国主义的兴起,给美国工人阶级和其他劳动人民带来了深重的灾难。人民生活日益贫困化,政治权利日益被剥夺。随着资本主义向垄断阶段过渡,无产阶级队伍也在迅速壮大和集中,出现了波澜壮阔的工人运动。

二、种族歧视与南方重建失败

刚开始的时候,亚伯拉罕·林肯和北方的大多数美国人都认为美国内战是为了维护国家统一,对是否废除奴隶制的态度还不明确。当时,还是有一些北方白人希望战争能够结束奴隶制,但大多数北方白人或者反对解放奴隶,或者根本没有将这个问题放在心上。随着战争形势的变化,林肯意识到如果不让美国黑人积极参战,北方就难以在这场战争中获胜,于是颁布《解放黑奴宣言》,有效地扭转了南强北弱的战争态势。为维护国家的统一,美国黑人做出了重大贡献。美国黑人把服役看作是为获得自由而必须付出的代价,他们不仅在战争中流血牺牲,还时常遭遇军队中的各种种族歧视和种族偏见。美国内战的结束彻底改变了美国的政治格局,推进了美国民主和人权事业的发展,解放了400万美国黑人。美国南方奴隶制的结束标志着奴隶制作为一种现代社会体制的终结。

1865年,联邦获得了最后的胜利。这为美国黑奴制度的根除提供了社会基础和政治保障,但是美国黑人要实现自由并没有那么容易,还需要数百年甚至更长时间的斗争。这个斗争一直伴随着1864年至1896年期间的重建工作。重建时期,美国黑人在南方获得的权益是在白人的仇视下甚至是通过流血牺牲换来的。南北战争后,美国黑人才有机会组成法律认可的家庭,接受正规教育,建立美国黑人自己的社会公共机构。美国黑人本应努力参加选举,积极出任公职,但是真实情况却与之相背。

重建常常是指 1865 年至 1877 年期间一个州接一个州进行的社会改革。历史学家把南方重建分为以下两个时期。

（1）"总统重建期"（1865—1866）。林肯总统于 1865 年 4 月被刺杀身亡后,副总统安德鲁·约翰逊继任总统,重新把前南部邦联的州接纳进联邦。约翰逊赦免了前南部邦联高官,恢复其公民地位,把没收的土地归还给他们,允许前南部邦联支持者恢复其在各州和联邦国会的官职。美国黑人在总统重建时期没有选举权。那时,南方各州议会,不满在战争中的失败,转而把愤怒发泄在 400 万刚获得解放的奴隶身上。随着臭名昭著的"黑色法典"的颁布,南方白人剥夺了南方美国黑人的民权,使他们在白人暴徒的肆虐面前毫无还手之力,任人宰割。

（2）"国会重建期"（1867—1877）。1867 年,国会实施的"南方重建"计划正式启动。国会从约翰逊总统手中夺过控制权,授予美国黑人应该依法享有的政治权利。同年 3 月,共和党占优势的国会通过了《重建法》,取消了"黑色法典"中的许多限制性规定,在南方实施军事管制,为美国黑人提供联邦保护。不久,国会在联邦宪法里加入了《第十四个修正案》,对所有美国公民,不论是白人还是黑人,给予平等的司法保护。1870 年《美国宪法第十五个修正案》获得通过,该法规授予选举权给所有少数族裔美国人,包括刚获得自由的所有美国黑人。尽管种族隔离依然存在,但美国黑人第一次享有了接受教育的合法权利。当时,绝大多数美国黑人还是文盲或半文盲。此外,国会专门设立自由民管理局（Freedmen's Bureau）来保护南方美国黑人的合法权益。通过这个管理局的协调和疏导,成千上万的北方进步人士来到南方建立学校,建立合作性组织,为刚获得解放的奴隶提供各种教育机会,培养南方黑人的就业能力和公民意识。1865 年至 1870 年的短短五年里,管理局建立了 4000 所由北方人士提供师资的学校;教会和慈善组织建立的一些学校渐渐发展成为独立的学院。各个层次的黑人教育在南方重建时期获得了大发展,为提高美国黑人的政治觉悟和工作能力做出了不可磨灭的贡献。

南方重建是美国黑人追求真正自由的一个短暂亮点。1877年联邦军队撤离南方后,州和联邦的法院废除了保护美国黑人的法规,行政权力又归还给民主党人,这标志着南方重建的结束和失败。美国黑人在南方重建中获得的社会和经济权益很快被剥夺。后期,民主党人企图摧毁黑人的政治力量,彻底剥夺他们的公民权。19世纪80年代以后,白人的暴行摧毁了南方重建的民主承诺,大多数美国黑人在南方失去了选举权。

南方重建初期,大量穷人,包括黑人和白人,积极参加政治活动,制定有利于穷人的政策。但是,南方重建后期,南方各州秉承所谓"精英阶层"的意志办事,大肆宣扬白人至上论,并且把穷人按种族划分。1880年,对美国黑人实施种族隔离的政治措施取得了合法地位。这个时期,美国黑人的权益被政治家们所遗忘,废奴团体在奴隶制废除后也很快消亡。随着工业化和机械化的发展,美国黑人体力劳动的重要性减弱,不少白人开始把黑人视为工业化北方和农业化南方的累赘。1881年,种族歧视和种族隔离措施进入司法实践,并且一直延续到20世纪60年代,南方各州相继通过了一系列实施种族隔离的法律,干涉到黑人社会生活的每一个层面,包括殡葬丧事务、银行业和餐饮娱乐业等,这些限制黑人人身自由和剥夺黑人基本人权的法律被统称为"种族隔离法"。任何阶层的美国黑人都坚决反对"种族隔离法"把黑人低下的社会地位和限制性使用公共设施等作为条款写进法律。尽管处于种族隔离的社会环境,种族之间的交往还是很普遍的事,因为白人总得雇用黑人在农场干活或做家务。实际上,南方各州从来没有给美国黑人提供平等的娱乐设施和交通设施,州和地方政府在没有议会介入的情况下颁布了一系列隔离法规,国家内部种族敌意的氛围被强化。1883年,联邦最高法院废除了"1875年民权法",南方的美国黑人重新陷入任由白人宰割的境地。一些美国黑人通过法院质疑种族隔离的合法性,但最高法院在"普莱西诉弗格森案"中裁决:只要分隔的设施是相等的,就是合乎宪法的。这个无理的裁决充满了种族偏见,给黑人安排的分隔设施与给白人安排的分隔设施应该平等的概念在日常生活中被忽略,导致白人使用优等的公共设施,而黑人使用次等的。

这个时期白人对种族平等和社会正义问题的支持度不断下降。查尔斯·桑尼尔和威廉·劳埃德·加里森等废奴领导人相继去世,他们的政治影响力越来越小,后继者虽在南方重建时期逐渐成熟起来,但都着迷于以经济繁荣和社会流动为特征的美国梦。制造业、交通运输和科学技术的迅猛发展开阔了人们的眼界。19世纪末也是美国帝国主义扩张的年代,美国征服了加勒比海和太平洋的许多地方,包括波多黎各、古巴和菲律宾。此时的美国国会通过了排斥墨西哥人和中国人的法案,后来还通过了排斥日本人、菲律宾人和南亚人的法案。欧洲移民的涌入为美国提供了大量劳动力,他们在技术行业和劳务方面享有比黑人优先的就业机会。不久,木匠、铁匠、桶匠、造船工和产业工人都已经建立起全是白人的工会。爱尔兰的保姆替代了黑人保姆,以前的黑人管家变成了街头的擦鞋匠,黑人侍者变成了洗碗工,黑人厨师也被欧洲厨师取代。总之,这一时期的美国,到处充斥着种族歧视的现象。

19世纪末,美国种族主义思想的发展为种族隔离和剥夺黑人公民权提供了理论托辞。白人至上论者通常以白人妇女被黑人强奸为借口,激起白人公众对美国黑人的仇恨,认为黑人无道德、无教养、无法无天,把黑人视为美国社会的最大祸端。针对美国黑人的暴力事件频频发生,美国变成了一个充满矛盾而又更加不公平的社会。即便如此,美国黑人的文化经济水平在种族隔离期间仍然有所发展。南方的许多美国黑人在19世纪60年代末和70年代纷纷离开家乡,到城市去谋生。南方的黑人纷纷脱离白人教堂和教派,建立自己的教堂和教派。黑人城市教堂有了自己的牧师,摆脱了屈从于白人教会的地位。这些牧师与农村的黑人牧师不一样,他们在经济上不受白人控制,城市的黑人社区为黑人教堂提供开支和牧师的工资。非裔美国中产阶级为黑人社区提供各种服务,如银行、理发、保险、丧葬、商店等,这些白人不愿给黑人提供服务的行业实际上为非裔中产阶级和非裔资产者带来了巨额财富,极大地促进了黑人工商业和服务业的发展。

19世纪90年代至20世纪初,美国南方的黑人中产阶级也丧失了选举权。南方美国黑人因种族隔离制度,被迫使用质量低劣的公共设施,同时被排斥在社会政治体系之外,成为白人可以随意施暴的受害者。当时,黑人主要靠白人的雇佣而谋生,几乎没有切实可行的办法来抗议美国社会的种族歧视。白人对黑人实施的种族隔离迫使美国黑人在社会生活中更加依靠自己,黑人社区工商业的发展为第一代美国黑人中产阶级和美国黑人资产者的产生开辟了一条新路。

第二节　内战后美国黑人文学发展概况

南方重建失败后,美国黑人的生存状况越来越差。恶劣的社会环境使苦难的美国黑人雪上加霜,但却激发了美国黑人作家前所未有的文学创作热忱。一个新的美国黑人文学传统就此形成——揭露美国黑人成为美国公民后却享受不到公民权利的窘境,抨击白人的制度化种族歧视,指出美国黑人二等公民地位与美国民主的悖论。这一文学传统一直延续到1915年才有所改变。

此外,白人种族主义文学密切配合了白人政治上的反扑,大批白人作家继承南北战争前庄园文学的传统,写了大量怀念蓄奴制下南方生活方式的庄园小说。他们对一个一去不复返的、建立在对广大黑奴剥削和奴役基础上的生活方式极尽缅怀与歌颂,而且还宣扬黑人因智力低下难以成为美国社会合格的公民,得到自由后常因无法适应而沦为罪犯。他们说什么黑人如无白人加以管理便会从知足的奴隶变成野蛮人,极尽美化蓄奴制之能事。有的作家还露骨地歌颂种族主义,为三K党大唱赞歌,称他们为雅利安文化的保卫者。面对种族主义分子在政治及文化上的疯狂反扑,黑人为保护自己的权利进行了斗争。道格拉斯继续不懈地争取黑人的政治权利,要求与白人完全平等;新涌现的黑人领袖杜波伊斯针对一些黑人头面人物,如布克·华盛顿的"分离但平等"的迁就妥协思想,召开了尼亚加拉会议,要求黑人享有言论自由,男性公民应有选举权,废除公共场所的种族隔离措施,黑人应有受高等教育的权利等。

这一时期的文学作品是美国黑人处于艰难时代的产物。总的来讲,像所有的美国黑人一样,美国黑人作家所面临的白人种族主义者残酷至极,因此历史学家雷弗德·W.洛根把这个时期标识为黑人历史上的"最低谷"。美国黑人作家从 1865 年到 1902 年期间创作的文学作品主要是讲述美国黑人遭受美国主流社会排斥后所产生的各种悲惨经历,展现由于美国政府没能兑现关于种族平等和社会公正的承诺而带给黑人的失望、恐惧和挫折感。

这一时期,黑人传记方兴未艾。除了上述提到的道格拉斯外,还相继出现了一批具有相当影响的黑人传记,如莎拉·布拉德福德所著《哈里特,民族之摩西》,记录了反对蓄奴制的女英雄哈里特·塔普曼的一生;黑人主教丹尼尔·佩恩的《70 年回忆》;黑人国会议员兰马的《从弗吉尼亚种植园到联邦国会大厦》,以及名噪一时、颇有争议的黑人领袖布克·T 华盛顿的两部自传:《我的生活和工作的故事》和《从奴役中奋起》等。这些作品记录了 19 世纪黑人中先进人物为民族挣脱蓄奴制枷锁而斗争的事迹,他们广泛参加了当时黑人在政治、教育、宗教、社会等方面的改革,这批优秀的传记文学作品是了解 19 世纪美国黑人发展的必读书。

19 世纪末,随着黑人中产阶级的出现,黑人作家开始形成一支队伍登上了美国文坛。这一时期的小说或着力反对庄园文学对黑人的歪曲与丑化,或对种族歧视、种族迫害发出强烈的抗议。一些黑人作家在作品中塑造有教养、懂礼貌、受过良好教育的黑人形象,歌颂中产阶级黑人的道德品质,反映这些比普通白人更有才能、更有教养的人所遭受的歧视与迫害,力图以此揭示种族歧视制度之不合理。这些作品中的男主人公往往克服了种族歧视造成的重重困难与障碍，成为有成就的政治家、教师、医生、律师、记者等；女主人公则多为美貌温柔的混血女郎，是从言谈举止、思想教养到外貌等一切方面都与南方白人贵妇不相上下甚至更为出众的女子，仅仅由于身上有了些微的黑人血统便遭受非人的对待。黑人作家力图以这种完美的黑人形象作为广大黑人的楷模，同时唤起白人读者的良知和对黑人的同情，表明黑人既非野兽，也非劣等人。这批作家把文学看作提高民族素质的工具，他们鼓舞黑人的斗志，争取白人同情反对种族歧视的斗争，有着强烈的使命感。

随着黑人种族觉悟的提高，黑人女权主义思想也开始活跃起来。安娜·朱莉亚·库珀积极捍卫妇女的合法权益，抨击白人种族主义者对黑人妇女的压抑和迫害。在《来自南方的声音》里，库珀讨论的话题从妇女权利到种族进步，从种族隔离到文学批判，层层深入。她认为妇女在一个种族的新生和提升过程中承担着重要的作用，因此妇女应该接受良好的教育。库珀还认为所有的妇女应该被授予选举权，并指出妇女担任政府官员，有助于促进理智、正义和爱的道德力量在美国政府中的主导地位。她还指出种族隔离的制度破坏了国家的基本职能，不仅助长了人性中恶的一面，还给美国的文化艺术生活带来恶劣的影响。她呼吁美国黑人作家站在种族平等的角度观察世界，而不是去迎合白人读者的品位。在库珀看来，美国黑人的贫穷是奴隶制的后遗症，教育是美国黑人追求富裕生活的基石和最佳途径。

美国黑人取得的文学成就表明美国黑人有能力处理最高层次的思维和文化活动，他们不是低级人类。他们还指出，长期以来白人作家把美国黑人丑化成智力低下、道德缺失、没有主见的形象，因此，黑人作家消除这些负面影响的工作还任重而道远。黑人作家将继续捍卫黑人种族的人权，揭示美国社会内在的悖论。

内战后的这段时期，伊莱贾·史密斯、约翰·威利斯·米纳尔德等先后出现，不过，由于他们的作品大都发表在美国黑人编辑的出版物上，读者也主要是美国黑人，所以他们没能像先前的美国黑人作家那样获得全国性声誉，在文学史上也经常被文学史家所忽略。19 世纪 90 年代，查尔斯·韦得尔·契斯纳特（Charles Wadden Chesnutt，1858—1932）和保罗·劳伦斯·邓巴被公认为"一流作家"，这才使美国黑人作家重新崛起。

第三节　绝境中思想与情感的表达：内战后的黑人诗歌

在诗歌上，除保罗·劳伦斯·邓巴之外，其他非裔美国诗人在全国几乎无人知晓。当时白人作家把持的美国文坛漠视非裔美国作家的存在，并且认同滑稽说唱团丑化了的黑人形象。许多诗人写的诗歌不是充满了辛辣的种族抗议，就是流淌着逃避现实的浪漫主义思想。詹姆斯·麦迪逊·贝尔、詹姆斯·惠特菲尔德、阿尔伯里·惠特曼（Albery Whitman，1851—1902）和詹姆斯·埃德温·坎贝尔（James Edwin Campbell，1867—1896）等诗人沿袭了乔治·摩西·霍尔敦的传统，通过诗歌披露美国黑人在南方重建时期的痛苦经历。安妮·柏拉图和亨丽·埃塔雷等诗人创作了逃避现实的浪漫主义诗歌。总之，这一时期的美国黑人诗歌主要表达了美国黑人在历史上最艰难时刻的思想和情感。诗人们把美国黑人对美好生活的渴望融入诗歌的情感抒发，使美国黑人诗歌形式与内容的有机结合达到了一个新的高度，为哈莱姆文艺复兴时期美国黑人诗歌的繁荣奠定了坚实的基础。以下对保罗·劳伦斯·邓巴、阿尔伯里·惠特曼和詹姆斯·埃德温·坎贝尔的诗歌进行相应的阐述。

一、保罗·劳伦斯·邓巴的诗歌

（一）保罗·劳伦斯·邓巴的生平

邓巴出生在俄亥俄州德顿的一个黑奴家庭。父亲曾在肯塔基州当过奴隶,从南部种植园逃到北部。他的文学造诣在中学时代就初露头角,他担任过学校报纸的主编、文学社社长和班级诗人。他放弃牧师职位后,当了开电梯的小工。他在业余时间阅读了大量书籍,并从事诗歌创作。当时的知名作家罗伯特·尹格索尔和威廉·迪恩·豪威尔斯在《哈珀尔周刊》上把邓巴介绍给广大读者。这些知名作家的大力推介打开了邓巴作品的销路,最后邓巴成了一名职业作家。他的方言诗尤为出名。从 1893 年至 1906 年他去世前,他出版了许多方言诗集。他的第一本诗集《橡树与常春藤》于 1893 年出版。他在 1895 年和 1896 年先后出版了诗集《成年人和未成年人》和《平庸生活的抒情诗》。这两部诗集大获成功。十年后,邓巴成为美国最受欢迎的诗人。刊发过他的诗歌的重要期刊有《世纪》《大西洋》《观察》和《周六夜晚邮报》等。他的诗作吸引了大批白人读者和黑人读者,反响热烈。他把用规范美国英语撰写的诗歌称为"主要作品",把用黑人方言写成的诗歌称为"次要作品"。从个人的角度讲,邓巴喜欢用规范英语创作诗歌,但社会上的读者,尤其是白人读者,只喜欢他用黑人方言写成的诗歌。这些方言诗受到了大量黑人的追捧,但却强化了白人对美国黑人的许多偏见。邓巴于 1906 年逝世。

（二）保罗·劳伦斯·邓巴的诗歌创作

邓巴是第一位获得全国声誉的美国黑人诗人,其作品深受美国读者喜爱。不过,由于他的收入依赖于风云多变的读者市场,因此,他不愿公开质疑白人的偏见,也不愿公开与白人就种族问题发生正面的冲突。他的视野是乡村,其诗歌带有浓郁的乡土气息,但也不失浪漫情调,只是疏远了崛起中的非裔美国中产阶级所关心的社会问题。

邓巴方言诗的源头呈多样性,但最主要的源头却是白人作家托马斯·尼尔森·佩奇和厄温·拉塞尔开拓的种植园文学传统。另外,他也深受詹姆斯·惠特科恩柏·莱利的乡土作品的影响。邓巴很钦佩莱利,而莱利也很喜欢邓巴的作品。邓巴的方言诗也可以视为乡土作品，成为美国黑人文学的一大特色。他自己也曾经称，方言是唯一让白人听他说话的途径。他心里很苦恼，觉得采用民间材料的方言诗代表不了他的诗歌水平，也构不成让人肃然起敬的文学。他的这个内心想法代表了当时许多美国黑人作家的观点。

邓巴的诗歌《我们戴着面具》和《同情》都是使用规范英语写成的，在白人文学界毫无影响，但在美国黑人文学传统中却占有非常重要的地位。这两首诗歌也表明邓巴非常明白自己的窘境，正是这种困境迫使他在文学创作中大量使用黑人方言，而不是去追求他自己心目中"更高雅"的诗歌创作。他曾叹息道：

> 我们戴着面具献媚地笑，无限制地撒谎，
> 面具掩饰我们的面容，使我们的目光暗淡
> 这是人与人之间相互欺诈的代价
> 心被撕裂，心在滴血，我们在微笑，
> 口头上的东西有着无数的微妙含义。

在这首诗里，邓巴揭示了美国黑人在种族主义社会里戴面具的痛苦、无奈和怨恨，指出美国黑人是被迫变得不诚实和无人性的。在《同情》的最后一个诗节里，邓巴写道：

> 我知道为什么笼中鸟在歌唱，
> 当他的翅膀被擦伤，胸口感到疼痛
> 当他挥舞棒子，想获得自由，
> 那不是快乐或高兴的赞美诗，
> 而是从内心深处发出的痛苦的祷告
> 但是他竭力向苍天发出请求，
> 我知道为什么笼中鸟在歌唱！

在这个诗节里，邓巴用"笼中鸟"来比喻黑人，对美国黑人在

被束缚的社会环境里对自由的深切渴望进行了揭示。

二、阿尔伯里·惠特曼的诗歌

（一）阿尔伯里·惠特曼的生平

惠特曼出生于肯塔基州哈特县的一个奴隶家庭。他曾经当过 12 年奴隶，只上过一年学。他一生中出版了五部诗集，他的艺术生涯和生活经历证实了他的箴言："逆境是英雄品质的学校，忍耐显现一个人的崇高，希望是远大抱负的火炬。" 12 岁时，惠特曼沦为孤儿，一直在他出生的农场干活。1864 年至 1870 年期间，他在俄亥俄和肯塔基的犁头车间当过工人，修过铁路，还当过一段时间的教师。1871 年，他在威尔伯福斯大学拜著名学者丹尼尔·A. 佩恩为师，之后担任该校的财务总监。他虽然没受过多少正规教育，但是通过勤奋自学，获得了渊博的知识，于 1877 年成为 AME 教会的杰出牧师。他热爱诗歌创作，被美国学界视为邓巴之前最多产的非裔美国诗人。1902 年，惠特曼因病去世。

（二）阿尔伯里·惠特曼的诗歌创作

惠特曼的第一首诗歌《陷入迷途的莉娜》由 118 个诗节组成，诗歌讲述了一个关于诱惑与背叛的故事，但是这首诗歌强调人对自然之法的扭曲，感叹人类欢乐的瞬间性，展示美德与邪恶的较量。它涉及了佐治亚的社会现状与当时的宗教伦理。虽然这首诗并不是以种族问题为主题，但是它凸显了惠特曼长篇叙事诗的独特艺术风格。

《不是人，又是人》发表于 1877 年，主题就是种族问题，在这首诗中，他依然使用了过多的情节剧成分。诗歌以奴隶制时代为背景，主要讲述了黑奴罗德尼的浪漫故事。通过罗德尼从奴隶到自由民的人生历程，该诗把勇敢的印第安人与背信弃义的"文明"白人作了鲜明的对比。在故事开头部分，他从印第安人强盗手中救了奴隶主爱女的命。当她正要向他表白爱情的时候,他却突然被卖到南方去了。在南方,他爱上了美丽的黑奴女孩莉娜。经过危机、灾难和令人毛骨悚然的冒险经历后,罗德尼和莉娜逃到加拿大,找到了自己的爱情、欢乐和自由。美国内战后,各种浪漫故事充斥文坛,19 世纪七八十年代的小说和诗歌里出现过许多"罗德尼与莉娜"式的爱情故事。

《佛罗里达的强奸》是惠特曼最享盛誉的一部诗歌作品。该诗详述了西米诺尔人战争(1816—1842)中发生的许多事件,用大量实例说明了在财富世界之外原始本性的可贵之处,赞扬了印第安人和美国黑人的勇猛精神,认为上帝之爱和土著人之间的爱超越了教堂、国家和军队的仇恨和虚伪。这部作品是模仿朗费罗的长诗《海华沙》的风格创作而成的史诗,展示了美国印第安人的悲剧人生。这首诗按斯宾塞诗体写成,含有许多诗章,稍加修改后于 1885 年再次发表。

《不是人,又是人》和《佛罗里达的强奸》这两首诗在美国读者和学界受到的好评极大地鼓舞了惠特曼的创作热忱。这两首诗和更早时候出版的诗歌《漂浮的树叶》合并在一起于 1890 年再次印刷,这更加提升了惠特曼的知名度。

1893 年 8 月 25 日,惠特曼和其他非裔杰出人物一起出席了芝加哥世界博览会,和道格拉斯、邓巴和其他重要人物一起站在主席台上。惠特曼朗诵了一首专门为这次博览会而撰写的诗歌,诗歌的题目是《自由人的胜利之歌》。他的妻子卡蒂·惠特曼也朗诵了从诗集《飘忽的树叶》里选出的一首诗《老兵》。

《南方的田园诗,一首由两部分组成的史诗》是惠特曼的封笔之作。诗歌的第一部分《有八分之一黑人血统的黑白混血儿》于 1901 年发表,讲述了奴隶主与女奴的爱情故事,揭示了种族歧视与人间真情的张力,抨击了不合理社会制度的荒谬性。史诗的第二部分《南方土地的魅力与自由的重要性》于 1902 年也就是他去世的那一年发表。

惠特曼的艺术不是功利性或辩论性的,而是唯美主义的,一切都是为了显示黑人种族的艺术创造才能。他撰写了成熟的浪漫主义诗歌,再现传说中的田园世界;把现实世界看作是人类无限潜能的蕴藏之地;展望被人间之爱和诗歌天才美化了的未来世界。惠特曼竭力模仿 19 世纪的伟大浪漫主义诗人,但是他在创作技巧上比较薄弱,诗句显得冗长,押韵不到位,措辞转换生硬,修饰手法过于夸张,说教过多,有点偏离主题。不过,惠特曼的戏剧感很强,擅长于充满悬念的叙述,尤其是浪漫情节的描写,能真切地表达感伤、反讽和情爱。而且,他还大胆创新,在史诗般长度的诗歌里使用变化多端、难度系数较高的韵律和押韵格式,使其诗歌的音乐性适应于不断变化的情绪和含义。这些诗歌技巧有助于使读者感受到诗人的创作荣誉感、种族自豪感和艺术敏锐感。他的"男子汉"准则激励美国黑人为自己在美国的社会地位和政治地位而进行不懈的奋斗。

三、詹姆斯·埃德温·坎贝尔的诗歌

（一）詹姆斯·埃德温·坎贝尔的生平

坎贝尔是 19 世纪末的非裔美国诗人、编辑、教育家和短篇小说家。他是用南方种植园方言创作的第一位非裔美国诗人,他所使用的方言几乎接近于种植园的日常话语,带有强烈的乡土气息和南方文化特色。邓巴以方言诗而出名,但坎贝尔创作方言诗的时间比邓巴还要早好几年。

坎贝尔出生在俄亥俄州坡米洛依。人们对他早年生活的细节一无所知。在坡米洛依,他进过公立学校,然后在俄亥俄州的迈阿密大学牛津分校读书。1884 年,他从坡米洛依高等学校毕业后,在俄亥俄州担任过教师,后应聘到西弗吉利亚的兰斯顿学校担任校长。他从 1892 年至 1894 年担任西弗吉利亚黑人学院的第一任院长,该学院是现在的西弗吉利亚大学的前身。他擅长公众演讲,逐渐发展成为当地知名的政治活动家。之后,他到芝

加哥工作,担任《时代使者》的职业撰稿人。在这期间,他发表了不少诗歌和文章,并参与编辑了风靡一时的文学刊物《四点钟杂志》。坎贝尔于 1896 年回家乡坡米洛依省亲时因肺炎而病逝,享年 29 岁。

（二）詹姆斯·埃德温·坎贝尔的诗歌创作

坎贝尔的主要作品是文集《漂流与拾遗》和诗集《来自棚屋和其他地方的回响》。《漂流与拾遗》收录了他用标准英语写作的诗歌和散文。他的诗集《来自棚屋和其他地方的回响》被学界认为是 19 世纪最佳方言诗集。在这本诗集里,他把现实主义和民间智慧与韵味十足的民间方言有机地融为一体,散发着浓郁的生活气息。该诗集收录了许多方言诗,其中一些方言诗的创作时间比邓巴还要早。他使用的方言非常接近于南卡罗来纳的格勒人。

《老医生兔子》是坎贝尔收录在其诗集的一首方言诗,通过寓言式的民间讲述方法,讽刺人类的虚伪。在这首诗里,兔子医生一点不关心病人,却对谋取高收入和社会地位感兴趣,诗人对他的观察和描述生动而具体。坎贝尔对非裔美国民间话语采用现实主义的、非文学性的处理方式,有时也使用到格勒方言的语言模式。在《老医生兔子》里,他写道:

> 他一把抓起礼帽,一把拿起拐杖,
> 书斋——“砰!”走出门——他坐车走了。

这两行诗句借用南方乡村黑人方言的轻快节奏,描写兔子医生匆忙就诊后迅速离开的情景,暗含他对病人不够关心。他的医德在下面两行诗句里表现得更是淋漓尽致:

> 这个人想病好,那个人想病好,
> 钱得进入兔子医生的钱袋。

诗人揭露了兔子医生在行医时的贪婪。他在大肆捞取钱财的同时,失去了做医生的道义和良心。坎贝尔使用黑人方言生动地讽刺了不良的社会现象。

坎贝尔的诗歌大量采用了南方黑人方言,具有浓郁的乡村生活气息。其诗歌的主题多是涉及当时的一些社会现象,主要讽刺了社会生活中人性的某些阴暗面。由于其阶级局限性,他的作品未能体现黑人作家的种族意识,也没能描写出南方黑人的真实生活画面。

第四节 揭露黑白混血儿生存窘境:内战后的黑人小说

内战后的这段时期,美国黑人小说的发展较为平缓。1871年,托马斯·德特尔在旧金山出版了一部小说《内莉·布朗,或妒忌的妻子》。之后一直到 1881 年,才有黑人作家发表小说作品,即 T. 普尔维斯在费城发表小说《夏甲,唱歌的少女》。1886 年,詹姆斯·霍华德发表了小说《束缚与自由》。很显然,19 世纪 60年代到 80 年代,黑人小说界是非常萧条的。19 世纪 90 年代末,美国黑人小说作家才开始多了起来。第一部享有较高声誉的小说是弗兰西斯·E.W. 哈珀尔的《艾奥拉·勒罗伊》,发表于1892 年。

除了哈珀尔外,乔治·马里恩·麦科克里兰、波琳·霍普金斯、萨藤·E. 格里格斯(Sutton E.Griggs,1872—1933)、查尔斯·韦得尔·契斯纳特(Charles Wadden Chesnutt,1858—1932)、佛郎茜斯·哈勃(Frances Ellen Watkins Harper,1825—1911)、波琳·伊丽莎白·霍普金斯(Pauline Elizabeth Hopkins,1859—1930)等都是 1890 年至 1902 年期间的黑人小说家的主要代表。他们倾向于在描写种族融合的传统主题里表达黑人的政治主张,并揭示种族界限和种族身份在美国社会的各种含义。以下主要对萨藤·E. 格里格斯、查尔斯·韦得尔·契斯纳特、佛郎茜斯·哈勃、波琳·伊丽莎白·霍普金斯的小说进行相应的分析。

一、萨藤·E.格里格斯的小说

（一）萨藤·E.格里格斯的生平

格里格斯于 1872 年 6 月 19 日出生在得克萨斯州查特菲尔德。父亲艾伦·R.格里格斯原是佐治亚的奴隶，后来成为浸礼会的著名牧师，在得克萨斯州创办了美国历史上的第一份黑人报纸，建立了一所中学。他对格里格斯的成长有着巨大的影响，尤其是把他成功地引上了神学和文学的道路。格里格斯从得克萨斯州马歇尔的主教学院和里士满神学院毕业后，到弗吉尼亚州伯克利浸礼会第一教堂当牧师。1897 年他和学校教师艾玛·威廉斯结婚。1899 年他在东纳什维尔的浸礼会教堂担任牧师，后又担任全国浸礼会总部处理信件的秘书。

格里格斯积极参加教堂和社会福利救济领域的活动，时常巡回全国各地，帮助有困难的人们。在休斯敦，他协助筹建了全国公民和宗教协会。1914 年，他还创建了全国公共福利联盟；1925 年至 1926 年，担任了美国浸礼会神学院院长，这个神学院是其父亲创办的。他在孟菲斯的浸礼会教堂当了 19 年牧师，坚信教会的社会使命，促成孟菲斯城里唯一一个游泳池和健身房对美国黑人开放。1929 年华尔街股票市场的崩盘导致他所在教会的投机基金损失殆尽，教堂破产。之后，格里格斯回到得克萨斯州德尼森的霍普威尔浸礼会教堂，在休斯敦担任过短期的牧师。格里格斯于 1933 年 1 月 2 日去世，享年 60 岁，葬在得克萨斯州东北部的达拉斯。

（二）萨藤·E.格里格斯的小说创作

作为 19 世纪末 20 世纪初的美国小说家、散文家、传记作者和浸礼会牧师，格里格斯还是黑人组织"尼亚加拉运动"和"全国有色人种协进会"的支持者。他的文学作品和其宗教布道一样，强烈抗议社会不公，倡导平等人权，鼓励黑人自主发展，强调种族间的互信。尽管他的小说也以爱情为主线，但他的关注点不是情爱或性爱，而是其小说人物所表达出的种族意识和政治抱负。他的小说描写了美国"新黑人"在19世纪末所经历的各种政治冲突，同时还揭露黑人和白人混血的身份危机，特别是黑人女性混血儿的生存窘境。在当代社会伦理学理论的深深影响下，他相信社会美德能够帮助黑人提高民族文化，获得经济成功。他更激进的思想出现在小说《国中之国》里，也正是因为这部小说，他在文学界获得了较高的地位。

格里格斯是位著作颇丰的作家，一生中写了十多部书。在《国中之国》之后，他还写过小说《阴影笼罩》《挣脱枷锁》《被阻止的手》《指路》和《智慧的呼唤》等，这些小说都遵循一个相似的思路，讲述两个孩提时代的朋友因财富、教育、肤色和政治观点等方面的差异而分道扬镳：一个是好战者，另一个是种族融入主义者。之后，一个伤心事件促使温和的朋友采取行动，最后这两个人联手向社会不公和社会弊端开战。这些小说的文体僵硬，辞藻华丽，段落冗长，传奇剧色彩太浓，算不上是文学作品的上乘之作，文学价值不如《国中之国》。不过，对非裔美国读者来讲，他的小说提供了一个难得的机会，可以使读者了解到与黑人生活有关的政治问题和社会问题，对提高非裔美国读者的种族觉悟和政治觉悟有着积极的意义。此外，格里格斯还写了一系列关于社会和宗教的短文、小册子和自传。他的文章教条性极强，措辞锐利，锋芒毕露。

《国中之国》是一部乌托邦式的作品，虚构了一个在美国国内建立起来的、由黑人组成的仿"国家"组织——"国中之国"。这部小说在情节结构和主题设计方面很有创意，其情节的发展带有令人惊讶和意想不到的转折。小说发表后，销量十分好，一度超过了很多同时代作家的作品销量，但在当时文坛却并没有获得较高的关注度。直到20世纪60年代，随着美国民权运动的发展，特别是"黑人权力运动"的出现，美国黑人开始意识到这部小说的文学价值和艺术魅力。阿尔诺出版社于1969年对该书的再版引起人们更浓厚的兴趣，读者大增，该书不得不多次印刷，以满足读者的需求。

反讽手法的妙用是这部小说最大的艺术特色。作者运用跟本意相反的词语来表达此意，却含有否定、讽刺以及嘲弄的语意，渗透着强烈的情感色彩。因此，要想了解格里格斯在小说中要表达的真实思想，不能仅从字面上了解，更要从上下文及语境来解读其寓意。

反讽手法主要表现在三大层面：言辞反讽、情景反讽和戏剧性反讽。

言辞反讽是反讽手法中最常见的、最容易被读者解读的反讽类型。在言辞反讽中，人们说的是一回事，但指的却是另外一回事。通过言辞反讽能够鲜明地突出语言外壳与真实意指之间的对照与矛盾。作者也正是通过言辞反讽，希望唤起读者积极参与作品解读的欲望，激励读者去体会作者的言外之意，从而获得一种思考的乐趣。《国中之国》的叙述人伯尔·特劳特是"国中之国"的国务卿；作为这个黑人"国家"的创始人之一，他知晓这个国家所发生的一切。格里格斯在小说开始之前，专门插入了伯尔的临终声明。他在声明的前三段说：

> 我是叛徒。我违背了一个严肃的、有约束力的誓言，这誓言地球上的人都该遵守呀。
>
> 我把一个可爱民族的重托踩在脚下，泄露了他们看得比生命还重要的秘密。
>
> 犯下如此之大罪，我是世上最可恶的人，该杀！

在这三段话里，作者用了"叛徒""违背……誓言""泄露"和"该杀"等词语，看起来好像伯尔真的是个十恶不赦的坏蛋。但当我们把整个临终声明读完后，就会发现他背叛的是"国中之国"

分裂美国的行为,泄露的是可能会引起国家动乱和种族冲突的激进计划。如果他不"背叛"、不"泄露",那么就会有成千上万的人死于战火,那他才真的是"世上最可恶的人"。伯尔的这些自贬性话语在其后续情节发展中一一得到消解,读者只有读完了才会明白。作者也正是通过这种自贬性话语,来吸引读者的注意,抨击不良社会环境对正能量的压制。可见,格里格斯运用言辞反讽,揭露、批判、讽刺和嘲弄当时的一些社会现象,增加语言的表达力。这些言辞反讽可以鲜明地表示说话人的态度和立场。这些反讽的运用可以使语言有变化、不死板、生动有趣,增强说话或文章的幽默风趣感,有助于小说人物把憋在心里想说的话说出来,取得意想不到的艺术效果。

情景反讽追求的是一种整体化效果。在表现手法上前者局限于语词或段落之间的表里的悖异,而后者却是文本的主题立意、情节编撰、叙事结构等文体要素共同孕育的一种内在张力。因此,情景反讽具有较强的隐蔽性,但这种不着痕迹的悖逆也赋予文本以较为广阔的阐释空间。在《国中之国》里,弗吉利亚州温切斯特镇黑人学校教师里尔纳得特别偏爱富家子弟伯纳德,用贬低穷人孩子贝尔顿的方式来增强伯纳德的自信心和上进心。但贝尔顿是一名自尊心很强的孩子:老师越贬低他,越取笑他学习中犯的错误,他就读书越努力,成为伯纳德在学习上的强劲对手。12年后,这两个孩子都成了里尔纳得班上最优秀的学生。里尔纳得对贝尔顿的贬低、压抑和不公正待遇反而激发了贝尔顿的学习潜力,把他造就成逆境中生长出来的有强劲生命力的人才。格里格斯的情境反讽不仅在该小说的情节发展、结构安排、人物性格的塑造、人际关系演绎等的处理上起着重要作用,而且借此升华至主题反讽,更深刻地揭示出作者欲表达的主题。

戏剧性反讽来源于戏剧,其讽刺力度得益于观众或读者的全知与剧中人的无知之间的张力。在《国中之国》中,贝尔顿与尼穆尔纯真相爱,成为黑人社区令人羡慕的一对"罗密欧与朱丽叶"。贝尔顿是深肤色的黑人,尼穆尔也是深肤色的黑人,但是结婚后尼穆尔生出来的小孩却是和白人无异的白皮肤。这让贝尔顿认为那个孩子是尼穆尔与白人私通后生下的孽障，顿时觉得山崩地裂，男性尊严顿失。他虽然没像莎士比亚笔下的奥赛罗那样把妻子杀死，但是他也从此离家出走，抛弃了妻子和新生儿。小说前面部分对尼穆尔人品的介绍表明：尼穆尔不可能是一个在婚姻上不负责的人。尼穆尔生出的白皮肤儿子导致夫妻关系的破裂，尼穆尔所在的黑人社区也火上加油，以通奸罪把尼穆尔逐出教堂。尼穆尔遭到人们的鄙视，受尽屈辱。她的不幸遭遇引起小说情节发展和读者认知之间的张力。尼穆尔的孩子渐渐长大，他的白肤色发生变化，变得越来越黑。当贝尔顿回家见妻儿最后一面时，那孩子的肤色变得比贝尔顿还黑。尼穆尔好不容易获得了与丈夫贝尔顿和解和团聚的日子，但此时已处于贝尔顿即将被"国中之国"的法律处以极刑的倒计时阶段。妻子冤情平反之日竟然是家庭解体悲剧的开始。见完妻子和儿子后，贝尔顿赶回得克萨斯州韦科"国中之国"的总部去赴死。对尼穆尔人品持怀疑态度或不知底细的读者发现，戏剧性反讽的力量就在于这个反差，让读者为尼穆尔和其孩子的命运焦急，有干预情节的冲动，或扼腕而叹的自责。格里格斯的《国中之国》堪称戏剧性反讽的经典，其故事情节在两个层面上展开的，一个是讲述者或剧中人看到的表象，另一个是读者体味到的事实。正是通过表象同事实二者之间的对立张力，产生强烈的艺术效果。二者的反差越大，反讽越鲜明。

很显然，言非所指是《国中之国》利用反讽手法显示出来的最大特征。它导致一个陈述的实际内涵与它的表面意义相互矛盾，从艺术效果来看，语言技巧上的反讽与主题层面形成的反讽相得益彰，使小说的主题意义出现相辅相成的两重或多重表现，形成强烈的反讽意味。格里格斯从国家、民族和个人三个方面揭露美国黑人南北战争后在美国社会的生存处境，讽刺国家层面的种族隔离制度的荒谬性，抨击了黑人社区内部的争斗和不作为思想，颂扬了以贝尔顿为代表的黑人领袖的政治担当和牺牲精神。

格里格斯在反讽语气中倡导的不是发动或制造美国社会的种族大战,而是激励黑人在维护美国联邦统一的前提下与白人种族主义者做斗争,争取获得美国宪法和美国政府赋予美国公民的一切合法权益,摆脱黑人的二等公民身份。贝尔顿建立的黑人组织"国中之国"不是要推翻美国的现政府或搞国家分裂活动,而是要坚持自己的民族主张,维护黑人民族的利益。

在格里格斯的第二部小说《阴影笼罩》中,作者表现了对于黑人在白人主宰的社会中的前途无望的心情,指出他们面前的道路崎岖坎坷。小说故事发生在南方的弗吉尼亚州,尔玛·怀逊和奥斯忒尔·赫恩顿是一对情人。当奥斯忒尔离家外出上大学时,前州长的儿子约翰·劳森想利用多利使尔玛成为自己的情妇,但是他不知道多利和尔玛的母亲是姐妹,是约翰父亲的私生女。多利为了报复,在法庭上公开了劳森父子玩弄黑人妇女的劣行,结果老劳森神经失常,约翰被判刑,多利也受到被浑身涂上柏油粘上羽毛的惩罚,最终自杀而死。尔玛和奥斯忒尔结婚后,尔玛的兄弟来到他们家中。约翰因杀死了一个坚持反对工会吸收黑人的白人工人被判在用铁链锁在一起的囚犯队中服苦役,他从囚犯队中逃了出来。约翰因在逃跑时风餐露宿,身体极度虚弱、不久即死去。尔玛感到,因为自己相信了布克·华盛顿的讲话,劝约翰坦白,才导致了他的悲惨结局,她极度悔恨悲伤,不久也死去了。奥斯忒尔的一个友好的白人朋友劝奥斯忒尔"接受不可改变的事实……有意识地不断地按最少反抗的路线行事,那么一切总会好起来的"。奥斯忒尔拒绝接受这种劝告,也排除了回非洲的想法,因为非洲"也笼罩着阴影"。他悲痛地把妻子海葬了,因为在海中,"那儿不存在这样的社会群体,他们的生存条件是将阴影笼罩在一切他们认为不可同化的事物上"。

作者通过混血女尔玛短暂的一生揭露南方一个广泛的社会问题,即道貌岸然的白人绅士对黑人妇女的玩弄与遗弃,造成越来越多的种族悲剧。寻欢的绅士留下混血的私生子女,任何一点黑人血统都会给一个人的一生罩上阴影:才能得不到发挥,职业没有保障,被排除在工会之外,法庭不公,肤色深浅不同的人之间的隔阂甚至仇恨,这一切常常使他们陷入走投无路的绝境。作者通过尔玛的命运批判了布克·华盛顿的种族妥协哲学。

总的来说,格里格斯的作品价值并不在于它们的文学性,而主要在于真实地反映了美国黑人的处境和一代黑人知识分子在解决种族问题上的探讨。

二、查尔斯·韦得尔·契斯纳特的小说

(一)查尔斯·韦得尔·契斯纳特的生平

契斯纳特于 1858 年 6 月 20 日出生在俄亥俄州克里夫兰。父亲是一名富裕的农场主,在契斯纳特 8 岁时,就举家搬迁到北卡罗来纳州法耶特维尔。小学毕业后,契斯纳特勤奋读书,自学了速记和法律。14 岁还是学生的时候,他就开始在法耶特维尔的霍华德学校教书。20 多岁时,契斯纳特担任法耶特维尔的州立师范学校校长,开始从事文学研究,并着手进行短篇小说创作。他在纽约短暂地从事过新闻工作,然后在克里夫兰的一家法院当书记员。1887 年在俄亥俄州取得律师资格。尽管工作很忙,他仍然没有放弃文学创作,先后发表了不少短篇小说、诗歌和抗议文章。他的成名作是短篇小说《被诅咒的葡萄藤》;两年后,他出版了两个短篇小说集《女巫》和《他年青时代的妻子》。单凭其短篇小说的成就,契斯纳特已把当时的非裔美国文学提升到了一个新的高度。20 世纪初,他还出版了三部长篇小说《雪松后的房子》《一脉相承》和《上校的梦想》。因为黑人身份的暴露,他的作品遭到白人读者的抵制,不久,契斯纳特就放弃了文学创作,转而从事法律工作。

契斯纳特退出文坛后,在美国文学界仍享有很高的声誉。1905 年,他应邀出席了在纽约城举行的马克·吐温七十大寿宴会。1906 年他的剧本《达尔西夫人的女儿》上演,但票房不高。

1902 年至 1932 年期间,除了几篇短篇小说和文章外,他很少有作品发表。在 27 年的文学创作生涯中,契斯纳特撰写的最后一个短篇小说是《巴克斯特的普罗克汝斯忒斯》,描写一位作家因缺少读者共鸣而产生越来越大的心理挫折和越来越可怕的绝望心理。

从 1901 年开始,契斯纳特就越来越多地致力于社会工作和政治活动。他在全国有色人种协进会和杜波依斯、华盛顿等黑人领袖一起工作,成为 20 世纪初著名的社会活动家和时事评论家。契斯纳特向 1910 年创刊的全国有色人种协进会的官方刊物《危机》投了一些短篇小说和论文;为了支持这个新生刊物,他从来没有领取过稿费。他还写过一些措辞强烈的文章,抗议南方各州在 19 世纪末 20 世纪初企图剥夺黑人公民权的行径。1917 年,在契斯纳特的强烈抗议下,含有贬低美国黑人内容的电影《国家的诞生》没能在俄亥俄州放映。契斯纳特于 1932 年 11 月 15 日去世,享年 74 岁,葬在克里夫兰的湖景公墓。

（二）查尔斯·韦得尔·契斯纳特的小说创作

契斯纳特是 19 世纪末 20 世纪初著名的美国小说家,擅长于以现实主义笔调描述黑人种族的生存状态,揭露美国南方重建失败后所出现的各种社会问题,其小说结构严谨,情节生动,人物形象鲜明。契斯纳特被评论家誉为"非裔美国现实主义文学的开路人"。

《被诅咒的葡萄藤》是契斯纳特的第一部短篇小说,于 1887 年在《大西洋月刊》上发表。这是一个由老黑奴朱利叶斯·麦克阿杜叔叔讲述的内战前南方生活的故事。当时,很多人都不知道他是黑人。因为从文本上无法获悉作者的种族身份。后来,当出版社知道契斯纳特的黑人身份后,就拒绝出版契斯纳特的小说《雪松后的房子》。当时,黑人发表的小说,白人读者几乎不读,有能力和时间阅读小说的黑人也不多。因此,契斯纳特在 1900 年以后出版的作品《上校的梦想》和《一脉相承》的收入还不够支付纸张费和印刷费。这些小说直接描写了美国社会里的各种种族问题，因此被白人评论家视为宣传品。如果契斯纳特没有优秀短篇小说家的声誉，他的长篇小说很可能永远没有面世的机会。在这样的社会环境里契斯纳特的文学创作不断受挫，最后不得不放弃种植园文学的创作视角，开始从一个更能反映种族现状的视角描写美国黑人的生活。

《他年青时代的妻子》收集了9篇小说，主要反映内战后南方的种族隔离状况和混血人种的遭遇。小说中许多人物的原型来自作者在克利夫兰的相识。契斯纳特触及了混血儿这个敏感而禁忌的话题，对此一些评论者颇有微词。契斯纳特在《内战后至哈莱姆前》一文中，说到自己作品中很多是反映混血人种的问题，这是因为在生活中，他们一方面与黑人面临同样的问题，但在许多情况下，他们的问题却更为复杂，更难处理，在小说里也是如此。契斯纳特笔下的这些混血儿自视高于黑人，而他们内部又因肤色深浅的程度不同和经济社会地位的区别而分成等级，形成了一个荒谬扭曲的群体。浅肤色而又有一定经济地位的混血儿凑在一起，成立"贵族血统社"，歧视深肤色的和纯血统黑人。然而他们又身受白人种族主义的歧视和迫害。契斯纳特对这些自认为高贵的黑人的言行进行了讽刺和揭露。《事关原则》中的克莱顿对深肤色的人避之如瘟疫，他有四分之三的白人血统，因此不承认自己是黑人，不和黑人来往，认为"如果不能作为白人被接受，至少可以表明我们反对被叫作黑人"。对他来说，这是原则问题。女儿艾丽斯肤色和白人几乎没多少区别，他当然不能让她嫁给黑人，白人又不愿娶她，而想要她嫁个肤色白皙的黑人，合格者又太少，因此在父母的怂恿下，她常外出旅行，探亲访友找机会。一次从华盛顿回来后三个星期，她收到叫汉密尔顿的下议院黑人议员的一封信，信中表达了在舞会上相遇后的倾慕之情，说想借公务到南方之机来拜访她。由于那晚在华盛顿的舞会上请她跳过舞的人太多，虽然父母一再追问，艾丽斯仍记不清究竟哪个是汉密尔顿了，印象里似乎是一个肤色较黑的人。事关原则，于是克莱顿设法打听,得知此人是个浅肤色的高个子以后,对女儿说:"我想他可以。显然他是有意而来,我们必须把他当作白人一样地接待。他怕当地接待黑人的旅馆不够高级,要把他接到家里来住,上上下下收拾房间,筹备欢迎晚会,发请帖,忙得不亦乐乎。克莱顿带着助手杰克到车站去接汉密尔顿,旅客下完了,未见浅肤色的人,只见一个矮个子、有着突出的非洲人相貌的黑人身旁放着两只贴着华盛顿市标签的皮箱,猜想他必定就是汉密尔顿了。事关原则,克莱顿不能接待这么黑的人,杰克便出主意说,可以说艾丽斯得了白喉,家里无法接待他,于是克莱顿让杰克把他送到旅馆,自己回家找来医生,如此这般,一切安排妥当。他们暗自为之得意,第二天的报纸上却登出了有关汉密尔顿的报道,浅肤色的汉密尔顿和深肤色的琼斯主教同行,克莱顿意识到他们在车站看到的是主教。报道还说城里的瓦特金斯家将举办晚会欢迎议员。结果浅肤色的瓦特金斯小姐和汉密尔顿订了婚。契斯纳特的小说还反映了内战后南方社会愈演愈烈的种族歧视,以及在法律的外衣下对黑人进行的更为残酷的迫害。这里不再赘述。

《一脉相承》作为契斯纳特的代表作之一,以 1898 年发生在北卡罗来纳州威尔敏顿的种族暴乱事件为小说原型。这个事件造成美国黑人的大量伤亡,数千美国黑人被逐出家园。在这部小说里,契斯纳特以惠灵顿镇为背景,讲述了卡特里特家族和米勒家族的故事,探索他们各自的人生道路。菲利普·卡特里特是《早晨记事》报的编辑,也是一名极端的白人至上论者,他与贝尔蒙特将军和乔治·麦克贝恩一起,密谋推翻"黑人统治",发起以"残忍革命"为口号的暴动。威廉·米勒博士曾在北方和国外学医,回到家乡后,在惠灵顿创办了一家黑人医院,妻子珍妮特是卡特里特少校的妻子奥莉维娅的同父异母的妹妹。奥莉维娅竭力掩盖她父亲与其黑人女仆朱莉亚·布朗的第二次婚姻,因为朱莉亚就是珍妮特的母亲。在《一脉相承》里,契斯纳特描写了困扰新南方的社会问题,批判了美国对种族平等和混血问题的不公正态度。这部小说直接反驳了新闻界对 1898 年"种族暴乱"事件的歪曲性报道。

这部小说被认为是当时言辞最辛辣、观点最犀利的政治历史小说，所探讨的种族越界、私刑迫害和跨种族性关系等问题，揭露了白人的种族虚伪性，伤及了一些白人读者的颜面，因此，该小说未能得到白人读者的喜爱，反而被戴上了过度政治化的帽子。这部书的销售量一直不大；直到 20 世纪 60 年代，民权运动的来临才重新引起人们对此书的关注。契斯纳特这部小说写得最有创意的是心理描写，可是这一点却一直被国内外学界忽略。契斯纳特在《一脉相承》中所描写的黑人生存心理状态与 20 世纪 70 年代出现的一个心理现象——斯德哥尔摩效应非常吻合。斯德哥尔摩效应源于 1973 年 8 月 23 日在斯德哥尔摩银行发生的一起行窃案，也可称为斯德哥尔摩综合征、斯德哥尔摩症候群、人质情结或人质效应等，是指犯罪的被害者对犯罪者产生了好感和依赖甚至反过来帮助犯罪者的现象。从斯德哥尔摩效应的角度研究契斯纳特的《一脉相承》有助于探讨黑人在种族主义社会里谋求生存的心理表征。

黑人把白人主人视为自己生存的保障，潜意识地受困于对白人的恐惧心理。这种屈服于白人的复杂心理现象就是斯德哥尔摩效应的"体制化"表征。在这部小说里，黑人山迪·坎贝尔在生活中像奴隶一样伺候白人德拉米尔先生，对波莉和奥莉维娅等白人也是毕恭毕敬的，但他也很势利，对地位低的黑人则不屑一顾，尤其是对奥莉维娅的黑人车夫，连招呼也不愿打。山迪不但对老主人德拉米尔先生唯唯诺诺，而且对他的孙子汤姆也奴颜婢膝、言听计从。山迪被汤姆栽赃过两次：一次是汤姆扮山迪跳黑人步态舞给北方白人看，导致黑人群体对山迪的强烈不满，黑人教会甚至把山迪永久性赶出教堂。另一次是汤姆为还赌债，穿上山迪的衣服谋杀了白人波莉太太，并把偷来的金币交给山迪抵借款，导致山迪被当成杀人凶手抓起来，差点被白人私刑处死。然而，山迪把自己的命运与欺凌压榨自己的白人的命运捆绑在一起，他在法庭上不愿说出杀害了波莉太太的真凶——汤姆，担心白人老主人因此而失去独苗孙子。就像斯德哥尔摩效应中的"人质"拼命保护"绑架者"一样，山迪拼命掩护和包庇多次伤害他的汤姆，甚至不惜牺牲自己的生命。表面上来看，山迪这么做是出于对白人主人一家的愚忠，但实质上，其行为是受到"体制化"社会威慑后所产生的一种自保性本能反应，在外界形成的表征就是斯德哥尔摩效应。

在斯德哥尔摩效应的社会氛围里，加害者对受害者施予小恩小惠，受害者便会在绝望中产生感激和依附感。珍妮在白人家长大，先后伺候过白人女主人的祖孙三代人。珍妮是奥莉维娅的女佣，也是其母亲的女佣，后来又是奥莉维娅的女儿的女佣。珍妮把自己当成奥莉维娅家族的一员，视白人主人家的事情比自己的一切都重要。实际上，她的忠诚是斯德哥尔摩效应的表现形式之一，如同被绑匪绑架了的受害者，为了争取生存权，她不惜移情于终身压迫和剥削她的白人主人。由于长期生活在白人家庭里，她内化了白人价值观，渐渐失去了自我，把伺候主人视为自己的最大职责和快乐。得到白人主人的一点恩惠后，就对他死心塌地。不但如此，她还帮助白人主人训练新一代黑人女佣。她训斥新来的黑人女仆说："我要你明白，你必须细心照料这个孩子……我要你记住，在这里进进出出，我都会看着你，我要监督你是否把自己的工作做好。"珍妮在斯德哥尔摩效应中把自己的"人质"身份移情于"绑架者"，并代表白人主人对其他黑人"人质"实施管理，效忠于自己的"绑架者"。后来，珍妮被白人暴徒打死，在弥留之际她希望死后回到白人老主子那里去。她至死都未能明白，在白人眼里她永远是奴才。在斯德哥尔摩效应中，珍妮已经失去做自己主人的能力和愿望，就像"人质"把自己的生死都托付给了"绑架者"一样。

在这部小说中，契斯纳特不仅描写了19世纪末美国黑人和白人之间的种族冲突，还讲述了黑人社区内部的冲突，揭露了美国南方重建失败后的社会问题。契斯纳特刻画了黑人中产阶级形象，展示了黑人融入美国主流社会的趋势和阻力。南方黑人争取民主权利的斗争使黑人成为南方白人仇恨的对象,引发尖锐的社会矛盾。美国种族主义制度是黑人斯德哥尔摩效应产生的温床,契斯纳特在该小说中所揭示的斯德哥尔摩效应,不仅是黑人或白人的问题,而且还是人类生活在专制社会或暴政制度下的畸形心理表征。

三、佛郎茜斯·哈勃的小说

（一）佛郎茜斯·哈勃的生平

哈勃出生在位于美国东部的马里兰州的巴尔的摩市,她的父母都是自由身份。她3岁时母亲去世,是亲戚收养了她。她的叔叔威廉姆·沃特金斯牧师为自由黑人的孩子开办了一所免费学校,她就在这所学校里学习。13岁时她就开始自食其力。在她25岁那年,她开始在俄亥俄州哥伦布市的一所学校里任教。三年后,她参加了"美国反奴隶制协会",具体工作是旅行演讲。1860年,哈勃嫁给了带着三个孩子的鳏夫芬顿·哈勃,他们一起来到了俄亥俄州。两年后女儿出生,又过了两年丈夫去世了。内战后,哈勃在南方旅行,为公众进行演讲,倡导获得自由的奴隶获得受教育的权利,并为战后重建进行宣传。她常常在公众大会上朗读她的诗作,包括她那首最受欢迎的《把我葬在自由之地》。

在奴隶制度被废除以后,哈勃把主要精力投入到了争取妇女权利,以及帮助黑人获得平等权利的斗争中。她在言论上积极为妇女争取权益,并同当时的著名妇女活动家苏珊·B.安东尼、伊丽莎白·斯坦顿一起为妇女争取选票。1873年,哈勃成为费城有色人种组织的负责人。1888年,她在于华盛顿召开的国际妇女大会上作有关"妇女政治前途"的报告;1891年2月,她再次在国际妇女大会上作报告,报告的主题为"对受控种族所负的职责"。在报告中,她强烈地声称:"如果说,15世纪是旧大陆发现新大陆的时期,那么19世纪则是妇女发现自己的时期。"1894年,在哈勃的协助下，"全国有色妇女协会"成立。哈勃自 1895 年以后一直担任副会长一职，直到去世。

（二）佛郎茜斯·哈勃的小说创作

哈勃除了积极地投身各项政治活动外，还不遗余力地从事写作，因而在文学上也获得了不小的成就。她发表过多首诗歌，涉及各种题材：宗教、道德及社会问题。《把我葬在自由之地》《摩西，有关尼罗河的故事》都是她的著名诗歌作品。

1859 年，她发表了短篇小说《两个提议》，这是第一篇由美国黑人妇女发表的短篇小说。这部作品篇幅不长，形式上是小说，其实是一篇布道文，教导年轻人，尤其是女孩子如何做出选择。故事讲述了一个女性的悲剧，她错误地认为浪漫的爱情和婚姻是生活唯一的目的和中心。1892 年，她出版了小说《伊娥拉·勒劳依》。该书讲述了一个被救黑奴以及美国南方重建的故事，这部小说是美国黑人最早出版的小说之一。之后她又写了《米妮的献祭》《播种和收获》以及《审判与胜利》，这些作品都涉及了重建后的南方这一话题。

《伊娥拉·勒劳依》是哈勃在她 67 岁高龄时发表的。小说跨越南北战争前及战后重建南方两个重要历史时期。故事发生在新奥尔良的一个庄园主家，父亲尤金·勒劳依仁慈、善良；母亲玛丽亚美丽、勤劳；两个女儿伊娥拉和格雷茜及她们的弟弟哈里都受过良好教育。但不幸却悄悄地降临到这个美满的家庭。原来玛丽亚是个混血的奴隶，尤金给了她自由并供她受教育，后又娶她为妻。这一切孩子们都不知道。尤金不幸染上黄热病死去，他的一个了解玛丽亚身世的远房亲戚（一个名叫劳林的恶棍）不知钻了什么法律空子，证明玛丽亚并非尤金的合法妻子。于是，母亲和两个女儿被当作奴隶贩卖。二女儿格雷茜不堪忍受而很快夭折，儿子哈里由于在外上大学，逃脱了被卖之灾，后来作为黑人加入了北方的联邦军队。小说的主人公伊娥拉历尽千辛万苦，终于获得自由，成了联邦军队的一名护士，并在那儿遇到了她的舅舅。在故事结尾,一家人在北卡罗莱纳州幸福地团聚,笼罩在他们生活中的阴影从此消散了。

　　哈勃是美国黑人女性文学(特别是小说)的奠基人之一。如果用现代的眼光来阅读这部小说,我们看到具有八分之一黑人血统的小说主人公伊娥拉的外表和中产阶级白人妇女相差无几:皮肤白皙、谈吐高雅。她的童年和少年时代是作为一个白人妇女在富裕、有教养的环境里度过的;接着,她沦为奴隶,受尽折磨;在成为自由人后,她靠自己的勤奋与贫穷和种族歧视做斗争,终于成为黑人中产阶级的一分子,并与丈夫(具有黑人血统的医生)一起为改善黑人的命运而孜孜不倦地工作。哈勃巧妙地采用了流行于19世纪的罗曼史小说形式,因为她考虑到阅读这种罗曼史小说的读者大都是年轻的白人妇女,而这些妇女是反奴隶制运动的主力军。罗曼史小说必须有一位符合当时传统的理想化了的女性作为小说的主人公,同时让她历尽苦难,最后苦尽甘来。如果哈勃想要使自己的小说获得成功,成为一部能"唤醒深埋于我国国民心底的那种强烈的正义感和基督般的人道主义精神"的小说,那么她必须忘掉她所熟悉的、生活在1892年的大部分黑人妇女,因为无论从哪个角度看,黑人妇女都很难达到当时的所谓理想妇女的标准:作为奴隶,由于长年地从事艰苦的体力劳动,她们既不美丽,又不高雅,更难做到纯洁无瑕。于是哈勃构思了一个具有八分之一黑人血统的黑人妇女的形象——伊娥拉,并让她在童年和少年时代作为一个白人妇女生活在富足、悠闲和有教养的环境里;接着又让她沦为奴隶,忍受奴隶主的百般侮辱;就是在获得自由后她还得面对种族歧视和生活的艰辛,才能最终步入中产阶级的行列。她的事业是由当裁缝开始,后来她参与管理"全国已婚及未婚妇女培训学校",专门把来自南方农村的黑人妇女培训成为合格的家政服务员,最终把它发展成一项成功的事业。这样,哈勃不仅满足了当时大多数读者的审美需求,同时一个崭新的黑人妇女形象也从此诞生。小说副标题——消散的阴影——意味着黑人中产阶级如何从逆境中脱颖而出,更意味着黑人妇女如何靠自立自强摆脱困境,成为自食其力、具有独立人格的人。

　　小说中的伊娥拉以及其他一些积极向上的黑人中产阶级形象事实上是对充斥当时文学作品中的寻求白人庇护的消极、堕落的黑人形象的强有力的驳斥。美貌的伊娥拉再也不是红颜薄命的混血女,而是穷苦黑人(特别是穷苦黑人妇女)的救星和希望。

　　这部小说开创了描写风度翩翩、受过良好教育的有色人种的先例,不过它有点偏离现实生活,不够客观,虽然是在推崇新型黑人妇女,谴责奴隶制,却把英裔美国中产阶级的美德捧上了天。所以说,伊娥拉并非是黑人妇女的典型。当然,也能够理解作者为什么要这样设计人物,主要是因为当时的历史背景。

四、波琳·伊丽莎白·霍普金斯的小说

（一）波琳·伊丽莎白·霍普金斯的生平

　　霍普金斯于 1859 年出生于缅因州的波特兰,后在马萨诸塞州的波士顿长大。她 16 岁时参加了由著名的黑人剧作家、小说家、散文家、历史学家和废奴运动者威廉·威尔士所主办的一个写作竞赛。她的文章《放纵的罪恶和它们的补救》在竞赛中获胜,此后她开始大量创作作品。她在 20 岁时完成了第一部戏剧——音乐剧《奴隶的逃亡；或地下铁路》,她和她的家人都参与了该剧的演出。之后几年里,霍普金斯与她的家庭演出团"黑人吟游诗人"赴各地旅行演出。这部戏剧后来又以《奇怪的山姆；或地下铁路》的名字被搬上了舞台。这部戏剧的一个重要主题就是奴隶制,描述了地下铁路是怎样帮助奴隶们逃亡的。霍普金斯深切关注美国黑人及其历史,她为《有色美国人杂志》写了《著名的黑人女性》和《著名的黑人男性》等传记。霍普金斯谈论了美国黑人文学的复兴,她对这一文学运动的关注远远早于其他作家。

霍普金斯在 19 世纪 90 年代从事文书和公众演说工作。1900 年,她创办了《有色美国人杂志》,并从 1900 年到 1904 年担任该杂志的总编。她在 1901 年到 1903 年期间创作的小说和非小说文学作品大多发表在这本杂志上。她的这本杂志是 20 世纪出现的第一本重要的美国黑人杂志,霍普金斯强调了这本杂志的重要性:没有其他的杂志像它那样完全关注美国黑人的利益。这本杂志记录并宣传了美国黑人在文学、艺术、科学、音乐、宗教和其他各领域里的贡献和成就。她的第一篇短篇小说《我们中的秘密》于 1900 年发表在这本杂志的第一期。同年,她出版了第一部长篇小说《抗争的力量》。她的三部有名的小说——《哈佳的女儿》《唯诺娜》《同源》都是在这本杂志上连载。从 1904 年开始,由于健康原因,霍普金斯无法再管理杂志的事务,但是她仍然坚持文学创作,偶尔也在黑人杂志上发表她的小说和散文。这期间她主要是以牧师工作为生。1905 年可以说是她写作生涯的顶点。在这一年她还创作和出版了一本三十一页的小册子,名叫《有关非洲族裔的早期文明和它的后代对它的重建之事实的初级读本——带结语》。从 1916 年以后,她就过着隐居的生活,直到 1930 年 8 月,她因一场火灾在马萨诸塞州的坎布里奇去世,去世时在麻省理工学院担任速记员工作。

（二）波琳·伊丽莎白·霍普金斯的小说创作

霍普金斯不仅是一名多才多艺的作家,还是一位剧作家、记者、小说家、散文家、诗人、出版家和编辑,也是一个演说家、演员和音乐家。她在 19 世纪末期和 20 世纪早期并不占有重要地位,作品也不算多,著有一部长篇小说和一些短篇小说。她生前一直得不到重视,去世后她的价值才被人们发现。她最值得纪念的是她在 20 世纪早期首先使用传奇小说这一传统文学形式探讨中产阶级美国黑人当中所盛行的种族和性别歧视问题。她被称为最多产的黑人女作家,以及 20 世纪头十年最有影响力的文学编辑。她继承了另一位黑人民权运动者杜波依斯的思想体系。在她的作品中,她深刻分析了种族间的不公平现象,挑战了对于黑人的传统观点,强调自立自强是黑人社会进步的一个重要内容。

1900 年发表的《抗争的力量》是霍普金斯最受欢迎的一部小说。这是一部抗议小说,也是一部历史传奇小说,描述了一个黑人家庭在 19 世纪的历史。故事跨度很大,从这家人在西印度群岛做奴隶,一直写到美国南方波士顿和新奥尔良获得自由。主人公是一对叫威尔·史密斯和多拉·史密斯的黑白混血兄妹,还有史密斯家的寄宿者——约翰·兰利,和一位有着八分之一黑人血统的漂亮姑娘莎孚·克拉克。小说讲了威尔、约翰与莎孚的感情纠葛,最后有情人终成眷属。小说还描述了内战前的美国黑人所面临的政治、经济和各种社会问题。

在这部小说中,作者利用一个章节讲述了美国黑人妇女集体努力来改变历史。这是一部分非常重要的内容。一大群黑人妇女聚在一起,为一个教会的集会制作衣服。在这里威利斯夫人起到了重要的作用,她代表黑人妇女集体反对对黑人用私刑和隔离法案。作品记录了妇女在改变历史中与其他妇女齐心协力的过程,塑造了一个与白人文化所宣扬的社会进行抗争的社会形态。霍普金斯将战场转向家庭,即使是妇女们在一起缝制东西,也可能成为一场潜在的政治斗争。

霍普金斯说她写这本小说的目的是"真实地描绘最深层的想法和黑人对于我们历史中所潜藏的火与传奇的想法",并"消除堕落的耻辱",她认为这是黑人应该为自己做的事情。这部小说在霍普金斯生前并没有为她带来文学上的名声,也没有带来经济上的收益,直到她死后才得到批评界的关注。

第五节 捍卫文化尊严与种族自尊:内战后的黑人戏剧

19 世纪的上半期,黑人就已经开始以主人公的身份登上了美国戏剧舞台。不过,真正黑人戏剧的形成在 19 世纪末。当时,黑人文化和白人文化的冲突非常激烈。黑人剧本真实再现了当时的社会、经济和政治状况，黑人演员的戏剧表演是他们抗争的手段之一。1895 年至 1910 年期间，美国种族关系恶化，美国黑人发现自己被夹在两股对抗的力量之间：一股力量要求黑人顺应"黑人属于下等人"的理念；另一股力量是美国黑人渴望通过改变被丑化了的舞台形象来抵制白人至上论。很多时候，这种冲突无法得到令人满意的解决，并成为美国黑人戏剧创作所面临的心理窘境。

美国黑人撰写剧本，并在黑人和白人面前演出这些剧本。以反对种族主义为核心的黑人团结在黑人集体意识的塑造方面起着重要的作用。这个集体意识有助于黑人形成自己的社会身份。黑人意识的发展促进了黑人美学的诞生。

新生的美国黑人戏剧具有双重目的，一是消解白人滑稽说唱团对黑人形象的丑化，二是抨击种族歧视、私刑和种族主义伪科学。然而，当时对种族主义的抵制，总的来讲，既不是公开的对抗，也不是无原则的退让，而是以较温和的方式揭露美国种族偏见的荒谬性，为黑人在种族歧视的社会环境里提供得以生存的精神空间。

美国黑人演员在恶劣的社会环境里仍然辛勤工作，不断创新，竭力以自己的艺术才能吸引观众。一些美国黑人演员获得成功后，强化了黑人种族责任感，进而质疑舞台上表演的黑人形象。这个时期出现的美国黑人戏剧运动是反对种植园文学传统和滑稽说唱团的文化抗争行为。在这个戏剧运动中，美国黑人演员通过艺术表演来寻求表达自我的方式，竭力重建被白人丑化了的黑人形象。这个戏剧运动也造就了一批美国黑人戏剧天才。

很多美国黑人戏剧演员关心的一个中心问题就是如何在演出中改变"黑鬼"（"darky"）、"萨姆波"（"sambo"）、"浣熊"（"coon"）等被丑化的黑人形象。一些演员辩解说，可以装扮"黑鬼"形象，但在演出中必须还原人物的本真，如果演员一定要扮演黑人角色，难道把美国黑人的真实形象表演出来不是更好吗？此外,还有不少演员通过上演莎士比亚剧本或现代舞蹈,来避免装扮"黑鬼"形象。事实上,迎合白人丑化黑人的形象会有损于黑人的尊严,也不利于黑人维护自己的文化传统。

19世纪末,黑人戏剧,特别是音乐喜剧和杂耍,经历了巨大的变化。黑人戏剧在许多方面重新定义了白人控制下的美国黑人舞台形象。从滑稽演唱团到现代黑人音乐喜剧的过渡时期里,黑人作家改写了白人演员扮演的黑人形象。19世纪末出现了两种黑人音乐喜剧:一种是由对种族表演新形式感兴趣的白人剧作家导演设计的喜剧;另一种是由寻求古典黑人文化表演形式的黑人剧作家创作的喜剧。

黑人音乐喜剧拓展了美国黑人的才干,有助于他们掌握美国戏剧表演技巧,赢得美国观众的喜爱。针对抵制与同化的关系问题,杜波依斯曾说:"带着两种思想、两种责任,分属于两个社会阶级,一定会导致两套话语、两种理想,诱使人们走向假装或反叛,虚伪或激进。"有时在同一出戏剧里,美国黑人演员会同时表现出对主流文化的顺应和抵制。美国黑人演员和剧作家都能强烈地感受到双重意识的窘境,竭力在种族主义社会环境里灵活变通地工作,但坚持捍卫非裔美国文化的尊严和美国黑人的种族自尊。

由于当时社会上非常流行白人扮演美国黑人的滑稽说唱团的演出,并且影响深远,所以很不利于美国黑人演员的创新演出。卢·约翰逊的种植园滑稽说唱团、凯林德尔的滑稽说唱团和乔治滑稽说唱团里,美国黑人演员,无论他们的自然肤色有多黑,也要在脸上涂上黑色颜料。这些剧团培养出许多美国黑人演员,其中不少人在百老汇成了名。

1890年的《克里奥尔演出》虽然采用了滑稽说唱团的艺术模式,从剧情来看却是美国文学史上第一部赞扬美国黑人姑娘的戏剧。1895年另一个讲述混血儿故事的戏剧《八分之一血统的黑人》也上演了。美国黑人剧作家和演员努力提高自己的戏剧创作水平和表演水平,冲破白人滑稽说唱团对黑人戏剧发展的桎梏。

鲍勃·科尔的《黑鬼镇之旅》是第一出由黑人自己编导、上演和管理的戏剧。1898 年，威尔·马里昂·库克和保罗·劳伦斯·邓巴上演了《克罗林迪》《汉姆的儿子们》《在达荷梅》和《鲁弗斯·拉斯塔斯》等剧本，有一大帮有才干的非裔美国演员加盟演出，如厄内新特·霍根、博尔特·威廉斯、乔治·沃克、埃勒克斯·洛德斯、杰西·西普、S.H. 达得勒、鲍勃·科尔和罗萨蒙德·约翰逊。这些剧本文风清新，没有滑稽说唱团的矫揉造作。总的来说，美国黑人演员的出现为哈莱姆时期美国黑人戏剧的繁荣铺平了道路。

第六节　倡导个人奋斗与自我超越：内战后的黑人散文

在散文上，这一时期的黑人传记作品比较流行。它们也更容易受到读者的欢迎。当时，许多名人或有成就的人，如约翰·麦尔瑟尔、弗雷德里克·道格拉斯、丹尼尔·佩恩、布克·T. 华盛顿（Booker T Washington，1856—1915）等，都在他们的自传或传记里讲述如何获得成功的故事。这类作品受到众多人的喜爱。尤其是布克·T. 华盛顿受到了人们较高的推崇。他通过个人奋斗从奴隶荣升为塔斯克吉学院院长。与华盛顿的经历相仿，佩恩主教本是南卡罗莱纳州的一名孤儿，后来通过个人奋斗，成为 AME 教会主教和威尔伯福斯大学校长，受到崇尚个人奋斗的美国人的尊重和钦佩。华盛顿和佩恩在种族主义社会环境里所展示出的超人的坚忍、勤奋、进取心，给美国黑人传递了一个重要信息：只要黑人遵循节俭、勤劳、虔诚等美国价值观，美国也可能成为他们个人奋斗成功的福地。

布克·T. 华盛顿是 1875 年美国南方重建结束到 1915 年哈莱姆文艺复兴期间举足轻重的黑人领袖。有的反对者认为华盛顿用民权去交换学习手艺的机会，为追求"实际的知识"或"获知如何谋生的手段"而放弃普通教育；还有的反对者认为华盛顿的政治主张无异于是为南方种植园培养体力劳动者。但是,华盛顿的优先发展个人能力和改善个人生存状况的学说对黑人民众的影响很大。然而,随着被私刑处死的黑人人数的不断增加,敏锐的非裔美国思想家认识到华盛顿的融入政策仅意味着更多黑人美国梦的挫败或延迟。

华盛顿出生在弗吉尼亚州富兰克林县的一个种植园里,一生下来就是奴隶。1865年,他搬家到西弗吉尼亚的迈尔敦。童年时,他在煤矿干了几年,最后带着15美元的积蓄到汉普顿师范和农业学院(现在的汉普顿大学)求学。1875年毕业后,他回到迈尔敦教书,随后又去威兰德神学院(现在是弗吉尼亚联盟大学的一部分)学习了一年;1879年回到汉普顿。为了解决印第安学生的读书问题,他在汉普顿师范和农业学院开办了夜校。1881年,他就任塔斯克吉学院(Tuskegee Institute)的第一任院长。塔斯克吉学院是位于亚拉巴马的职业学校,创办时只有1名老师和50名学生,州政府每年拨款两千美元。25年后,该校的学生人数扩大到1500人,专业达37个。现在,塔斯克吉学院已经发展成为塔斯克吉大学。该校建筑专业的毕业生有资质直接成为美国的注册建筑师。

华盛顿不顾当时浓烈的种族歧视氛围,提倡把职业培训作为黑人获取经济地位的手段。他于1895年在亚特兰大博览会上发表的演讲实际上就是在认可白人至上和种族隔离的基础上所达成的妥协方案。演讲结束后,华盛顿声名鹊起,很快得到美国政界和白人团体的高度认可,一下子成为美国黑人的全国领导人。他认为,美国黑人在南方应该接受政治现状,通过辛勤劳动来证实自己的社会价值,表明自己在法律面前应该得到公平的待遇,从而以这样的方式渐渐改变黑人的政治地位。他的妥协方案是为了达成美国南方白人和黑人之间的休战。华盛顿认为,种族之间的和平可以通过下列方式实现:白人和黑人在地区发展中互相认可彼此的利益;美国黑人放弃马上获得种族平等的要求。华盛顿在演讲中引用频率最高的句子是:“在所有单纯的社会事务中,我们就像是分开的手指,彼此密切联系,与彼此的进步息息相关。"从种族融入种族隔离,华盛顿的演讲表明:美国黑人应该主动从与白人的社会冲突中撤离,特别是在南方。黑人可以寻求建立独立的黑人机构,创立独立的社会和经济基础,而经济地位的提高才是黑人提高政治地位的前提。

华盛顿在指导把善款用于黑人福利事业和建立劳役抵债制度方面有很大的影响力。在他的帮助下,一些黑人得以在联邦政府任职。华盛顿的 12 部书,包括他的经典自传《从奴隶制崛起》,都在强调种族忍耐,回避现实苦痛,这也是他对种植园传统在新形势下的独到见解。他坚信美德和教育终将战胜社会贪婪和人性罪恶。1896 年,哈佛大学授予华盛顿硕士学位。同年,美国最高法院裁决:全国公立学校的种族隔离方式合法。在种族形势恶劣的社会环境里,华盛顿为了保存种族实力,提升种族的经济抗争能力,采取了暂时退让的措施,让更多的黑人学有所长,勤奋工作,改善生活。在当时的社会环境中,华盛顿的策略还是具有一定的积极意义的。

19 世纪 90 年代,南方种族隔离行为在法律上取得了合法地位。为了在美国过上体面的生活,黑人们就得把自力更生和种族团结视为最后的希望。华盛顿的支持者把《从奴隶制崛起》视为黑人美德的经典。如果黑人获得教育或工作的机会,他也能为自己和民族做出一些有益的贡献。总的来讲,华盛顿的同化思想在1915 年以前对美国黑人有着重大的影响。华盛顿出版的其他书籍有《美国黑人的未来》《弗雷德里克·道格拉斯的传记》和《更广阔的教育,我人生经历的篇章》。华盛顿的学说对美国黑人自强不息精神的培养还是产生过重要作用的。

华盛顿还在其生命的最后几年,疏远了融入主义主张,以更坦率的态度抨击种族主义。1915 年 11 月 14 日,华盛顿去世,享年 59 岁。

《从奴隶制崛起》是华盛顿最出名的一部自传。这部作品追述了自己在美国内战期间从一个奴隶孩子到成功人士的奋斗历程,讲述他如何在新汉普顿大学读书和如何创办塔斯克吉学院的故事,评述了教师和慈善家在帮助教育黑人和印第安人学生方面所起的积极作用。他描述了自己向学生传授文明礼仪、教养和尊严的过程,他的教育理念是把学术学习与职业工作联系起来。他解释说,劳动技能教育纳入课堂学习,是为了使白人看到黑人学会职业技能后也可以学有所用。他还讲述了塔斯克吉学院从几间教室发展成为有几幢新大楼的校园发展过程。在自传的最后几章,华盛顿把自己描写成一位公众演讲家和民权活动家,提及了他于1895年在亚特兰大棉花州和国际博览会上的演讲。他还在自传中记录了自己曾得到过的各种荣誉,如从哈佛大学获得荣誉博士学位等。此外,他很自豪地讲述了美国总统威廉·麦金利和美国教育家塞缪尔·阿尔门斯特朗先生到塔斯克吉学院访问的事件。

　　这部自传语言平实、精炼、朴素,将理智、情感紧密地结合在一起,同时体现出真、善、美的贯通,是一部集精神性、真实性和艺术性于一体的作品。

　　在这部自传中,华盛顿并没有揭开黑人的历史伤疤,控诉奴隶制给黑人带来的种种精神创伤,也没有一味强调一般的弱势群体所诉求的公平、公正和自由,而是以大量具体、客观、翔实的时间、地点、人物、事件和数据,得出黑人想要"从奴隶制中崛起",就必须自尊、自强、自立、自爱的思想,整个自传文本中始终洋溢着一种乐观豁达,凛然正气。

　　华盛顿写家庭亲情时,侠骨柔肠,采用田园牧歌式的浪漫笔触,文笔生动成画。晚饭后一家人一起读书、讲故事,是他心目中"世上最幸福的事":

　　　　周日午后,花个把小时在林中散步,没人叨扰,四周是纯净的空气、绿树、灌木丛和野花,上百种植物散发着芳香,泉水叮咚,百鸟和鸣。

而当他谈及事业，文字里又透着男人的坚韧力量：

在接下来的半个世纪里，我们将接受更大的考验，我们会用我们的耐心、耐力、坚韧和权力忍受误解、承受诱惑，节俭生活、学习和运用技术；在我们力所能及的范围内在商业上竞争、争取成功，去忽略虚伪追求真实，拒绝肤浅追求实质，成为伟大但却渺小、有学识但却朴素、做一切高尚但却身为奴仆的人。

可以看出，华盛顿的文字有柔有刚，情智兼得。

华盛顿并不忌讳黑人同胞在解放之初的落伍、愚昧和劣根性。他经常用幽默、诙谐的笔触，叙写身边那些打动过自己的小故事。他描写办学之初教师队伍里鱼目混珠现象，"问一个想当教师的人'地球的形状是什么样的'，他回答要么是扁的要么是圆的，这得看大多数赞助者的喜好了。"在叙述他前往女生宿舍检查卫生，问三位女生她们有没有牙具时，一女孩指着桌上的一个牙刷说："有，先生。我们昨天刚买来的，准备合着用呢。"

华盛顿在自传中更是给人们展示出了一幅又一幅生动的画面。例如，他去做实地考察，在一所地方学校的教室里，5 个学生叠罗汉似的看着一本书："前排坐着两个，书放在中间；后面的两个透过前两人的肩膀瞅，第五位不得不在前面四个人的肩膀缝里找机会。"这些动感十足的生活画面，幽默里含着深情，嗔怨中夹着心痛，而萌动在华盛顿心中无奈之后的动力和信心，像潮水一样从文本中漫出纸张。显然，作者对这些现象的认识和态度，更多的是一种弱者追求上进的起点和策略，而不只是"向白人文化低头，并甘愿认同和屈从于白人文明的实实在在的证据"[①]。

华盛顿的这部自传中除了优秀自传所特有的"文"的色彩外，更有淋漓尽致的"史"的真实。真实，即历史的真实和文学的真实。

---

① 杨国政．从自传到自撰 [J]．欧美文学论丛，2005（00）：73-88．

这可以说是传记文学的生命线。《从奴隶制崛起》中的真实性本色,是最毋庸置疑的"刚性事实"。

塔斯基吉大学的选址、建设和扩展过程,构成了本自传中浓墨重彩的事实的真实。华盛顿详尽地记录了每一笔他人的捐款和赞助,每一批新生的来源和去向,每一种新的思路和方法,每一个意想不到的困难,每一个小小的进步和惊喜,每一栋教学楼的创建,甚至每一砖一瓦的制造过程……毫不夸张地说,如果有人想创建一所新的大学,这本自传是非常好的参考。

文中另一个凸显自传真实性的事实,是多达 26 处、具体到年、月、日的剪报、来往信件、演讲稿、总统讲话、邀请函、精细到分钟的学生作息时间表和传主的行程安排等。例如,《波士顿报》有关华盛顿在 Robert Gould Show 纪念碑落成典礼上演讲的报道;《芝加哥时报》有关美国和西班牙战争结束后庆祝活动上华盛顿的演讲盛况的报道;华盛顿在巴黎期间收到的查尔斯顿众议会的邀请函;华盛顿和儿子间的通信;等等。所有这些都十分真实,具有很强的历史感。

当然,文中所写到的 106 位有名有姓的历史人物,也从一个角度反映了自传的真实。上至美国总统、英国女王、国务卿、公爵、大使、市长、财务长、秘书、著名作家,下到记者、编辑、听众、学生、孩子、奴隶和乞丐。这些各色各样、各行各业的真实人物,把华盛顿的大半生衬托得全面、鲜活而立体,而这些细节的呈现和详尽的数据资讯、档案材料,共同强化成这部自传的"生命线",包裹出一部逼真的个人生命史。

第四章　二战结束前的美国黑人文学

进入 20 世纪之后,美国黑人文学得到了极大的发展。尤其是 20 年代,哈莱姆文艺复兴开创了美国黑人文学的新纪元,使美国黑人文学逐渐成熟。本章主要对二战前的美国黑人文学进行详细分析。

第一节　身份危机、移民浪潮与世界大战

一、身份危机

20 世纪初,美国人迎来了机器时代,城市的发展和新产品的开发使得人们的生活变得更加便利,生活方式发生了翻天覆地的变化,富裕程度也大为提高。成千上万的移民和农民涌入城市,使得美国城市贫民区人满为患,农场却荒无人烟,出现了严重的社会问题。虽然美国白人觉得这些都是正常的,但美国黑人却没有这么乐观。美国黑人的家乡在美洲,他们已在美洲生活将近 300 年。但是,黑人生活的荒谬悖论使他们没有归属感。他们是美国人,但在美国的活动空间非常狭窄,到处受限。第一次世界大战爆发前,美国全国有 1000 多黑人被私刑处死。白人对黑人的排斥和迫害加剧了黑人的身份危机,并导致黑人在美国社会里陷入双重意识的窘境。

1915 年至 1916 年期间,由于第一次世界大战爆发,欧洲移民锐减,美国北方城市劳动力严重匮乏。这些因素为非裔美国人

的大迁移提供了契机。自然灾害、种族压迫和生存危机是导致大迁移出现的主要原因。美国南方的土地遭遇大面积虫灾、频繁洪灾、土力衰竭等自然灾害;农业机械化渐渐取代了黑人农业工人的手工劳动;农业工人工资微薄,难以维持生计;黑人社会地位低下,种族偏见盛行,黑人时常遭到种族主义者的人身伤害和司法不公的政治迫害。在这样的背景下,大约在1915年,非裔美国人的大迁移浪潮出现。成千上万的非裔美国人怀着对美好生活的追求,长途跋涉走进城市,但是他们的到来不但没有受到白人的欢迎,反而激起白人对黑人的厌恶和仇恨,因为吃苦耐劳的黑人给普通白人带来了工作竞争和生存压力。于是,仇视非裔美国人的种族主义思想像瘟疫一样扩散。起初,非裔美国人仅在北卡罗来纳、纽约、新奥尔良、亚特兰大和斯普林菲尔德等地频繁遭受白人暴徒的袭击。随着非裔美国人大迁移的发展,特别是在第一次世界大战前后,美国有20多个城市发生种族暴乱。白人在街上肆意殴打非裔美国人,冲进非裔美国人家里施暴,打死非裔美国人的事件也时有发生。但是,几乎没有白人暴徒受到司法起诉或惩罚。

为了掣肘白人的种族主义暴行,杜波依斯、特洛特尔和格里格斯于1905年在美国建立了黑人组织"尼亚加拉运动"。他们的目的就是要捍卫黑人市民的人权,反对种族歧视。从1919年的多维尔议案开始,全国有色人种协进会坚持在美国国会游说,争取联邦立法,废除私刑。1912年,伍德罗·威尔森表示要在各个方面公正地对待非裔美国人,承诺一旦当选总统,一定会促进非裔美国人在美国的合法利益。因此,他在选举中赢得了大多数非裔美国人的选票。可是,1917年当上美国总统的威尔森背信弃义,结束了美国政府在国内对非裔美国人的官方中立立场,这使得非裔美国人的处境更加艰难。

1929年10月,华尔街股票市场崩溃,工厂倒闭,银行破产,矿山关闭,大批黑人失业。在这一时期,美国黑人在寻找就业机会的过程中,永远都是最后被录取、最先被解雇。一时间,成千上万的失业黑人市民没钱租房，没钱买食品，陷入饥寒交迫的困境。

经济大萧条时期，在美国南方，棉花经济遭到重创，黑人佃农从业人数在 1930 年到 1940 年期间减少了大约 20 万。北方和南方的非裔美国产业工人也大量下岗或被白人顶岗。1932 年，56％的非裔美国人失业。为了克服当时的危机，新当选的总统富兰克林·罗斯福采取了许多救济措施，为黑人民众解决了许多实际困难。然而，尽管罗斯福的"黑人内阁"做了大量的工作，但是在新政政府机构里也时常出现种族歧视的行为。

二、移民浪潮

1920 年，数十万非裔美国人涌入纽约、芝加哥、底特律、费城、克利夫兰等大城市，这股移民潮持续高涨，直到 1929 年华尔街股票市场崩盘后，黑人移民才逐渐减少。但是，在第二次世界大战期间及以后的一个时期，黑人移民潮又重新高涨。20 世纪 20 年代的大迁移中，50 多万非裔美国人离开南方，进入北方和中西部地区。这些黑人移民的新生活虽然没有达到幸福的期望值，但摆脱了南方白人的恐怖主义迫害，获得了相对的人身自由和较大的个人发展空间。

20 世纪 30 年代，虽然私刑有所减少，但南方黑人仍然不时遭受白人的暴力袭击。他们生活在种族隔离的社会制度中，连选举权也被非法剥夺。南方的农作物价格持续下跌和联邦政府的一些不当措施导致种植园主大规模驱逐佃农，大约两百万黑人为了生计，被迫离开南方农村，涌入北方、南方和西部地区的城市。

但是，始终伴随着非裔美国人大迁移的，是白人种族主义者的歧视和迫害。北方和南方城市的白人房东习惯性地拒绝把某些区域的房屋租给非裔美国人。同时，住宅隔离法又把非裔美国人购房区域限制在某些特定的地区。住宅隔离疏远了黑人与白人的关系，黑人即使是无意中踏入白人区域，也会遭到白人的粗暴殴打。1913 年，86 名被私刑处死的美国人中有 85 名是非裔美国人。迫害和伤害非裔美国人的白人,按惯例是不会受到法律制裁的。

正当黑人处境艰难之际,美国共产党努力争取黑人,希望得到他们的支持。在大萧条时期,美国共产党鼓动生活在芝加哥和纽约贫民区的黑人为抵制因拖欠房租被驱逐而抗议,并取得了胜利,从而避免了黑人一旦欠房租就被房东逐出家门流落街头的惨景。

三、世界大战

1917年3月,美国加入第一次世界大战,杜波依斯等黑人领袖号召非裔美国人参军,为民主制度打一场让世界和平的战争。这次战争的爆发给非裔美国人带来了改变生活的新机会。在战争期间,非裔美国士兵在欧洲战场骁勇善战,战功卓著,赢得了世界人民的尊重。第一次世界大战即将结束之时,非裔美国人对战后的美好生活充满期盼。非裔美国人移居北方后,生活和工作条件大为改善,而且能行使选举权。随着非裔美国人政治力量的增强,争取公民权的呼声得到了更有效的表达。他们对美国社会的种族歧视和种族隔离的传统模式越来越厌恶。回到美国后,他们更加坚定不移地去追求自由和平等。

第一次世界大战结束后,由美国黑人泛非民族主义者马库斯·贾维领导的黑人运动影响力越来越大。当时的非裔美国人普遍意识到自己的无奈处境,渴望种族身份的认同和种族大团结。他们的渴望集中表现为黑人民族主义,要在种族内部建立普遍的兄弟关系,弘扬种族自豪感和热爱自己种族的精神。1920年8月,25000名黑人聚集在纽约城麦迪逊广场花园听贾维的演讲,贾维号召建立一个由400万黑人自己当家做主的自由非洲。1927年,贾维被美国政府驱逐出境。当时黑人生活在城市贫民区,深受白人的歧视,生活压力巨大,身份卑微,而贾维不失时机地大力宣讲黑人的种族自豪感,号召黑人要自尊自爱,激发和鼓励黑人的民族自尊心,使黑人民众认识到黑人文化中的闪光点。这些政治主张得到当时身处社会底层的广大黑人同胞的认可和赞许,一时间贾维名声大振。贾维号召非裔美国人,特别是那些肤色更黑的黑人,成为他的信徒。对于越来越多的黑人希望实现民族自决的要求,贾维是坚决赞成的,但他认为美国黑人唯一的希望就是离开美国,返回非洲,建立一个自己的国家,这并不是大多数黑人的意愿,也不会被欧洲国家所允许,贾维自己更是缺乏实现其计划的技术力量。所以,贾维倡导的这场运动从一开始就注定会以失败告终。虽然贾维领导的黑人民族主义运动失败了,但是他所倡导的黑人种族自强自立的精神为 20 世纪 60 年代末和 70 年代初爆发的"黑人权力运动"提供了理论支柱。

1941 年 12 月 7 日,日本偷袭珍珠港。美国被迫向日本宣战,加入第二次世界大战。因为前方的军事需要,再加上全国有色人种协进会、著名民权领导人亚撒·菲利普·伦道夫和美国媒体不断施加压力,非裔美国人再次获得参军的机会。20 世纪 40 年代初期,美军开始培养非裔美国飞行员,美国海军和海军陆战队在种族隔离的部门接受非裔美国人提供的一般性服务。这场战争缓解了非裔美国人的一些经济负担。然而,战争导致更多的种族问题浮出水面。种族歧视在军队各部门随处可见,海军起初使用非裔美国士兵,只是让他们做拖地板、做饭之类的体力活。由于许多训练基地在南方,从北方来的受训非裔美国士兵经常遭受各种各样明显的种族歧视。全国各地军事基地里,种族暴乱事件频繁发生。战争期间,在底特律、纽约和洛杉矶等地曾发生过声势较大的种族暴乱,导致大量人员伤亡,黑人和白人之间的矛盾加剧。

第二次世界大战给非裔美国人的生活带来了巨大的变化。南方非裔美国人不断从农村移居到收入较高的城市,也有一些非裔美国人向北方和西部有兵工厂和军营的地区移民。南方的农业机械化运动也迫使黑人农民离开农村,另谋生路。因此,1940年至 1945 年期间,南方黑人农村人口下降了 30%,居住在南方的非裔美国人总人口也从77%下降到68%。一些南方城市的非裔美国人也像北方的非裔美国人一样获得了选举权。战争期间,100多万非裔美国人加入劳动力大军,其中包括60万妇女。

第二次世界大战为非裔美国人走向世界和了解世界提供了难得的机会。黑人开始关注非洲、欧洲和整个殖民地世界,发现自己的命运与非洲、加勒比海和亚洲的殖民地人民有着某种天然的联系,并逐渐意识到种族地位在社会生活中的重要性。1945年联合国的成立不仅有助于世界和平秩序的重新建立,而且还有助于非裔美国人在争取人权的斗争中获得重要的国际声援和帮助。从"二战"归来的非裔美国老兵为保卫国家和捍卫世界和平做出了贡献,理所当然地要求获得与白人平等的公民权和社会地位。

虽然战争给非裔美国人带来了工作机会,但同时也使他们更为直接地面对一些老问题:军队中的种族隔离和种族排斥,对非裔美国军官的任命限制和工作岗位方面的种族歧视。非裔美国人对这些现象极为反感,继续采取抗议和斗争的方式,争取自己的合法权益。此时的非裔美国人既不同于南方重建时期的黑人,也不同于20世纪初的黑人;他们中的大多数人受过小学或初中教育,种族觉悟和思想觉悟已经大为提高,已经具有充足的自信心和丰富的阅历,并且与工人和市民结为同盟军,能更有效地抗议种族歧视。这个时期非裔美国人的抗议活动在兵工厂和军队部门里取得了局部性的胜利,有助于黑人改善自己的生存环境。

第二节 哈莱姆文艺复兴与美国黑人文学的发展

一、哈莱姆文艺复兴

"哈莱姆文艺复兴"运动兴起于20世纪20年代,止于1930年的经济大危机。它的兴起,一方面黑人文学的不断发展完善为其奠定了重要的基础,另一方面深刻的社会文化背景为其提供了可能。

哈莱姆文艺复兴是在纽约市黑人聚居的哈莱姆地区发生的,而发生在这一地区是有一定的原因的。在第一次世界大战之前,75%的美国黑人都是居住在南方农村的。而随着工业化的不断推进,他们与白人一样,想要离开农村到城市去,以对自己的经济状况进行改变,而南方的亚特兰大和伯明翰是他们最想移居的城市。不过,随着第一次世界大战的爆发,南方黑人有了向北迁移的机会,以对北方工业发展急需的劳动力进行弥补,而他们迁入北方主要目的是逃避南方仍然十分明显的种族歧视,寻求更好的生存环境。不单是一次简单的地理迁移,而是黑人群体由农村转向城市、完成由思想上的混沌转向具备清晰的主体诉求的一个开始。大城市开放的风气使黑人受到了各种各样的教育和启迪,开阔了眼界,增长了学识。

美国黑人是奴隶制度的产物,他们被无情地从非洲贩运到美洲,割断了与故土的联系。来到这片土地,他们就被深深地刻上了二等公民的烙印,从此开始了悲惨的异国他乡生活。经过几百年的酝酿,黑人群体终于以"哈莱姆文艺复兴"的形式在美国获得了爆发。这一"爆发"显示了某种历史的必然,它既是各种外部力量综合作用的结果,更体现了美国黑人长期坚持不懈的斗争精神。

南方黑人在移居到北方后,聚居在城市某一地区,于是第一次出现了黑人居民区,这使得他们的心理获得了一定调整,并开始显露出追求"自我"的欲望。特别是随着美国社会不断走向稳定,黑人有了越来越高的经济独立程度,也有越来越多的黑人接受了教育,于是一批中产阶级在黑人社会中涌现出来了。但是,新生的黑人中产阶级或者"新黑人"对北方城市的生活并不满意,他们发现,北方虽然有很多优点是南方没有的,但其对待黑人的态度与南方却是一致的,这使他们感到十分失望。与此同时,"新黑人"对父辈积极争取中产阶级的舒适生活、受教育的权利和稳定环境的行为进行了否定,并开始进行文学创作。在这期间,黑人还创办了自己的杂志,促进了黑人文学的崛起和发展。其中,最著名的是《危机》《信使》和《机遇》等。另外,白人主流社会较小型的文学刊物也是黑人发表作品的园地之一,这些刊物对于扩大黑人诗歌的影响也起了较大的作用。另外值得一提的是,当时白人中的一些进步人士对黑人知识分子的提携和帮助也是一个非常重要的因素。而他们在创作时,既会将眼睛向上看,以个人的才能和阶级利益为基础,因而在有些时候种族感情会显得较为脆弱;又会将眼睛向下看,注意团结种族,并想从下层的黑人中寻找创作的灵感和题材。

由于在当时,北方大城市纽约的哈莱姆区是全国最大的黑人居住区,而且居住在那里的人们有着忠诚的品德和美的魅力,于是"新黑人"作家纷纷集中到哈莱姆区,从而在20世纪20年代出现了以哈莱姆为中心的黑人文艺复兴运动。但实际上,华盛顿、洛杉矶、芝加哥、费城等其他大城市的黑人聚居区内,也出现了一些重要的黑人作家及杂志,从而极大地推动了黑人文学的发展。而之所以称为"复兴",是因为这一时期的黑人文学发展是在19世纪末20世纪初的黑人文学基础上的延续,是在20世纪初黑人文学发展相对缓慢之后的再度繁荣。但是,由于哈莱姆文艺复兴对出版业、戏剧业和艺术业的繁荣有着极大的依赖性,因而在经济危机席卷美国后,这一文化运动也随之进入了低潮。

在"哈莱姆文艺复兴"运动中,黑人以独立的姿态唤起了白人群体的关注,他们用自己的声音打破了黑人群体在主流社会中长期的失语状态,同时唤醒了民族自尊、自立和自强的意识。他们达到了自己的目的,即在保持黑人特色的前提下融入美国主流社会。黑人艺术家和文学家以自己的方式诠释了美国文化,并丰富发展了美国文化。"哈莱姆文艺复兴"运动所产生的影响是显而易见的。无论在当时,还是在以后,无论在文学的层面,还是在文化、甚至政治的层面,无论对黑人民族而言,还是对整个美国而言,它都具有重大而深远的意义。

　　"哈莱姆文艺复兴"运动并不是一场纯粹意义上的文学运动，它是美国 20 世纪二三十年代狂飙突进的文艺大潮中的一个有机组成部分。在喧嚣与骚动的 20 世纪 20 年代，在轰轰烈烈的变革和各种思想体系的冲击下，美国的黑人也在努力挖掘和寻找属于自己的文化遗产。以休斯为例，他通过独特的视角，对黑人文化进行彻底的梳理和发掘。他不但创作了大量以黑人为主题的优秀作品，还大胆进行创新，将黑人的方言和民歌引入诗歌，既起到了保存民间遗产的作用，又为具有民族特色的黑人诗歌开辟了一条新路。在"哈莱姆文艺复兴"运动期间，美国黑人学者和艺术家合力为美国社会奉献了具有民族特色的、丰富多彩的文化大餐，促成了美国多元化文化结构的形成，大大丰富了美国的文化。

　　总之，"哈莱姆文艺复兴"堪称是承上启下的一个重要转折。它既是第一次黑人运动的一个延续，又为之后兴起的黑人民权运动创造了条件。当然，在"哈莱姆文艺复兴"运动开展的过程中，黑人内部也暴露出了一些问题。其中，最引人注目的是老一辈黑人文人与新一代黑人知识分子之间的分歧和冲突。这些分歧和冲突表现在创作的原则、对象、目的以及作品的表现形式方面。

二、美国黑人文学的发展

　　20 世纪初，非裔美国作家的原创性和批判性作品为哈莱姆文艺复兴时期美国黑人文学的繁荣铺平了道路。这些作家的创作技巧娴熟，语言犀利，分析透彻，文体美感非凡。许多非裔美国作家传承了 19 世纪末的时代精神，继续以新的视角观察 20 世纪的世界。他们的文学作品为 20 世纪初美国黑人文学的发展奠定了基础。1903 年，威廉·爱德华·伯格哈特·杜波依斯（William Edward Burghardt Du Bois,1868—1963）的文集《黑人之魂》给黑人文坛注入一股新的活力，激励非裔美国青年作家重新审视美国社会的黑人问题。杜波依斯和詹姆斯·威尔顿·约翰逊（James Weldon Johnson,1871—1938）勇敢地挑战当时的文坛，希望黑人作家们振作起来,携手复兴非裔美国人的进步事业,然而,大多数作家要么不为所动,要么故步自封,要么遁世逃避。诗歌成为他们逃避现实的浪漫主义途径,而不是感悟生活的媒介;对他们来讲,逃避成为其诗歌作品的显著特点。

这个时期的非裔美国小说中,浪漫主义、现实主义或自然主义作品占主导地位。非裔美国作家已经充分认识到非裔美国人在美国社会里深受歧视的种族身份和社会地位。大多数非裔美国作家在小说创作中讲述跨种族爱情故事,渲染种族越界和种族团结之类的主题,推崇杜波依斯的策略,并以此作为解决种族歧视制度下种族界限问题的方法。此外,非裔美国小说继续探索美国黑人世界的悲喜层面和争取人权的英勇斗争。与南北战争前后的传奇剧式恐怖描写或悲怜描写相比,杜波依斯和约翰逊的视角显得更加具有反讽意味,这种反讽在描写非裔美国人的种族越界方面表现得尤为突出。作家对小说主人公双重意识心理的描写反映了当时动荡岁月里非裔美国人所遭遇的种族矛盾和黑人社区内部的冲突。

这一时期的非裔戏剧作家尚处于学徒阶段,他们的作品充满了对黑人种族的关爱,在这一点上明显有别于白人剧作家的作品。当时的非裔观众只是钟情于舞台上的恭维话而非真正的表演;喜欢道德完人,而不是真实的人;喜欢起居室内的生活描写,而不是人们户外的真实生活。白人观众却喜欢看到被种族偏见模式化了的黑人形象。但是,非裔美国剧作家只有更仔细地观察非裔美国人的生活,更刻苦地学习舞台技术,他们作品的艺术水平才会得到大幅度的提高。

20世纪20年代,受过良好教育的黑人青年涌向纽约城,尤其是来到被誉为"黑人文艺之都"的哈莱姆,都想在文学创作上有所成就。在哈莱姆地区,这些非裔美国知识分子和艺术家关心非裔美国人的未来,黑人文学艺术步入大发展时期。非裔美国人从事艺术创作的人数远远超出历史上的任何时期,而且喜爱文学艺术的非裔美国青年也越来越多。文艺创新种类繁多,百花齐放,在音乐、诗歌、戏剧和小说等方面都取得了骄人的成绩。哈莱姆文艺复兴开创了美国黑人文学的新纪元。在哈莱姆文艺复兴时期，非裔美国作家的创作风格和创作技巧深受欧美文学传统的影响，许多非裔美国作家与同时代的欧美白人作家都有着某种文学联系。对黑人世界"原始"感的好奇心促使美国白人有意无意地开启了美国黑人文学作品在美国出版社的大门，这极大地促进了美国黑人文学的发展。非裔美国作家的创作特色表现在对民间材料的广泛运用上，尽管在契斯纳特和邓巴时期，白人读者对非裔美国民间文学素材不感兴趣。哈莱姆文艺复兴荟萃了美国历史上第一批有自我意识的美国黑人文学家。文学和艺术是建立种族自尊心和传播民族文化的最佳途径。因此，这些作家被赋予了双重职责：一是大力发展文学艺术；二是在作品中塑造良好的非裔美国人形象。非裔美国作家在从事小说和诗歌的创作中也力图坚持立场，坚定不移地弘扬非裔美国人传统的斗争精神。通过文学作品，非裔美国作家颂扬非洲文化传统，为自己的灿烂文化而骄傲，在困境中不沉沦，坚守自己的文化传统和种族尊严。他们从非裔美国文化中汲取养分和力量，真实再现非裔美国人在美国社会的各种遭遇，揭露美国种族问题的真相。

1929 年华尔街股票市场崩溃，美国经济遭到重创，美国社会进入大萧条时期，大多数白人富翁中止了对哈莱姆非裔作家和诗人的资助。经济危机带给非裔美国作家的打击远远超过白人作家，因为黑人总是在危机中首当其冲。不过，这次经济危机在很大程度上影响了美国黑人文学的蓬勃发展，但也不能很绝对地说这场经济危机就结束了哈莱姆文艺复兴。还有不少作家和艺术家在经济危机期间及其以后一段时间继续创作，如左拉·尼勒·赫斯顿（Zora Neale Hurston，1891—1960）等。他们努力消解大萧条的阴影，从各个层面彰显非裔美国人的文化精神。非裔美国人创新精神的不断出现和美国黑人文学传统的持续发展对 20 世纪下半叶和 21 世纪初的美国黑人文学都有着不容忽视的影响。罗斯福的"新政"也建立了许多联邦救济机构；对黑人艺术家来讲最重要的就是美国公共事业振兴署。"联邦作家项目"是美国公共事业振兴署的一个重要组成部分。在这个联邦项目下，许多黑人作家得到了工作和文学创作的机会。不光是老作家，连许多新作家也在全国各地的"联邦作家项目"中找到了工作。这些青年作家有理查德·赖特（Richard Wright，1908—1960）、克劳德·麦凯（Claude McKay，1889—1948）、赫斯顿、玛格丽特·沃克（Margaret Walker，1915—1998）等。

　　20世纪三四十年代，非裔美国小说集中反映了美国社会中黑人生活所面临的严酷现实，所揭示的问题完全不同于哈莱姆文艺复兴时期以欢乐为主调的小说。在这个时期的美国黑人文学创作中，爵士乐的异国情调被社会抗议所取代，非裔美国作家把观察到的"种族问题"作为其文学创作的基本材料，寻求提高种族意识，更有效地解决黑人种族觉悟的问题。1905年至1923年期间，非裔美国小说几乎都是由小型出版社出版的。因此，这些黑人作品的影响力很有限，几乎没有哪部作品得到过社会的广泛认可。到了30年代，形势发生了可喜的变化。由非裔美国人创作的小说达20多部，其中大多数小说都是由美国的大型出版社出版。非裔美国小说家获得了一个把作品推向全国甚至全世界的良机。

　　哈莱姆文艺复兴之后的非裔美国诗歌蕴含着一种更广阔的精神气质，诗人开始关注美国社会的种族问题。例如，沃克的诗歌《因为我的族人》在主题上与托尔森的《黑色交响乐》非常相似。这首诗歌描写一个特定的种族团体，展示了这个团体的成员在更广阔的美国地域上的生活状况。20世纪三四十年代，非裔美国诗人采用黑人现实主义手法，在作品中大胆提出黑人的政治主张。他们以现实主义的艺术眼光审视非裔美国艺术家的创作试验。

　　20世纪30年代和40年代，非裔美国戏剧获得了空前的发展，黑人演员的舞台表演艺术大为提高，为"二战"后非裔美国戏剧的繁荣打下了良好的基础。阿波罗剧院和拉法耶特剧院相继建立起来。这些黑人剧院故意疏远白人剧院，大力上演表现黑人生活和黑人文化的剧作。主流黑人剧院并不愿如此,尽管表达黑人追求也是民族戏剧的一个反复出现的主题。当黑人民族主义剧作家热忱于强调黑人文化优越性的时候,主流黑人剧院致力于让黑人参加到戏剧演出的各个层面,发展黑人的戏剧表演能力。在这个时期,不少非裔美国小说家和诗人也开始撰写剧本,旨在促进非裔美国戏剧的发展。兰斯顿·休斯(Langston Hughes,1902—1967)的剧本《混血儿》描写的是关于美国南方黑人与白人通婚的故事,该剧本在百老汇一炮走红,成为上演最久的黑人剧本。不过,在哈莱姆文艺复兴时期的各项文学成就中,戏剧是最薄弱的。黑人民族主义戏剧和主流黑人戏剧有着一定的区别,民族主义者喜欢用"非裔美国戏剧"一词来诋毁主流黑人戏剧。可是,民族主义戏剧是一种与真正黑人戏剧很接近的戏剧。黑人戏剧曾经是哈莱姆的文化支柱,也是民族主义戏剧望尘莫及的。

总的来讲,这个时期的美国黑人文学作品揭示了 20 世纪前四十年左右的各种社会热点问题,比较系统地反映了大迁移、第一次世界大战、哈莱姆文艺复兴、大萧条和第二次世界大战期间种族关系的主要状况。然而,他们的作品不再是枯燥的文献记载,而是具有丰富思想内容的艺术作品,反映了从 1903 年至 1945 年期间美国黑人文学传统的发展状况,揭示了具有时代特征的主题、呈现了娴熟的创作技巧和特色。非裔美国作家在这个时期所取得的文学成就标志着美国黑人文学走向成熟。而且,这个时期的作家及其作品为以后美国黑人文学创作提供了学习的榜样和参照的范本。简言之,美国黑人文学经过大约 150 多年的发展,终于迈入了成熟期。

第三节　人文主义精神的彰显：二战结束前的黑人诗歌

第一次世界大战后，"新黑人诗人"出现在美国文坛，他们在哈莱姆文艺复兴运动中和其他作家联手抨击那些多愁善感、说教性强和逃避现实的诗歌。他们拒绝使用深奥的诗歌措辞，青睐于原生态的语言，把人文主义精神注入其诗作。这个时期最杰出的诗人有芬顿·约翰逊（Fenton Johnson，1888—1958）、克劳德·麦凯（Claude McKay，1890—1948）、兰斯顿·休斯（Langston Hughes，1902—1967）、玛格丽特·沃克（Margaret Walker，1915—1998）等。

一、芬顿·约翰逊的诗歌

（一）芬顿·约翰逊的生平

约翰逊于1888年5月7日出生在芝加哥，父亲伊莱贾是芝加哥最富有的非裔美国人之一。约翰逊9岁时就开始学习读书识字，父亲想把他培养成牧师。约翰逊于1910年考上芝加哥大学，毕业后在肯塔基州露易斯维尔的一所州立大学任教。1913年他到西北大学和哥伦比亚大学的新闻学院继续深造。他目睹了北方地区发生的种族冲突，深感震惊，但由于他没去过南方，所以对南方农村非裔美国人的苦难生活，仅限于有所耳闻。20世纪30年代，笔耕不辍的约翰逊为一些文集和杂志撰写诗歌。他继续使用自由诗体，再现自己的都市经历。晚年受卡尔·桑德堡和其他中西部诗人的影响，约翰逊描写非裔美国人因种族身份的自卑感所产生的绝望之情，带有强烈的宿命论色彩。他的最后一本诗集《诗集》，收录了大约40首诗歌，在他去世后才出版。这本诗集中的诗歌是他在从事美国公共事业振兴署的"伊利诺斯黑人"

项目时创作的。20 世纪 30 年代后,约翰逊淡出艺术界。1958 年 9 月 17 日,约翰逊在芝加哥去世,享年 70 岁。

（二）芬顿·约翰逊的诗歌创作

芬顿·约翰逊是第一次世界大战时期杰出的非裔美国诗人,也是在大迁移中移居北方城市的非裔美国诗歌代言人。他在诗歌主题和创作手法上的创新预示了哈莱姆文艺复兴的必然到来。

约翰逊很有诗歌创作天赋,其诗歌带有独特的音乐感,很好地传递出诗人的忧郁和彷徨。他出版过三部诗集《微幻》《黄昏之景》和《土壤之歌》。此外,他还出版了一部短篇小说集《最黑暗时期的美国故事》。约翰逊的诗歌有很强的种族意识,以现实主义手法描写非裔美国人在社会生活中的绝望和无奈。例如,诗歌《厌倦》：

> 我厌倦了劳作：讨厌为建设他人的舒适生活环境而
> 累死累活。
> 让我们休息一下,丽丝·珍妮小姐。
> 我想去"最后机会酒馆",喝一两加仑
> 杜松子酒,掷一两次骰子,然后去睡觉
> 躺在麦克的酒桶上。
> 你会让小棚屋垮掉,白人的衣服烂成灰,
> 骷髅地的浸礼会教堂陷入无底的深渊。

这些诗行揭示出诗人对日复一日的体力劳动感到厌倦,显示了非裔美国人在种族压迫环境中的屈从、痛苦和绝望。诗歌叙事人"我"意识到自己的苦难生活,公开谴责资本主义的剥削。在诗中,叙述人"我"最需要的就是放松的娱乐、尽情的畅饮和美美的睡眠。他最大的愿望就是改变这个世界,消除这个罪恶的世界带给他的一切烦恼。

虽然约翰逊常被学界视为二流诗人，但是他的诗歌独具特色，对美国诗歌的发展具有一定的预见性。

二、克劳德·麦凯的诗歌

（一）克劳德·麦凯的生平

麦凯出生于英属西印度群岛的牙买加，家庭十分富裕，家人的思想也较为开放。23 岁时，他在哥哥的鼓励下，赴美国读书。到了美国，他曾在堪萨斯州立大学农艺系读了两年，后来停学写诗，移居纽约哈莱姆，以干杂活为生。后来，他在美共主办的刊物担任编辑，接触了马克思主义，思想有进步倾向。与此同时，他积极进行文学创作，发表了不少诗歌和小说作品。晚年时，麦凯皈依了天主教，体弱多病，思想沉闷，新作不多。1948 年，麦凯因病去世。

（二）克劳德·麦凯的诗歌创作

克劳德·麦凯被公认为哈莱姆文艺复兴时期的第一位重要诗人，在这个文学运动的发展中做出了重大贡献。他的诗歌经常采用十四行诗体的形式和讽刺性的语调，强烈谴责种族压迫和种族偏见。他的创作手法对其他非裔美国诗人有着很大的影响。非裔美国读者特别喜欢他的诗歌。麦凯为自己能与黑人大众打成一片而倍感自豪。他蔑视一切带有中产阶级色彩的东西，用自己的作品有力地驳斥了白人作家对非裔美国人的不当描写。

麦凯是哈莱姆文艺复兴时期最有特色的作家之一，他的诗歌以其鲜明的阶级立场以及强烈的战斗力，对种族问题进行了深刻反映，对黑人社会的不公进行了激烈抨击。麦凯的主要文学作品是两本诗集《新罕布什尔的春天》和《哈莱姆的阴影》。一些评论家认为他的诗集《哈莱姆的阴影》是哈莱姆文艺复兴到来的宣言书。麦凯最初出版这个诗集的目的是想把自己最欣赏的诗歌《如果我们一定要死》收录进去，这首诗这样写道：

> 如果我们必须死，决不要
> 像一群被赶进圈里的猪，
> 听任疯狂的饿狗围着我们乱叫，
> 百般嘲笑我们不能接受的下场。
> 如果我们必须死，就要死的可贵，
> 不辜负我们洒下的珍贵热血；
> 我们就是死了，也要让凶残的敌人
> 对我们不得不表示尊敬！
> 同胞们！我们必须迎击我们的公敌！
> 虽然力量悬殊，我们也要英勇无比，
> 用致命的一击回敬敌人的千次攻击！
> 既是男子汉，面对残暴而胆小的匪帮，
> 即使被逼到墙根，我们也要拼死反抗！

　　麦凯创作这首诗的初衷是反抗美国的种族暴力，但在这首诗歌里，麦凯没有提及诸如白色、黑色或种族之类的词语，但是他强调了宁为荣誉战死也不投降的高尚气节，颂扬了勇敢无畏的人格。诗人用正义而高昂的呼声，号召受压迫受损害的人们去战斗，不怕在南方，在迪克西牺牲，勇往直前，由此可以感受到诗人的满腔正义和爱国热忱。这首诗不仅成了美国许多城市黑人抗暴的战歌，而且在第二次世界大战初期，被英国首相丘吉尔引用来作为激励士兵抗击反法西斯侵略的号角。

三、兰斯顿·休斯的诗歌

　　休斯是哈莱姆文艺复兴时期最负盛名的黑人作家之一，他的文学创作涉及诗歌、小说、戏剧等多个领域，其中以诗歌和小说的成就最为突出。

（一）兰斯顿·休斯的生平

休斯出生于密苏里州乔柏林，他出生后不久，父母离异，其跟随外祖母、母亲和亲友生活。休斯曾在哥伦比亚大学学习，次年因不满学校对黑人学生的歧视而辍学打工，并在业余时间进行文学创作，还参加了哈莱姆文艺复兴运动，自此在美国黑人文艺界显露头角。1926年，休斯进入林肯大学继续学习，3年后获学士学位。1932年，休斯出访苏联，后来到中国，还曾以记者身份参加西班牙内战。1967年，休斯在纽约逝世。

（二）兰斯顿·休斯的诗歌创作

休斯被称为"哈莱姆的桂冠诗人"，他在哈莱姆文艺复兴时期创作的诗歌，注重用轻松幽默的笔触、黑人民众自己的语言以及印象主义、对话、戏剧性独白等手法，对种族歧视、下层黑人的悲惨生活进行真实记录。与此同时，他这一时期的诗歌创作深刻体现出了哈莱姆文艺复兴的主旋律，如《青年》这首诗就表明了对黑人未来的高度信心，并表达了对黑人民族和黑人文化传统的爱与自豪，而这可以说是哈莱姆文艺复兴时期"新黑人"思想感情的典型体现。

渴望自由、追求平等和独立是休斯诗歌的一个重要主题。在《一个黑人姑娘之歌》中，一位黑人姑娘的爱人被白人明目张胆地施以私刑。休斯愤怒地控诉道：

> 在南方，在迪克西
> 遍体鳞伤悬吊在半空
> 我问那位白人主耶稣
> 祈祷，有什么用。

在此，诗人除了表达自身的愤怒以外，还振聋发聩地指出了这样一个事实：黑人的解放和自由不能靠白人赐予，而要靠黑人自己通过斗争去获得。

展现黑人民族强烈的自豪感也是休斯诗歌的主题之一。他是黑人文化的歌者和黑人历史的赞美者。他总是怀着一种无比自豪的感情来描写这个苦难民族的内心美，表达黑人民族的骄傲。例如，他在一首小诗中曾写道：

夜很美，
我民族的脸也一样美。
星星很美，
我民族的眼睛也一样美。
太阳很美，
我民族的心灵也一样美。

这首小诗看似简单，实则意蕴深远。在诗中，休斯赞扬了黑人民族表里如一的美丽。不但外表美，内心更美，不虚伪、不做作、不夸张、不浮饰，给读者一种清新的感觉，似微风拂过脸面，似花香弥漫鼻尖。"黑即美"是休斯诗歌中的永恒主题。以往的黑人诗人往往对自己的肤色避而不谈，认为黑皮肤是一种耻辱的印记，希望人们用诗人的眼光而不是黑人诗人的眼光来看待和评价他们。

此外，休斯还在作品中冷静地分析了黑人民族的弱点，毫不留情地指出了其丑陋的一面。可以说，休斯对黑人民族自身缺陷的深刻剖析是其他诗人所不及的。休斯诗歌的创作对象多是处于社会底层的黑人，正如他在《大海》中所说的那样："我只熟悉与我一同长大的那些人，他们并不是那些整天把皮鞋擦得锃亮、上过哈佛大学或爱听巴赫乐曲的人。"休斯毫不留情地批判了在这些下层黑人身上所体现出来的奴隶性和拜金主义，并为黑人女性沦落为妓女而深深地感到痛惜。在《上人对下人说》中，诗人描写了一个跻身上流社会的黑人对自己同胞的训斥；在《下人对

上人说》中,诗人讲述了一个黑人的故事,他自己富裕以后却忘了
自己的黑人身份;在《午夜舞女》里,休斯揭露了娼妓满地的社会
现实,并对那些因生计所迫而沦落为妓女的黑人女性深表惋惜。

休斯最优秀的象征主义诗歌是《梦之变》,该诗的第一个诗节
就使用了一些象征,如"手臂""太阳""白天""树"和"夜晚":

大大地张开双臂
在阳光照耀下的某个地方,
旋转、跳舞
直到白天结束
然后在凉爽的夜晚休息
在高高的一棵树下
夜晚慢慢来临
黑暗喜欢我——
那就是我的梦!

在这个诗节里,"手臂"代表着黑人在追求美好生活中的力
量和理想;"太阳"是美国主流社会的象征;"夜晚"象征没有希
望的黑人生活。通过这些象征,诗人指出尽管黑人想方设法地寻
求生活中的梦想,但是不合理的社会对黑人关闭了机遇的大门,
最后黑人还是受困于美国社会,过着苦难而又无前途的生活。

关于"梦",在休斯的那首著名短诗《哈莱姆》中,开篇第一个
问题就是:"梦被延缓会如何?"休斯认为,对于美国黑人来说,
政治自由和经济宽裕是"美国梦"的一个方面,但是在充斥着种
族歧视的美国社会,他们不可能实现这一梦想。在休斯的一些社
会题材的诗歌中,他描绘了美国黑人的生活,展现了美国黑人实
现梦想的种种努力是如何被阻隔的。浪漫的白日梦是休斯常在
他的诗里提到的另一种形式的梦想。在这类诗中,诗中的说话人
梦想着理想的爱情、期待着某种机缘和运气,或者渴望着精神上
的自由自在。这种形式的梦想更多表达的是个人的梦想而不是

社会性的,因为诗人渴望一种状况或心理状态;这种心态不是可以通过政治手段而获得的,而只有通过在人的想象世界里心灵的觉醒来获得。

对诗歌形式的创新是休斯对黑人诗歌最大的贡献。从某种意义上说,休斯是黑人诗歌的拯救者,是他引领黑人诗歌走出了困境。休斯将黑人音乐和黑人方言引入诗歌,创造了一种新的诗歌形式,使它区别于原有的传统诗歌形式。布鲁斯等民歌是黑人的古老民谣之一,休斯把它作为一个重要的载体糅入黑人诗歌,终于使黑人诗歌在内容和形式上达到完美的统一。在黑人诗歌史上,休斯第一次全面定义了"布鲁斯诗体",并被认为是第一个"爵士乐诗人"。

布鲁斯是黑人音乐的一种,它起源于南方的黑人奴隶歌曲,每节三行,第二行是第一行的重复或稍有变化,第三行则是某种结论或是对前两行的回答,每节诗行呈 AAB 式。休斯在此基础上,对布鲁斯进行了实验性的创新。他把每节扩展为六行,每两行相当于以前的一行,大大增加了诗歌的内涵。例如,在他的《红土壤的相思》中,诗人写道:

> 我记挂红土壤呀,上帝,我
> 需要它,我要把靴子触到它。
> 我记挂红土壤呀,上帝,我
> 需要它,我要把靴子触到它。
> 我要去望望乔治亚,因为我
> 害着红土壤的相思。

休斯的《紫色幻想曲》《比利时之歌》等诗歌都采用了这种诗体。

大量采用黑人方言是休斯诗歌的另一个突出特点。休斯很少使用标准英语进行诗歌创作,在他的作品中,黑人民族文学的特色随处可见。例如,在他的一首名为《我的上帝》的诗歌

中,诗人采用了许多黑人的口头表达方式,如,用"ain't"来代替
"aren't"、"ma"代替标准英语中的"my"等。

有些词语出于连读的需要往往省略尾音,如"walkin'""o'mine"
等。休斯在使用黑人方言时是十分有分寸的,他不会将诗歌完全
写成"黑人的民间歌谣",而是适度遵循标准英语的规范,以便于
白人的理解和接纳。休斯还受同时期"意象派"的影响,写了许
多意象小诗。如他的《鸽子》写一只白色的鸽子在古老的战场上
落脚,惨白色的羽毛与灰棕色的泥土形成鲜明的对比。

休斯在诗歌中善用一些奇喻,反讽也是他经常使用的诗歌技
巧,如在《绿色的记忆》里,诗人将战争说成是一个美妙的时刻。

同时,休斯的创作中表现出视觉诗歌的倾向。在作品中,他
喜欢将黑人与白人的关系用单词的排列表现出来,使人在阅读整
首诗之前就能体会到黑人与白人之间的差距。例如,《天使的翅
膀》一诗从形象看恰似一个飘逸的天使。白人是天使的翅膀,
拥有自由;而黑人则是笨重的躯体,两者形成了视觉上的鲜明
对比。

总之,作为"哈莱姆文艺复兴"运动中的"桂冠诗人",休斯对
促进黑人民族文学的繁荣和发展,构建具有鲜明特色的黑人诗歌
体系,推动黑人诗歌向现代诗歌的转变做出了巨大的贡献。

四、玛格丽特·沃克的诗歌

(一)玛格丽特·沃克的生平

沃克是美国20世纪的知名诗人、小说家、教育家和文学评论
家。她于1915年7月7日出生在亚拉巴马州的伯明翰,父亲是
一名牧师。在父母的引导下,她热爱读书、音乐和教会工作。她
很早就接触到英美文学经典,广泛阅读莎士比亚、休斯等人的诗
歌。她认为休斯的人生和诗歌影响了她的一生,激发了她想当作
家的愿望。沃克出生后不久,她家就搬到了新奥尔良,她在那里

读了小学、中学和大学。1935 年她获得西北大学人文科学学士学位，1936 年她开始为"联邦作家项目"工作。工作期间，她与理查德·赖特成为朋友，他们在文学创作中互助合作。1942 年，沃克出版了第一部诗集《因为我的族人》。1945 年，她从衣阿华大学获得硕士学位。从 1949 年至 1979 年在杰克逊州立大学担任文学教授。1965 年，她在衣阿华大学获得博士学位。她的小说《狂欢》于 1966 年出版。1968 年，沃克创办了黑人历史、生活和文化研究所，并担任这个研究所的第一任所长，现在这个研究所被命名为"玛格丽特·沃克·亚历山大国家研究中心"。20 世纪 70 年代初，她出版了两部诗集《新日子的预言者》和《十月旅程》。1998 年 11 月 30 日，沃克在芝加哥因乳腺癌去世，享年 82 岁。

（二）玛格丽特·沃克的诗歌创作

沃克的诗歌记录了她在美国南方所经历的种族歧视和民权运动。《因为我的族人》是其诗歌创作生涯中最重要的一部诗集，在诗集的前言中，斯蒂芬·文森特·贝内高度赞扬沃克，认为"她的诗歌控制情感适度、语言带有圣经诗体的起伏感"。这与她童年时在教堂听到的圣经故事密不可分，她的诗歌带有浓重的圣经和布道色彩。作为书名的诗歌《因为我的族人》收集在这个诗集里，可以比拟为一个布道。这首诗歌最初于 1937 年出现在《诗歌》杂志上，反映了大萧条时期的时代特征和文学基调。沃克的这种创作风格在哈莱姆文艺复兴时期的非裔美国诗人中是独一无二的。

第四节　种族抗议与种族越界：二战结束前的黑人小说

进入 20 世纪后，非裔美国小说家越来越关注非裔美国人的身份问题。他们通过描写种族和性来探索和揭示非裔美国人所遭遇的身份危机。种族抗议是这一时期小说的主题之一。大萧条是非裔美国小说主题发展的一个转折点。大萧条造成的经济危机使非裔美国人的生活雪上加霜,黑人的生存环境更加恶化,所遭遇的困难远远超过白人。一些非裔美国作家把文学观察点从黑人中产阶级转向下层黑人,揭露黑人社区的脏乱差和黑人处于困境的无助感,抨击白人和黑人之间的贫富差距及其社会致因。这个时期最杰出的小说家有詹姆斯·威尔顿·约翰逊(James Weldon Johnson,1871—1938)、左拉·尼勒·赫斯顿(Zora Neale Hurston,1891—1960)、吉恩·图默(Jean Toomer,1894—1967)、理查德·赖特(Richard Wright,1908—1960)。本节将对他们的小说创作进行研究。

一、詹姆斯·威尔顿·约翰逊的小说

（一）詹姆斯·威尔顿·约翰逊的生平

约翰逊出生在佛罗里达州杰克逊维尔一个比较殷实的家里,他于1894年毕业于亚特兰大大学。1893年夏天,他在参观芝加哥世界博览会时结识了非裔美国诗人保罗·邓巴。两人的友谊从那时起一直延续到邓巴去世。

约翰逊担任过美国驻委内瑞拉和尼加拉瓜的外交官。后来,他还短暂地教过书。他与弟弟约翰·罗萨蒙德到纽约城为舞台写曲子。约翰逊很快成为当时最引人注目的非裔美国作家。像邓巴和契斯纳特一样,他也在白人主办的杂志上发表作品。另外,他创办了杂志《危机》,这个刊物成为他把自己的作品介绍给非裔美国读者的主要媒介。1920年至1930年期间,他担任全国有色人种协进会的行政秘书。1925年,这个协进会授予他斯平加恩奖章。后来,约翰逊回到南方,在费斯克大学教授文学。约翰逊于1938年6月26日去世,享年67岁。

（二）詹姆斯·威尔顿·约翰逊的小说创作

约翰逊是美国哈莱姆文艺复兴运动的主要先驱者之一。他的文学生涯一直延续到哈莱姆文艺复兴后期。他在第一次世界大战前创作的作品以缩影的形式展现了 20 世纪初非裔美国文学发展变化的轨迹。

约翰逊的代表作是小说《一个前有色人的自传》。这部小说讲述了一名黑人成功地掩盖了自己的黑人血统、混入白人社交圈的故事。他的童年在新英格兰度过,意外得知自己有黑人血统;他曾想到亚特兰大大学读书,但没被批准;成年后交替生活在白人社区和黑人社区。小说的叙述者也是小说的主人公,他的名字在小说中一直没有出现。他是音乐家,用音乐表达了其人生的二分性。他在古典音乐方面具有天赋,成年后来到纽约俱乐部,学习雷格泰姆爵士乐(一种典型的黑人音乐)。他把这种音乐形式发挥得淋漓尽致,轰动乐坛;在一位白人富翁的资助下他到欧洲演出。欧洲之行开阔了他的视野,他决定终身从事黑人音乐的演出和研究,成为一名真正的非裔美国艺术家,把粗糙的黑人音乐改进成优美的古典音乐,以此方式搭建黑人民族与白人民族沟通的桥梁。他的决定成为其人生的转折点,也构成小说强有力的结尾。贯穿整部小说的主题是主人公在道德上的懦弱。该小说的戏剧性张力来源于他童年时想成为一名伟大非裔美国人的抱负与阻止他实现这个抱负的悲剧性缺陷之间的冲突。面对生活中的每一次危机,他所采取的态度是听天由命,顺其自然。

在这部小说里,主人公探索 20 世纪非裔美国人在美国为自我定义而奋斗的种族身份和从"非裔美国人"到"美国人"的矛盾关系。可是,至于约翰逊在小说中提出的问题,他自己也没有给出一个明确的解决方法。由于未能为非裔美国艺术家的困境找到出路,作品带有很强的悲观主义色彩。他所提出的问题使这部小说成为非裔美国文学史上一部前瞻性很强的小说。许多评论家认为这部小说代表了第一次世界大战前非裔美国文学创作的最高峰，是战前黑人文学传统与战后哈莱姆黑人文艺复兴之间的过渡之作。

二、左拉·尼勒·赫斯顿的小说

（一）左拉·尼勒·赫斯顿的生平

赫斯顿生于佛罗里达伊顿维尔黑人小镇，在一家单间教室的校舍里接受正式教育，后来成为进入伯纳德学院的第一位黑人妇女，后到哥伦比亚大学继续学业，攻读人类学，并对黑人民间文学进行了深入的研究，曾在北卡罗莱纳黑人学院任教多年。毕业后，赫斯顿为保持黑人文化传统而奋斗，并开始从事文学创作，发表了《乔纳的葫芦藤》《他们眼望上苍》《山里人摩西》《苏旺尼的六翼天使》等小说作品以及自传《路上的尘迹》等。1960 年，赫斯顿去世。

（二）左拉·尼勒·赫斯顿的小说创作

赫斯顿在曾发表 3 本民间故事集，还有 1 部独幕剧，更发表了多篇长篇、短篇小说。小说作品主要有《驴与人》《乔纳的葫芦藤》《他们眼望上苍》。其中，《他们眼望上苍》是赫斯顿最优秀的代表作。

《他们眼望上苍》着重描述了黑人妇女的精神生活，带有黑人文艺复兴运动的烙印。主人公珍妮离开从小一起生活的祖母南妮后，曾先后与三个男人结婚。第一任丈夫是基利克斯，生活安逸，但是没有爱情可言，她只是丈夫的一头骡子。第二任丈夫是乔·斯塔克斯，生活富足，也很有地位，但是同样也无爱情可言，她只是丈夫的一笔财产和一个点缀。第三任丈夫是迪·凯克，她获得了真正的爱情。她和迪·凯克享有同等的权利，他们一起劳动，一同参与聚会。后来，迪·凯克被疯狗咬伤发了疯，珍妮只好忍痛开枪杀了他。在经历三次婚姻之后,珍妮没有再婚,而是回到了家乡生活,她也从一个过去不谙世事的姑娘成长为一个具有女性主义意识的成熟女性。

小说中用了大量篇幅对底层黑人的生活进行了生动表现,他们是一群充满了热情与力量,十分向往自由,既进行着艰苦的劳作又享受着自己的生活的人,而且他们好像是在凝视着黑暗,但"他们的眼睛在仰望上苍"。

珍妮的三任丈夫虽然都同为黑人,但他们在面对肤色歧视的困惑时又表现了不同的反应,对自己的黑人民俗文化采取了不同的态度。第一任丈夫洛根·基利克斯是一个典型的现实主义者,只在乎财产物质不在乎情感。尽管他是黑人群体中有头有脸的黑人,但黑皮肤祖先留下来的民俗文化在他的心中荡然无存,他没有真正体味到民俗文化的精髓,所以也只能在蛮荒之地寻找安慰。第二任丈夫乔·斯塔克斯是黑人资产阶级的代表,他的身上表现了黑皮肤种族坚韧不拔的精神。在这里,作者把他塑造为大有作为的黑人形象,他不断为黑皮肤同胞创造良好的生活环境,努力建造真正属于黑人的社区。第三任丈夫迪·凯克是一个很自我的黑人青年,他没有财产和阶级的束缚,天性中保存着纯真执着。他和珍妮共同来到远离白人文化影响的大沼泽地。在沼泽地,黑人群体自由地唱歌、跳舞、下棋,自由享受自然赐予的一切。迪·凯克身上表现出了黑人民间文化的魅力,而沼泽地的黑人民间音乐也像天籁一样得到完美演绎。

在《他们眼望上苍》中,女主人公保留了非洲民间文化传承的一些要素,如讲述古老故事的语调以及坐在门廊下等,而不同于古老传统的是讲述者和倾听者都为女性。这种讲述和倾听凸显了黑人民俗文化迥异于白人主流文化的民族文化特征,从而在差异中重构了美国黑人的文化身份。

此外,小说的语言也是十分独特地运用了黑人民间方言,对话也十分生动,有着鲜明的地方色彩。赫斯顿通过对黑人方言土语的发掘,创造了自己独一无二的语言风格,并借此避免对白人英语的模仿。乡村黑人语言展示了普通黑人的智慧、丰富的情感以及强烈的幽默感。

总之,赫斯顿的小说注重对黑人传统民俗文化进行表现,她认为,黑人传统民俗文化中蕴含着黑人的独特品质和灵魂,而且主要存在于底层黑人生活中,因而其小说中的人物主要是底层黑人。

三、吉恩·图默的小说

(一)吉恩·图默的生平

图默出生于首都华盛顿,中学毕业后进入威斯康星大学学习,后转入纽约市立学院,但不久便离开了。此后,他不再继续学习,转而专心读书和写作,并在全国很多地方待过,广泛接触了白人和黑人社区。他还曾参加在哈莱姆和芝加哥组建的葛杰耶夫社团,在哈莱姆文艺复兴中发挥了重要作用。1923年,图默发表了小说《甘蔗》,一夜成名,成为青年黑人作家眼中的新星。此后,他不断有新作问世。但晚年时,他几乎完全脱离了文学活动。1967年,图默默默无闻地去世了。

(二)吉恩·图默的小说创作

图默创作的《甘蔗》是哈莱姆文艺复兴时期所产生的最优秀的作品之一,《甘蔗》发表于1923年,它并不是单纯的小说,而是由短篇小说、诗歌和剧作组成的专集。

整部作品可以分为三个部分,其中第一部分是由六篇小说和十首诗歌构成的,着重讲述南方佐治亚州某农村里六个黑人女性的坎坷命运,同时对南方富饶的土地、黑人的艰苦劳动以及黑人女性的坚忍进行了热情歌颂;第二部分是由一篇散文、五篇小说和五首诗歌构成的,以北方华盛顿和芝加哥的中产黑人阶级社会为背景,讲述了城市黑人因接受了白人社会的金钱价值观,而将黑人的优良文化传统和丰富的精神抛弃了，并因此在种族歧视制度之下变得日益扭曲；第三部分是长而松散的自传性短剧，以作者为原型，讲黑人拉尔夫·卡伯尼从北方到南方当教师期间寻找自我的过程。就这样，小说完成了从南方到北方又到南方的回归。

小说向读者展示了哈莱姆文艺复兴时期黑人与黑白混血儿复杂而痛苦的内心世界，反映了一个黑人青年在回到父辈的土地上，发现了对自己来说陌生的黑人文化传统时的激情和震撼，对他们来说，追寻自我之路充满艰辛和荆棘。

《甘蔗》取得了空前的成功。到目前为止，这部小说仍然被看作是哈莱姆文艺复兴时期影响最深远的作品之一。不少评论家认为这部小说在非裔美国文学史上可以与理查德·赖特的《土生子》和拉尔夫·埃里森的《隐身人》齐名，被誉为非裔美国小说创作的最高成就之一。吉恩·图默不愧为第一流的非裔美国作家，他把词语当作可塑性材料，别出心裁地、创造性地组合出自己的艺术风格。美国学者罗伯特·波恩说：“当同时代的作家还在试验粗俗的文学现实主义的时候，图默已经超越了自然主义小说，进入情感表达更高层面的现实主义、象征主义和神话色彩。”

总之，图默是在 20 世纪 20 年代最受美国非裔知识分子敬重的小说家，他的作品倡导非洲黑人文化艺术传统，高度赞扬了非洲血统的高贵品质。

四、理查德·赖特的小说

（一）理查德·赖特的生平

赖特生于密西西比州纳茨兹某农场。祖父是个奴隶，父亲是种植园工人，母亲是个乡村教师。赖特从小生活穷困，5 岁时其父离家出走，母亲因病卧床不起。他只好靠亲戚抚养，进过孤儿院。1925 年，赖特跑到孟菲斯当杂工，自谋出路。1929 年他随家人去芝加哥打工，业余爱好读书。他最早对门肯的文章感兴趣，后来陆续读了德莱塞、路易斯、安德森、马克·吐温等知名作家的经典作品。经历了20世纪30年代初的经济大萧条和不懈的努力，赖特找到了马克思主义。1933年，赖特正式加入美国共产党，结识了不少左翼作家。在他们的热情鼓励下，赖特开始写诗和小说，发表了不少作品。他还加入美国作家联盟，因此结识了更多已成名的作家。他接受了哈莱姆文艺复兴运动中黑人作家的影响，又以马克思主义观点来解剖社会，艰苦写作。1937年，赖特移居纽约。次年，大型杂志《哈泼斯月刊》发表了他的《汤姆叔叔的孩子们》，获得了好评，初步奠定了他在文学界的地位。此后创作不断，先后出版了多部小说作品。1947年，移居巴黎，直到去世。

（二）理查德·赖特的小说创作

赖特在1938年发表了小说《汤姆叔叔的孩子们》，获得了评论家和读者的好评。1940年时又发表了长篇小说《土生子》，引起了各界强烈的反响。之后又发表了《生活在地下的男人》《黑孩子》《局外人》《黑人的力量》《八个男人》《今日的主》《美国的饥饿》等小说作品。

赖特的第一部作品集《汤姆叔叔的孩子们》包括内容连贯的五部中篇小说，重点描写一个叫曼的黑人孩子成长为一群反抗者的领导人物，最后被白人种族主义者杀害的过程。作者明确指出，曼虽然不能复生，但他伟大的热情将永远成为人们纪念的因素，甚至连与他为敌的白人社会也不例外。小说描写了黑人青少年反抗者们从一群不懂事的孩子成长为政治运动的领导人物的过程，反映了20世纪二三十年代美国黑人运动的形势。其中每部作品都表现了生活的一个侧面，连接起来又成为一个整体。这些小说对黑人命运的描写虽然还停留在20世纪文学的传统上，即把他们的反抗写成以死亡和不幸而告结束，但作品所包含的愤怒和仇恨真实地表达了新一代黑人的思想情绪。这些作品虽然是作者现实主义创作的初次探索，但已收到了良好的效果。

　　《土生子》是赖特最优秀的代表作,也是一部极为引人注目的作品,这部作品根据真实的事件改编而成。1938年时,芝加哥黑人罗伯特·尼克特因谋杀了一个白人妇女而被判处死刑。赖特以这一事件为基础,将主人公比格·托马斯的悲剧看成资本主义社会制度的产物,从而对白人社会对黑人的歧视和压迫进行了大胆揭露。

　　小说分为《恐惧》《逃跑》和《命运》三个部分,以20世纪30年代的芝加哥为背景,描写了黑人青年比格因在无意中将白人小姐玛丽·道尔顿杀死而被判处死刑的故事。

　　比格是个生活在芝加哥贫民窟的黑人青年。他受雇于白人富豪道尔顿做家庭司机兼锅炉工。他家里一贫如洗,一家四口人挤在一间小屋里。贫民窟鼠害成灾,比格不得不时刻与老鼠搏斗。道尔顿自诩是慈善家,同情和关心黑人。女儿玛丽小姐的男友是个共产党员。他们待比格热情友好,但是这让比格对白人更加仇恨。一天深夜,比格开车接与男友喝得烂醉如泥的玛丽回家,并扶她下车入屋,直到卧室。这时,双目失明的玛丽妈妈听到动静,便摸索着进屋询问女儿。比格心里非常害怕。因为按照当地法律,黑人男子擅自夜闯白人妇女房间将会被处以酷刑。情急之下,比格怕因玛丽出声而暴露自己,便将枕头压住玛丽的嘴,谁知玛丽被闷死了。比格更加害怕了,为逃脱罪责,他将玛丽的尸体拖到地下室的锅炉房,扔入火炉,并制造假象,仿佛玛丽被她男友一帮共产党人绑架走了。一切妥当后,比格仍然无法掩盖自己内心的恐惧。这是小说第一部分《恐惧》的主要内容。

　　第二部分《出逃》描述比格逃出道尔顿家,找到情人、黑人姑娘蓓茜,向她直说了杀死玛丽的事。后来,他怕蓓茜去报警,又杀死了她。最后,比格被警方追捕,关进监狱。在这个部分里,作者重点描写了比格在杀人后的恐惧心理,同时也描写了杀人后处于生命极地的变态犯罪心理。

　　第三部分《命运》描写比格的辩护律师麦克斯竭力为比格辩护,并向比格宣传共产主义才能解放黑人和全人类。但是,比格不听辩护律师的教诲,在关押、接受调查和审讯中表现出了一种麻木、无奈、恐惧、仇恨和自豪、求生、希望的矛盾心理。麦克斯在法庭上的长篇辩护是小说的总结,他在发言中指出了比格犯罪的社会原因,揭露了当局利用这一案件所掀起的迫害黑人的浪潮的阴谋,分析了比格与道尔顿家之间的阶级对立,强调了美国种族问题的历史根源和严重的现状。道义和呼吁对美国法律是不起作用的,麦克斯请求保全比格生命的努力失败了,法庭判决比格死刑。临死前,比格对麦克斯说了一番话来表明他对社会的认识。

　　小说中成功地塑造了比格这一形象,"他以一个完全崭新的形象出现于现代美国文学史上。当白人社会的残酷统治发展到极点、被奴役的黑人再也无法忍受时,他们就要反抗。比格·托马斯的暴力行为就是一个先兆。他单枪匹马向整个白人社会发动了一场战争。他杀死的虽然只是一个白人小姐,但他的行为却震撼了全芝加哥、全美国,使白人统治者惊慌无措,瞻望前景,不寒而栗。他为此而感到高兴和自豪,因为他终于发现了自我,一个在白人眼里不是人,而只不过是一个'畜牲'的他,终于找到了自身的价值。此时的比格·托马斯已不再是白人的奴隶,他已经变成了自己的主人、自己的上帝"[①]。因而可以说,比格的行为和结局是美国不公正的社会及其歧视黑人的法律造成的。不过,赖特对这一点进行了过分强调,很容易引发负面效应。

　　《土生子》对美国社会种族问题进行了尖锐批判,赖特首创的黑人"抗议小说"在 20 世纪上半期产生了重大影响,也涌现出不少继承者,评论界甚至认为形成了一个以他为首的"赖特派"。"抗议小说"一改过去黑人小说的消极情绪,从社会深处去寻找种族矛盾的实质,突出了黑人对不平等待遇的反抗意识,起到了唤醒黑人民族精神的作用,使社会再不认为黑人是可以任意凌辱的"劣等民族"了。比格的个性形象可以成为黑人的象征。作者在小说出版时曾发表过专题演说,论述这一艺术典型的塑造过程和

---

① 常耀信.精编美国文学教程(中文版)[M].天津:南开大学出版社,2005:400~401.

时代意义。虽然赖特此后再没有写出过比《土生子》更有价值的小说，但仅凭这部作品他也可以进入 20 世纪美国重要小说家的行列。

小说在艺术手法方面也颇有特色，结构严谨，情节变换快；汲取了哥特式小说的手法，对犯罪的场景和后果的恐怖气氛进行渲染；运用了象征的手法，使故事的悬念增加；语言粗放有力，人物对话也十分富有戏剧色彩，还运用了黑人日常话语，人物对话富有戏剧色彩，情真意切，很有吸引力。

赖特的其他作品主要还有描写一个黑人厌世者的孤独心理的长篇小说《局外人》、以密西西比州黑人父子两人在商品社会腐蚀下走向堕落为主要情节的长篇小说《漫长的梦》，以及他死后出版的短篇小说集《八个男人》、长篇小说《今日的主》，后者描述了芝加哥邮政局一位黑人职员在 1936 年 2 月 12 日这一天的不幸遭遇。

《黑孩子》是一部自传体小说，通过作者少年和青年时期的亲身经历，愤怒鞭挞了种族主义的罪行，也无情地批判了黑人社会中逆来顺受的思想。故事用一个少年或青少年的自述口吻展开，语言简明生动，情节真实动人。自传的第一章虽然没有明确表明种族歧视问题，但表达了主人公赖特对白人的憎恨。文中虽然没有公开谈论种族问题，但赖特对此却很感兴趣，只是没人愿意回答他关于种族歧视的提问，这一事实说明赖特不仅生活在一个白人种族主义统治的社会中，而且他身边的黑人也将他弄得很迷惑。《黑孩子》耐人寻味的重要原因在于作者运用了第一人称的叙述方法，这种手法较好地反映了主人公赖特通过叙事来构建自我的需求。去北方是赖特的梦想，在北方种族歧视也不那么严重，他可以生活得相对自由。赖特反思、叙述自我经历的过程，就是深化自我认识、重新确立自我特征的过程。

总之，赖特的小说以种族问题和社会问题作为主题，对社会的批评有一定力度和深度，在人物的心理描写和表现手法上有新的突破。他的作品大大地促进了 20 世纪美国黑人文学的发展。

第五节　客观揭示黑人生活：二战结束前的黑人戏剧

非裔美国剧作家在文艺复兴时期努力争取得到社会的承认，但是他们取得的成就非常有限。1926 年，因为纽约缺乏严肃的非裔美国戏剧，杜波依斯发起了克瑞格瓦小剧场运动。他提出了四个基本原则：第一，一个真正的黑人剧本必须有反映黑人真实生活的情节；第二，这些剧本必须由真正懂得黑人生活的非裔美国作家来撰写；第三，黑人剧场应该主要面向非裔美国观众；第四，黑人剧场必须建在黑人社区，靠近普通的黑人观众。克瑞格瓦德运动的头两场演出是威利斯·理查森（Willis Richardson，1889—1977）的剧本《妥协》和《被摔坏的班桌琴》，但是这场戏剧运动没能促使更多的杰出非裔美国剧作家出现。在哈莱姆文艺复兴时期，许多非裔美国剧作家尝试用独幕剧来展示黑人的民间生活。吉恩·图默的《巴洛》描写了非裔美国人的日常生活，揭示了权利在生活中的重要性。描写城市黑人生活最有特色的剧本之一是华莱士·瑟尔曼（Wallace Thurman，1902—1934）的《哈莱姆》。这个剧本的成功在一定程度上归功于剧作家对哈莱姆的文学探索，但是剧本以传奇剧的形式展示了黑人贫民区各个方面的生活。经济萧条对黑人的打击比对白人的打击要严重得多。罗斯福总统为了解决剧院倒闭，导演、演员和其他艺术家大量失业等问题，为了防止美国戏剧全面崩溃，便以政府资助的方式，实施了联邦剧院计划，并专门成立了黑人部，组织黑人剧作家进行创作，组织上演黑人剧作家的作品。为了培养能公正地写黑人生活题材的剧作家，提高黑人剧作家的写作技巧，他们还于 1936 年在纽约市开办了百名黑人剧作家写作训练班。联邦剧院计划为黑人戏剧培养了大量的人才，大大提高了黑人剧作家、演员和其他艺术人员的业务水平，促进了黑人戏剧向成熟阶段发展。这一时期的优秀剧作家主要有安吉莉娜·维尔德·格琳克（Angelina

Weld Grimke,1881—1958）、威利斯·理查森、华莱士·瑟曼和洛雷因·汉斯贝里（Lorraine Hansberry,1930—1965）等，本节主要对他们的戏剧创作进行分析。

一、安吉莉娜·维尔德·格琳克的戏剧

（一）安吉莉娜·维尔德·格琳克的生平

格琳克出生在波士顿，父亲是非裔美国律师、外交家和全国有色人种协进会副会长，母亲来自中西部的一个白人中产阶级家庭。格琳克的父母在波士顿相爱。父亲从阿切博尔德法学院毕业后，在波士顿从事法律工作。因为种族问题，他和萨娜的婚姻遭到萨娜家人的强烈反对，最终离婚。格琳克出生后不久，萨娜就离开家，并把格琳克带到中西部。萨娜找到工作后，把女儿送回到马萨诸塞州，让女儿和她的父亲生活在一起。自那以后，母亲萨娜就杳无音信了。几年后，传闻她已自杀。格琳克深得父亲宠爱，从小在马萨诸塞的库欣私立中学和明尼苏达的卡尔顿私立中学读书，在几乎没有种族歧视的社会环境里长大。格琳克于1902年毕业于波士顿体操师范学校，然后来到华盛顿特区，在阿姆斯特朗·马露尔培训学校一直工作到1916年。然后，她在知名的邓巴中学当教师，直到1930年父亲去世。成年后，格琳克的生活并不幸福。一方面是由于她对父亲的过度依赖；另一方面是来自压抑自己同性恋欲望的痛苦。父亲死后，格琳克就好像失去了人生的方向。之后，她搬家到纽约，声称要投身于创作，然而并没有作品问世。此后，格琳克在布鲁克林过着隐士般的生活，直至去世。

（二）安吉莉娜·维尔德·格琳克的戏剧创作

格琳克是哈莱姆文艺复兴时期的抒情诗人和戏剧家，也是第一位把剧本成功搬上舞台的非裔女性作家。1916年，格琳克的

剧本《雷切尔》在纽约上演。该剧揭露了美国社会的种族迫害问题，披露了非裔美国人心理扭曲的致因，抨击了种族偏见的荒谬性。这个剧本引起的宣传与艺术之争，"刺激了华盛顿戏剧的发展，但没能写出同等水平的新剧本"，得到观众和评论界的好评，被视为由非裔美国人写剧本，并且由非裔美国人演出的第一部成功戏剧。这部戏剧中的人物个个多愁善感，剧情揭露了种族主义对中产阶级黑人的伤害和私刑的罪恶。格琳克也在《危机》和《机遇》等刊物上发表了一些抒发情感的传统诗歌。她的短篇小说《快闭上的门》反复强调了《雷切尔》中的一个主题——扭曲孩子们的心灵或毁灭他们的成长世界是不道德的。在故事的结尾处，一名黑人妇女为了不让儿子死于白人暴徒的私刑，忍痛杀死了他。这个故事的情节非常类似于白人作家约翰·斯坦贝克在《人与鼠》中所描写的乔治与莱尼的关系，乔治为了不让莱尼惨死在压迫者的枪下，含着眼泪打死了他。

二、威利斯·理查森的戏剧

（一）威利斯·理查森的生平

理查森出生在北卡罗莱纳州东南部港口城市威尔明顿。之后，他家搬到华盛顿特区。他在华盛顿特区公立学校读书。他的老师玛丽·P.伯利尔是一名优秀剧作家，发现了他的戏剧才能，因此鼓励他创作剧本。1914年，他与玛丽·艾伦·琼斯结婚。理查森热衷于黑人剧本创作，但是黑人戏剧业并不景气。为了补贴家用，理查森还在美国的邮局做过职员和机修工。为表彰他对美国戏剧的突出贡献，他死后被授予著名的奥德尔科奖。

（二）威利斯·理查森的戏剧创作

理查森是哈莱姆文艺复兴时期最著名的非裔美国戏剧家之一。百老汇职业剧场长期以来敌视和排斥任何形式的黑人戏剧演出。虽然《拖着脚走》和其他非裔美国音乐喜剧在 20 世纪 20 年代很受欢迎,但这种现象并不普遍。在这个时期,由非裔美国人撰写的关于非裔美国人生活的剧本局限于小剧场的演出,也就是在一些私人剧院上演,如克利夫兰的吉尔宾剧院和哈莱姆的拉法耶特剧院。

1921 年,《执事的觉醒》在明尼苏达州的圣·保罗上演,这是理查森搬上舞台的第一个剧本。第二年他的新作《土豆条女人的运气》在芝加哥、华盛顿特区和百老汇上演。剧本《被抵押》于 1923 年在霍华德大学的霍华德剧社演出,后于 1924 年在新泽西州普拉因菲尔德的邓巴剧社演出。1925 年,剧本《被摔坏的班卓琴》获得斯平加恩奖。1926 年,剧本《黑靴情人》再获此殊荣。

三、华莱士·瑟曼的戏剧

(一)华莱士·瑟曼的生平

瑟曼出生在犹他州盐湖城,先后就读于犹他大学和南加利福尼亚大学,后来迁居哈莱姆,一生穷困潦倒,时常饔飧不继,后来身患肺结核病,32 岁那年便病死在一家慈善医院里。

(二)华莱士·瑟曼的戏剧创作

瑟曼是哈莱姆文艺复兴运动中崛起的一位天才的剧作家、小说家、诗人和演员。瑟曼是一个顺应时代潮流的人,是第一个专为百老汇剧院写黑人生活的黑人剧作家,因为人们认为,只有黑人对黑人生活了如指掌,写出来的作品才最真实可信。瑟曼通过自己的作品绘声绘影地描写了黑人生活的真实情形,大胆地解剖了黑人生活中的毒瘤。

《哈莱姆》一剧是瑟曼跟白人作家威廉·乔顿·拉普(William Jourdan Rapp)精心合作的成果,剧本原名叫《黑人聚居区》。剧中的对话、故事和细节是瑟曼的,拉普根据那些素材写成了剧本,然后又由两人共同进行了加工修改。该剧通过描写从南方卡罗莱纳移居哈莱姆的黑人威廉斯一家人的悲惨遭遇,揭示了下层黑人社会的真实生活状况,在这座"难民城市"里,他们很难找到工作,生活没有保障,似乎比南方"老家"还更没有安全感;在这个"黑人天堂"里,到处是赌博、打架斗殴、凶杀、强奸、卖淫等罪恶现象。

正是因为他的作品最逼真地揭示了黑人生活才为他赢得了声誉;同时也正是因为他的作品向白人社会暴露了黑人社会的阴暗面,而遭到了一部分黑人的詈骂。瑟曼思想上也陷入了自相矛盾之中:作为一个受到不公正对待的黑人,他竭力想通过作品来公正而全面地展现黑人生活;但他又是 20 世纪 20 年代白人价值观念的"奴隶",为了取悦白人,使演出成功,采取了妥协措施,即掺进了色情成分。他的主动妥协并没有换来白人的让步,依然是到处受歧视。但这却迫使剧作家要面对严酷的社会现实,要寻找新的出路,这时社会主义的影响与日俱增,不少人参加了共产党,从而在美国掀起了一场左翼戏剧运动,促进美国现实主义戏剧出现了一个新高潮。

四、洛雷因·汉斯贝里的戏剧

（一）洛雷因·汉斯贝里的生平

洛雷因出生在芝加哥市的一个有钱中产阶级家庭里,但这并没有把她跟穷苦黑人隔离开来,因为她在拥挤不堪的种族隔离学校里读书,很熟悉穷人的世界。在她 8 岁那年,父亲卡尔·汉斯贝里在离芝加哥南部黑人居住区不远的白人中产阶级居住区里买了一座房子,但是白人不准他们搬入,在万般无奈之下,他的父亲将这件事情上告到了地方法院,但最终事情也没有得到解决,直到 1940 年 11 月美国最高法院才否决了地方法院的决定,她父亲才被允许占有自己的财产。这一事件对洛雷因的影响非常大。

从这件事情中可以看出,洛雷因从小就是在白人的歧视下长大的,种族意识很强烈,这导致她后来积极参加争取民权的斗争,也为她后来的戏剧创作提供了素材。1965年1月12日,洛雷因不幸患了癌症而去世。

（二）洛雷因·汉斯贝里的戏剧创作分析

《太阳下的一粒葡萄干》是洛雷因的代表性作品。这部剧写的是贫民窟里黑人的困苦生活和他们所遭受的屈辱以及黑人为了维护自己的尊严而进行的斗争。在作品刚开始时,年逾花甲的黑人妇女丽娜家中为了如何使用她丈夫留下的一万元生命保险金而进行着一场激烈的争论。她的女儿贝妮萨想用这笔钱付自己上医学院的学费,以便自己能够早日成为医生;她的儿子沃尔特想用这笔钱开一家酒店;而丽娜则想用这笔钱买一座带有花园的房子。最终,三人达成妥协:丽娜在白人居住区买了一幢房子,付了定钱;儿子支配6500元,其中3000元存在银行里是供贝妮萨上学用。正在全家人高高兴兴地准备搬家时,不幸的事发生了,沃尔特的合伙人拿了他的钱逃之夭夭了,他们要搬入的白人居住区派来了代表,说是不欢迎他们的搬入,并且还要以高价买了他们的房子,但是此时的沃尔特思想已经非常成熟了,他不惧怕白人的压力,断然拒绝了来人的无理要求,并且搬进了新居。

这部戏剧是一出卓尔不群的佳构剧,故事情节紧凑,人物鲜明,对话兴趣盎然,内容发人深思,英语语言比较标准。该剧获得了黑人社会的大力支持,在纽约市百老汇剧院的夜场演出几乎有一半观众是黑人,这在过去是罕见的。另外,这部戏剧还被评论家称为"抗议剧",在美国各大城市里,在大学里,甚至在社区剧院里都久演不衰,连那些剧本中抗议的对象的观众也报之以热烈的掌声,这一切都说明,剧本的艺术魅力征服观众。这部作品荣膺纽约戏剧评论家协会奖,它是第一部为美国黑人剧作家赢得该项奖的剧作。

第六节 对"双重意识"与"新黑人"的思考:二战结束前的黑人散文

散文是哈莱姆文艺复兴运动时期美国黑人文学的重要组成部分。《危机》和《机会》这两本杂志专门设置了黑人青年作家栏目,并设立奖项来鼓励他们的创作热忱。纽约的其他杂志社也出版非裔美国作家的作品,如《勘察图》《当代历史》《现代季刊》《民族》《新大众》和《美国信使》等。出现在杂志上的文章会被收集起来,并扩编成《新黑人》。散文的蓬勃发展标志着哈莱姆文艺复兴运动走向成熟。这一时期著名的黑人散文作家主要有威廉·爱德华·伯格哈特·杜波依斯(William Edward Burghardt Du Bois,1868—1963)和阿莱恩·洛克(Alain Locke,1886—1954)。

一、威廉·爱德华·伯格哈特·杜波依斯的散文

(一)威廉·爱德华·伯格哈特·杜波依斯的生平

杜波依斯是 19 世纪末至 20 世纪 60 年代最杰出的美国黑人领袖、政治家、社会活动家,在文学上他又是一位著名作家。杜波依斯出生在马萨诸塞州大不灵登一个穷苦的黑人家庭,父亲是混血儿,在杜波依斯出生前即离家出走。杜波依斯从小由黑人母亲抚养长大,少年时代在大不灵登公立学校接受初等和中等教育,17 岁那年以优异成绩在中学毕业,并进入菲斯克黑人大学深造,在校期间曾担任《菲斯克先驱报》的编辑。1888 年,在该校毕业时获文学学士学位,旋即考入哈佛大学攻读文学和哲学,1891 年获该校文学硕士学位,1895 年获哲学博士学位。1894—1910 年先后在俄亥俄州威尔伯福斯大学、费拉德尔菲亚柏尼塞文那大学和亚特兰大大学担任希腊文、拉丁文、经济学和历史学的助理教

授、教授。之后,杜波依斯在全世界各地游历,写文章评述美国黑人的生存问题。1961 年,因为黑人人权的改善工作进展缓慢,对美国政府深感失望的杜波依斯移居加纳,后来加入加纳国籍。1963 年 8 月 27 日,杜波依斯在加纳首都阿克拉去世,享年 95 岁。

（二）威廉·爱德华·伯格哈特·杜波依斯的散文创作

杜波依斯被公认为 20 世纪初倡导黑人追求政治权利的重要黑人领导人。他坚决反对华盛顿的妥协学说,主张在政治上维护黑人的合法权益,反对任何形式的种族主义思想和行为。他创办的杂志《危机》是 20 世纪 50 年代前最有影响的黑人刊物。他既是编辑,也是这个刊物上许多文章的作者。他把自己的文学理念付诸实践,成为 20 世纪初美国黑人文学的主要代言人。正如美国学者迪肯森·布鲁斯所言:"虽然杜波依斯的许多话语没有出现在小说或诗歌里,但是理解他的思想有助于理解邓巴和契斯纳特黄金时代之后非裔美国文学的主要发展状况。"杜波依斯的思想极大地影响了 20 世纪美国黑人文学传统的发展方向。

杜波依斯认为系统调查和人权理念是认知美国黑人问题的关键。杜波依斯坚决支持非裔美国人的民权斗争,鼓励非裔美国人为追求道义和真理而不懈努力。杜波依斯最有影响力的作品是《黑人之魂》。评论家斯坦利·布罗德温把这部书称为杜波依斯的"精神自传",认为杜波依斯通过对非裔美国人身份的一系列思考,努力在白人主导下的美国社会中创造出一个"更真实的自我"。

《黑人之魂》由一系列密切相关的论文和一个短篇故事组成。杜波依斯在该书的第一篇文章里提出一个重要概念——"双重意识",这个概念成为他论及非裔美国人身份和文化问题的基础。他认为双重意识是在黑人意识和白人意识层面上运行的矛盾性心理活动。双重意识来源于非裔美国人身兼两个身份的窘境。非裔美国人是美国人但又因其黑肤色或黑人血统而被排斥在主流社会之外。社会希望非裔美国人遵循美国价值观,但又阻止非裔美国人享受遵循美国价值观后带来的物质利益和社会利益。这部书与邓巴和契斯纳特的主题思想截然不同。它并不仅仅局限于反对华盛顿的学说,而是试图准确勾勒出美国的非裔美国人生活。

二、阿莱恩·洛克的散文

(一)阿莱恩·洛克的生平

洛克于 1886 年 9 月 13 日出生在费城。1904 年,他进入哈佛大学读书,三年后以优异的成绩毕业。1907 年至 1910 年期间,他在牛津大学读书,并获得文学学士学位。之后,他又到德国的柏林大学研究哲学。此外,他还到巴黎大学旁听了著名哲学家亨利·柏格森的课程。1912 年他在霍华德大学担任英文助理教授和哲学讲师。1916 年至 1917 年期间,他回到哈佛大学,撰写了一篇关于"价值论分类问题"的博士论文。从 1918 年至 1953 年,他在哈佛大学担任哲学教授。在这段时间,他还经常到海地大学、费斯克大学、威斯康星大学、社会研究学院、纽约城市学院和索尔兹伯格研究班讲课。1925 年 3 月 1 日《调查》杂志出版了一期专刊,取名为"哈莱姆新黑人的麦加",由洛克负责编辑。他把收集到的作品分别归类在三个标题之下,这三个标题分别是"世界上最伟大的黑人社区""黑人表达自己的思想"和"黑人和白人——种族交往研究"。他收集到的文章有的出自知名学者,有的出自青年作家。洛克最有价值的贡献之一是把《机会》和《家族谱系》两本杂志上发表的有关黑人主题的书评编辑成册。晚年的洛克继续用他的作品和个人影响力来激励黑人弘扬黑人文化。洛克于 1954 年 6 月 9 日去世,享年 67 岁。

（二）阿莱恩·洛克的散文创作

　　洛克是第一位把 20 世纪 20 年代黑人艺术运动称为"哈莱姆文艺复兴"的美国学者。不少评论家把他视为哈莱姆文艺复兴运动的精神领袖。在对美国黑人文学的分析和阐释方面，洛克在同时代的评论家中算得上是佼佼者。洛克关于黑人文化的作品包括《关于黑人生活的戏剧》《黑人与音乐》《黑人艺术：过去与现在》《艺术中的黑人：关于黑人艺术家和艺术中的黑人主题的图片记录》和《美国黑人文化中的黑人角色》。

　　1925 年底，洛克的书《新黑人》出版，这成为他的代表作。这本书囊括了洛克从《调查》杂志中精心挑选的 11 篇散文、1 篇短篇小说和若干诗歌，以及他添加的 7 篇短篇小说、1 个剧本、2 个民间故事、11 篇文章和翔实的自传材料。《新黑人》的插图和设计出自非裔美国艺术家艾伦·道格拉斯、沃尔特尔·凡·拉克特希尔和米格尔·科瓦路拜厄斯等人之手，因此这部书的艺术外表与内在的知识含量一样引人注目。这部书的编辑很有创意，以论坛的形式使新、老作家团结在哈莱姆文艺复兴的旗帜下，并向世人宣布：新黑人时代已经到来。阿莱恩·洛克在 20 世纪 20 年代的主要贡献在于把"新黑人"这个术语的社会文化内涵和政治含义与这个时期的文学联系起来。在这部书里，洛克详尽地描述了非裔美国人生活的变化，指出它们与非裔美国作家和艺术家的创作是密不可分的。

第五章　二战后至20世纪70年代的美国黑人文学

第二次世界大战后种族歧视问题一直没能很好解决。在冷战的气氛下,美国一方面以"自由世界"的保护者姿态出现,到处鼓吹民主和自由,另一方面在国内剥夺黑人的政治权利和受教育的平等权利,这是个极大的讽刺。为了争取生存环境的改善,美国黑人们在20世纪六七十年代发动了轰轰烈烈的民权运动,为美国民权思想的传播与发展奠定了良好基础。在这场运动中,黑人作家用自己的笔参加斗争。他们的作品引起社会各界的同情和欢迎,也为美国非裔文学的发展做出突出贡献。

第一节　民权运动与黑人权力思想的形成

美国黑人最初以奴隶身份被引进到美国南方,以解决当地劳动力的短缺问题,这就注定了黑人在美国极为低下的社会地位及长期被歧视与压迫的命运。19世纪60年代的南北战争使黑人的命运开始改变。战争中,黑人奴隶纷纷拿起武器参战,为内战的胜利和奴隶制的废除做出了重大贡献。战后重建时期,在共和党激进派和约翰逊总统就南部重建纲领不断斗争的复杂政治环境下,黑人仍然为争取民主权利和自由进行不懈的努力,最终使美国国会通过了第十四条和第十五条宪法修正案,从法律上保证黑人具有平等的公民权和选举权。黑人其他方面(如土地、教育、公共设施等)的权益也得到了一定程度的改善。然而,黑人民主权利的实践却遇到重重阻力。例如，一些旧势力如三K党等恐怖组织的威胁和阻挠。重建期结束，联邦军队撤出南方后，南方白人支持的民主党控制南方，南部各州和地方通过了一系列剥夺黑人民主权利的措施，开始了种族隔离时代。1896年美国联邦最高法院作出"普莱西诉弗格森案"判决，确立对黑人实行"隔离但平等"措施合法，使种族隔离具备了法律依据。政治、经济、教育、法律、公共交通、婚姻住房等方面的种族隔离制成为美国黑人的新枷锁。

面对各方面的种族歧视和隔离，美国黑人进行了不懈的抗争。20世纪上半期，处在经济发展变革洪流（即第二次工业革命）中的美国黑人抓住机遇，努力提升自身的经济能力，为政治地位的提高与政治权利的改善积累资本。然而在20世纪50年代以前，黑人在美国社会受到各方面的种族隔离与歧视的状况并没有得到有效改善。于是，在20世纪五六十年代种族矛盾空前激化的背景下，美国黑人掀起了一场声势浩大的民权运动。

20世纪50年代中期至60年代末期，美国社会出现了以黑人为主体，社会各阶层和族裔参加的反对种族歧视和种族压迫，争取政治经济和社会平等权利的大规模运动，称为民权运动。在这场运动中，种族关系日趋紧张。一边是坚信白人至上论的白人，持保守主义态度，对黑人充满仇恨和恐惧；另一边是坚信种族平等论的激进黑人，持激进主义态度，要求白人把他们当成平等的公民。两股力量在午餐店、剧场、娱乐场所、游泳池、公家车站、北方大城市和南方小镇的街道等地方形成对峙状态。具体在时间上，1955年亚拉巴马州蒙哥马利市的黑人在黑人牧师马丁·路德·金（Martin Luther King，1929—1968）的领导下，进行了长达一年的抵制乘公共汽车的行动，迫使汽车公司取消公共汽车上的种族隔离。1957年，金组成南方基督教领袖会议。次年，在南方21个城市组织集会。1960年，北卡罗莱纳州黑人大学生发起占座运动，迫使餐馆取消了种族隔离，1963年，金又组织了在伯明翰市的示威游行活动，迫使该城取消了种族隔离。

当时,美国白人种族主义者的势力相当强大,他们千方百计地压制非裔美国人的正义要求,时常采用暴力手段来打击和迫害抗议的非裔美国人。在反对民权运动的暴力事件升级的时候,这场运动的一些参加者转变了策略,调整了最后目标。他们采用梭罗和甘地的和平主义思想,以非暴力的示威手段应对白人种族主义者的暴力打击。黑人民权主义者的不抵抗政策导致许多黑人在示威活动中被打伤、打残,甚至打死。白人种族主义者的残酷暴力和血腥镇压激起一些黑人的强烈愤慨,他们强烈要求采取更为激进的措施来进行自卫和抵抗。

1963 年,马丁·路德·金在林肯纪念堂发表演讲《我有一个梦想》,约 25 万黑人与同情黑人的白人在他的领导下向首都华盛顿进军,其中四分之一是白人。至此,民权运动已由争取某些方面的种族平等扩大到争取黑人在各个方面的平等权利,主要斗争手法则是非暴力的群众运动,从而得到了包括进步白人在内的广泛同情和新闻传媒的重视。在黑人民权思想崛起的同时,渐进主义、消极抵抗和普世博爱等思想和行为在白人种族主义者的无情打击下显得苍白无力、狼狈不堪,美国黑人反对种族隔离与歧视争取民主的斗争也取得了一定的胜利,如 1964 年《民权法》生效,该法禁止在使用联邦经费方面和公共场所实行种族歧视。1965年《选民登记法》生效,在法律上清除了黑人行使选举权的障碍。在这个时期,非裔美国人,特别是城市非裔美国人,在经济收入方面获得了明显的提高。黑人和白人的收入差距缩小,黑人就业分布状况也接近白人,黑人在教育和参军等方面的机会大为增加,住房条件也大为改善。黑人中产阶级的人数迅猛增加,黑人的经济力量也大幅度提高。但事实上的种族歧视仍然存在,融入美国主流社会的理想遭受到残酷打击,不少非裔美国人开始质疑非暴力运动是否能拆除种族隔离之墙,使非裔美国人获得美国一等公民的地位。直到 1968 年马丁·路德·金被暗杀后,这些质疑才得到进一步的确认。马丁·路德·金是美国非暴力运动的象征,对他的暗杀就意味着种族主义者会杀掉任何有抱负的非裔美国人,不管这个人是基督徒,还是非暴力主义者。"对金的暗杀似乎表明了美国对非裔美国人的仇恨,同时也为那些要求自卫的人提供了辩护。金的谋杀事件极大地促进了'黑人权力'思想的发展。"①

"黑人权力"是指黑人可以冲破双重意识的束缚,不拘束于白人的评判,为自己的理想而勇敢追求。它可以使非裔美国人背离美国的价值观,甚至美国身份,从意识形态上解放了非裔美国人。这样,非裔美国人就能摆脱美国文化中被丑化了的形象,传播自己的审美观念,弘扬自己的光荣历史。"黑人权力"思想形成的社会背景是全国学生统一行动委员会和争取种族平等大会的黑人工作人员在美国南方农村遭遇白人的种族迫害,黑人穆斯林传教士马尔康·X.(Malcolm X,1925—1965)号召黑人捍卫自己的种族尊严和种族权利,大批黑人民族主义者加入全国学生统一行动委员会和争取种族平等大会。"黑人权力"运动在一些方面发扬了民权运动的政治主张,在另一些方面却背离这些主张;"黑人权力"运动疏远民权运动中的白人支持者,提出了一系列对抗性的观点,激起白人种族主义者更疯狂地反对黑人争取种族平等的要求,导致了全国学生统一行动委员会和争取种族平等大会这些非暴力型黑人组织的解体。"黑人权力"思想是黑人民族主义运动在民权运动结束后的新观念,有助于提高黑人自豪感、黑人意识和黑人地位,但是在政治上几乎一无所获。

总之,20世纪五六十年代的美国黑人民权运动,是继南北战争之后美国黑人的又一次革命性胜利,取得了重大成果,其中最主要的成果是在法律上废除了种族隔离制。联邦政府颁布一系列民权法令,废除了在教育、交通、住房、用餐等方面的种族隔离制。在所有颁布的民权法中,1964年的民权法最具有划时代意义,该法令标志着种族隔离制在法律上的终结。另一项取得的重大成果是黑人政治地位的明显改善。首先是选举权的扩大。

① 庞好农.非裔美国文学史(1619—2010)[M].北京:中央编译出版社,2013: 200.

1965年民权法终止了对选民的文化和其他测验,黑人参加登记和选举的数量猛涨,黑人登记率占其合格选民的比例,1960年为28%,1968年就上升到68%。其次,黑人开始跻身于社会高层,一大批黑人在政界、体育界、娱乐界崭露头角。然而,种族隔离制在法律上的崩溃并不意味着黑人在现实生活中就实现了种族平等,更不意味着黑人问题得到了彻底解决。以教育为例,法律废除了隔离教育,但"就近上学"的惯例又形成了事实上的隔离。对于法律和现实的差距,马丁·路德·金早有清醒的认识:"法律抽象地宣告了他(黑人)的平等,但他的生活处境依然远未与其他美国人平等。"时至今日,美国的黑人问题仍是根深蒂固的社会问题,这一问题的根本解决,仍需黑人长期不懈的努力。

第二节　二战后到20世纪70年代美国黑人文学发展概况

　　第二次世界大战以后到20世纪70年代,美国的黑人文学在民权运动的影响下迅速发展,自20世纪40年代末出现种族融入呼声以来,非裔美国人对美国种族问题的抗议越来越强烈。他们追求社会公正和种族平等的斗争促使了非裔美国文学的进一步发展。这个时期出现的非裔美国诗人、小说家、戏剧家和评论家多于以往任何一个历史时期。这一时期,非裔美国人摆脱奴隶制约有一个世纪了,但是种族压迫、种族歧视和种族隔离的现象在美国社会依然存在。然而,有所不同的是,这时有众多的非裔美国作家用诗歌、小说、戏剧和散文的形式来揭露非裔美国人在美国艰难的生存环境,抨击美国的种族偏见和社会不公。这个时期的文学作品立意更为深远,再次证明了社会经济发展和非裔美国人社会地位的提高与文学表达和抗议主题的密切相关。

　　首先,在诗歌领域,20世纪50年代末,民权运动如火如荼开展时,非裔美国诗人也顺应时势,创作了大量革命诗歌。当时最负盛名的非裔美国诗人是勒洛依·琼斯（LeRoi Jones, 1934—2014），他参加过曼哈顿格林威治村"避世运动"，成为知名的青年诗人兼编辑。1965年，琼斯离开格林威治村来到哈莱姆。因其杰出的诗歌创作成就，他被公认为黑人艺术运动的领袖。1967年，两名白人警察与一名非洲裔出租车司机的激烈争吵引发新泽西纽瓦克骚乱，琼斯也参与到这场骚乱中，并被捕入狱，出狱后，他改名为阿米利·巴拉卡（Amiri Baraka），他发表的诗歌思想性强，笔锋锐利，妙趣横生，极大地影响了一代作家，包括哈克·R. 马杜布提（Haki R.Madhubuti, 1942—　）、尼克·吉厄瓦尼（Nikki Giovanni, 1968—　）、索尼娅·桑契兹（Sonia Sanchez, 1934—　）、艾瑟利吉·奈特（Etheridge Knight, 1931—1991）、A.B. 斯贝尔曼（A.B.Spellman, 1935—　）等。在这些诗人的心目中，诗歌不只是一个洋溢着美的产物，而是带有政治目的的战斗武器，可以促进社会进步和革命事业的发展。相应地，这些诗歌很少把读者带入诗人情感的私密空间。

在20世纪60年代，虽然民权运动奉行的是非暴力不合作的方针，但是美国黑人作家大多并不赞同这一观点，他们对非裔美国人日益恶化的生存环境发出强烈的抗议，一些青年黑人作家开始撰写剧本、诗歌和小说来发泄自己愤世嫉俗的怒火，表达对联邦政府和州政府的不满和失望。他们的作品言辞直接，具有革命激情，抨击现代美国社会的中产阶级价值观。其中，诗歌作为黑人作家最有效的情感表达方式之一，这些诗人在大多数诗歌里面表现出的自豪感，成为探索黑人美学思想的出发点。这些诗人中有一些老一代诗人，如梅尔文·托尔森（Melvin Tolson, 1898—1966）、兰斯顿·休斯（Langston Hughes, 1902—1967）、欧文·多德森（Owen Dodson, 1914—1983）、罗伯特·海登（Robert Hayden, 1913—1980）等，继续他们的创作，他们的诗歌把"灼热的60年代"的情绪和张力与"谬论当道的20世纪40年代"联系起来，把好战的黑人分离主义时代与兴致勃勃的融入主义时代连接起来。除了老一代诗人之外，还有新一代诗人，如阿米利·巴拉卡、玛丽·E.埃文斯（Mari E.Evans,1919—2017）、格温多林·布鲁克斯（Gwendolyn Brooks,1917—2000）等,他们虽然与老一辈诗人在年龄上存在一定差距,但其情感相似,都是在诗歌中描绘了非裔美国人的种族自豪感和贫民无助的痛苦感。

20世纪70年代,非裔美国诗人寻求把非裔美国人的布道、民间音乐和黑人大众"语言"的各种妙语合并成激励人的新型诗歌。他们的诗歌不押韵,带有会话性的特点,有爵士乐特质,近似布鲁士舞曲。这个时期的主要诗人有欧文·多德森（Owen Dodson,1914—1983）、梅尔文·托尔森、都柏林·兰多（Dubley Randall,1914—2000）、塞缪尔·艾伦（Samuel Allen,1917—2015）等,他们将具有表述行为性、民族音乐性、真实性和感染性的语言融入诗歌创作中,从而使美国黑人诗歌焕发出新的活力。

其次,在小说领域,1945—1951年期间,非裔美国小说创作一直延续着理查德·赖特（Richard Wright,1908—1960）开创的黑人自然主义传统。赖特的追随者们继续揭露美国社会的种族问题。从1952年到1962年,非裔美国小说传统的发展出现了两个平行的趋势:一个是疏远自然主义描写,热衷于非种族类主题;另一个致力于发掘和复活非洲古代神话、传说和宗教仪式,以此作为描写黑人现代经历的文学形式。非裔美国作家拓宽视野,开始尝试探索非种族主题和着手创作以白人为主人公的小说。这种实验性创作的代表作有安·佩特里（Ann Petry,1908—1997）的《峡谷》、理查德·赖特的《野性的假日》、詹姆斯·鲍德温（James Baldwin,1924—1987）的《乔凡尼的房间》和韦拉尔德·莫特利（Willard Motley,1909—1965）的《别让人写我的墓志铭》。值得一提的是,这个时期出现了契斯特·海姆斯（Chester Himes,1909—1984）开创的非裔美国侦探小说。他的侦探小说都是以哈莱姆为背景,采用传奇剧手法,描写的故事情节起伏跌宕,涉及黑人社区的性描写和道德伦理审美观等问题。他的小说很受美国读者和世界各国读者的喜爱。鉴于其杰出贡献,他被美国学界称为非裔美国侦探小说之父,他的创作手法对以后的非裔美国侦探小说传统的形成和发展都有着巨大的影响。

另外，拉尔夫·沃尔多·埃里森（Ralph Waldo Ellison, 1914—1994）和鲍德温领头发掘非裔美国文化中的神话、传说和宗教仪式，将之应用于文学创作。埃里森《隐身人》和鲍德温《向苍天呼吁》展示了传统叙事形式在现代非裔美国文本中的创造性运用。埃里森和鲍德温两人都深受赖特自然主义思想的影响，但后来都分道扬镳，形成了具有各自特色的小说创作方式。他们两人都意识到黑人民间文化传统在从事文学创作和研究中的重要性，都为了美学和社会学的目的寻找现实主义和现代主义的相互作用。埃里森深受大萧条、哈莱姆文艺复兴、学历背景和创作学徒期的影响，因此在《隐身人》的文学和民间故事模式上比鲍德温更具现代感。鲍德温的文笔在《向苍天呼吁》里显得更加超越传统。因此，《隐身人》和《向苍天呼吁》所揭示的现实主义和现代主义特征在20世纪六七十年代显得更富有特色。

再次，在戏剧领域，第二次世界大战后的非裔美国戏剧继承了哈莱姆文艺复兴戏剧的传统。剧作家习惯于描写中产阶级黑人的生活，他们持有的价值观与白人知识分子倡导的清教价值观极为相似。他们的戏剧渐渐引起包括白人在内的美国观众的注意。洛兰·薇薇安·汉斯贝利（Lorraine Vivian Hansberry, 1930—1965）是这个时期最杰出的戏剧家，她引导非裔美国戏剧进入百老汇舞台，给20世纪50年代和60年代初的美国戏剧带来一股新风。汉斯贝利有一大帮青年黑人追随者，如勒利·埃尔德尔（Lenne Elder）、艾德·布林斯（Ed Bullins, 1935— ）、道格拉斯·沃尔德（Douglas Ward, 1908—1980）、艾德丽安·肯尼迪（Adrienne Kennedy, 1931）和阿米利·巴拉卡。其中，首要人物是阿米利·巴拉卡。他的剧本《荷兰人和奴隶》《黑人的弥撒》和《奴隶船》运用了革命戏剧运动的"象征手法"。其剧本的创作旨在促进社会变革，抨击人世间的恶和丑陋，恢复善的本真。相比之下，艾德·布林斯在剧本的写作技巧和主题上的创新性稍显不足。他的剧本《克拉拉的老人》和《去布法罗》把视野转向贫民区的中心地带,关注下层黑人的贫困和绝望。他笔下的布林斯贫民区充满暴力,骇人听闻。他向观众展示的是一个不值得信任或留恋的世界。

最后,在散文领域,第二次世界大战结束到20世纪70年代末,非裔美国散文取得了较快的发展。这些散文作品在民权运动、"黑人权力"运动和黑人艺术运动中发挥了重要的作用。非裔美国散文作家把散文和演讲作为抨击种族主义的武器,号召非裔美国人为种族平等和社会正义而斗争。这个时期,主要的散文家有爱迪生·盖尔(Addison Gayle, Jr.,1932—1991)、霍伊特·富勒(Hoyt Fuller,1923—1981)、埃尔德利吉·克里维尔(Eldridge Cleaver,1935—1998)、玛雅·安吉罗(Maya Angelou,1928—2014)。

第三节　黑人艺术运动中的性别忽视:二战后至20世纪70年代的黑人诗歌

纵观第二次世界大战后到20世纪70年代的美国黑人诗歌发展可以看出,当时的黑人诗歌创作是与其民权运动紧密结合在一起的,诗歌创作是黑人艺术运动中的一个重要内容。在民权运动中,美国黑人诗人以手中之笔表达了对本民族、本种族平等权利的追求,这也导致了这一时期的美国黑人诗歌大多注重对民族权力的思考,而较少涉及性别差异问题,这一点不仅是男性黑人诗人如此,女性黑人诗人也是如此。本节主要列举第二次世界大战后至20世纪70年代活跃在美国诗坛上的几位诗人进行分析。

一、阿米利·巴拉卡的诗歌

（一）阿米利·巴拉卡的生平

阿米利·巴拉卡也就是洛依·琼斯,他出生在新泽西州纽瓦克的一个下层中产阶级家庭中。在 20 世纪六七十年代,他由于积极参加当时的政治活动,同时又创作了剧作和诗歌,成为当时最受瞩目的黑人民权运动的代言人之一。大学毕业后,巴拉卡进入空军服役,部队多数时间驻扎在波多黎各。军队生活进一步强化了他种族和文化的孤立感,使之发展成为对整个美国社会的异化感。他愤怒不满,怀有叛逆心理,但是没有明确的目标,也没有看到出路。从空军退役后,巴拉卡和其他许多受过高等教育或退役的黑人青年一样,找工作十分困难,到了纽约的格林威治村后,他加入到“垮掉的一代”的生活之中。这些白人和黑人青年是中产阶级白人社会的叛逆者,思想自由化,在他们之间有着一定的种族交融和宽容的气氛。随着民权运动转向暴力斗争,巴拉卡的思想更加激进。他支持黑人权利运动,要求黑人拥有更大的政治权利,强调黑人历史和种族的特性,逐渐发展成为黑人国家主义者。进入 20 世纪 70 年代以后,由于美国国会通过了保障黑人权利的“民权法案”,取消了种族隔离制度,黑人就业和生活有了基本保障,很多黑人的革命热情迅速降温,另外一些民权运动的领导人被捕或被收买,黑人运动陷入低潮,与此同时,巴拉卡也开始认识到他的黑人文化民族主义的种族局限,逐渐转向马克思主义和第三世界解放运动。2014 年,巴拉卡在新泽西纽瓦克病逝。

（二）阿米利·巴拉卡的诗歌创作

巴拉卡是当代著名的非裔美国诗人、散文家、演讲家和评论家,也是非裔美国文学史上最多产的作家之一。他在 20 世纪 60 年代和 70 年代创作了大量的作品,成为美国评论界和非裔美国评论界最受关注的重要作家之一。他非常有创意地把美国黑人的革命运动和其他文化和政治运动联系起来,对黑人艺术运动的发展产生过重大的影响。

巴拉克的文学创作生涯持续了50多年,著述颇丰,出版了近40部文字作品,30余部影音作品,涉及诗歌、小说、杂文、转机、音乐评论等不同的艺术门类。其中诗歌是巴拉卡最值得一提的创作形式。

巴拉卡在纽瓦克的黑人区长大,中学时期在白人学校学习,受到同学们的孤立,这种孤立感引发了他对一个种族和谐共存、文化上给人以激励的环境的渴望。大学期间,巴拉卡就读于致力于使黑人在白人价值观主宰的世界中获取成功的霍华德大学,四年大学生活形成的在白人世界中的孤立感和对黑人中产阶级处处追随模仿白人的厌恶,对他有着深远的影响,这反映在他后来的作品中。霍华德大学也给了巴拉卡接触黑人民间文化和音乐的机会,为他以后把非裔美国人的布道、民间音乐和黑人大众"语言"的各种巧妙合并成激励人的诗歌奠定了良好基础。

20世纪50年代,巴拉卡以垮掉派诗人的身份开启其文学生涯。巴拉卡在这个阶段的主要作品收集在《美国新诗:1945—1960》和他自己的诗集《二十卷自杀札记之前言》中。这两部作品既体现了垮掉派诗歌的影响,又反映了巴拉卡作为一位黑皮肤的垮掉派诗人的独特性及其逐渐转向文化民族主义的过程。《二十卷自杀札记之前言》是巴拉卡的第一部诗集,所收录的18首诗反映了美国大众文化、诗人的生活经历及其身处充满矛盾的黑白世界之中的挣扎:诗集以大众文化为中心,摒弃了诗人所称之为资产阶级的、经院式的、僵死的神话偶像和文学偶像而回归到日常生活之中,反映了诗人在诗学主张上与战前精英现代主义分道扬镳、转而向惠特曼、庞德、威廉·卡洛斯·威廉姆斯、圭洛姆·阿波利奈尔等借力的诗学实践。诗集表现了巴拉卡与他的垮掉派诗人朋友们一样的狂放不羁和对现实的反叛,同时也表达了诗人自己与民族传统的疏离,整部诗集的结尾传递出关于身份、声音和场所的明显困惑。

1960 年的古巴之行，让巴拉卡意识到可以把文学创作当作行动的武器，而不能当作是逃避现实的途径。此外，1963 年发生的一系列针对黑人的暗杀事件让巴拉卡意识到黑人生存环境的严酷，他开始关注社会现状，重新思索自己的生活和创作。在此期间，他发表了诗集《已故的讲师》。

诗集《已故的讲师》创作于巴拉卡从"垮掉一代"生活转向黑人社会的过渡时期，写作风格与"垮掉一代"时期有着明显的不同。随着民权运动日益兴盛，巴拉卡越来越对他那些极力逃避现实的白人朋友感到失望和反感，其作品中的语言也日趋激烈。《已故的讲师》讲述了一个想摈弃白人音乐和白人世界的黑人的故事，作者充分表现了他对个人身份、种族身份的追求。在这部诗集中，巴拉卡成功地摆脱了白人的语言形式，开始急切地尝试着用新的表达方式发出真实的黑人声音。在该诗集中，他主张用唱黑人赞美歌的方式喊出黑人的政治主张。

这部诗集清晰反映了诗人摆脱消极被动的白人朋友的影响，也是作者从波希米亚式的垮掉派诗人向文化民族主义者转变的过程。诗集中的《献给威利·百斯特的诗》《我替代了已故讲师》《说谎的人》等，表达了巴拉卡坚持不懈地探寻着有关身份、种族融合和社会的问题；在《黑人达达虚无观》等诗中，他创造的黑肤色神灵摧毁白人文化残余、恢复自身的正义力量，而死去的白肤色缪斯在非洲文化和非裔文化的浸润下复活。巴拉卡意识到，他必须"强奸白人女孩/强奸她们的父亲/割断她们母亲的喉咙/黑人达达虚无主义/把我的朋友们掐死/在他们的床上"[①]。

在巴拉卡的诗歌作品中，最能代表其在黑人术运动时期的诗歌艺术、诗学观念和社会理想的作品是《黑人艺术》，这也是巴拉

---

① 达达主义是一场无政府主义的艺术运动，兴起于第一次世界大战时期的苏黎世，涉及视觉艺术、文学（主要是诗歌）、戏剧和美术设计等领域。它试图通过废除传统的文化和美学形式发现真正的现实。作为一场文艺运动，达达主义持续的时间并不长，但波及范围却很广，对20世纪的一切现代主义文艺流派都产生了影响。

卡一生中最重要的单篇诗作之一。巴拉卡在诗中写道："我们需要的是黑人诗歌，以及 / 黑人的世界 / 让这世界成为黑人诗歌"。这呼应了巴拉卡在《马尔科姆.X 的遗产以及即将来临的黑人国度》一文中的观点："黑人艺术家迫切需要通过维护黑人情感、黑人思想、黑人判断去改变他的人民已经认同的那些形象。"而黑人的创造需要用诗歌作为武器去战斗。他在《黑人艺术》一诗中写道："我们需要诗歌去'屠戮' / 去谋杀，去打响 / 机关枪"。这不仅表现了巴拉卡暴力激进的民族主义思想，也反映了他坚决强调诗歌的社会功能的诗学主张。

《明智，明知，Y 字》是巴拉卡后期的一部重要诗集，以非洲长老神灵之名，重现了美国非裔民族历史上的各场运动，表达了对美国非裔历史的重新确认与思考，是一部民族史诗，也表现了诗人自身关于生死、抗争、自决的思考。《放克故事：新诗集》是曲巴拉卡 1984—1995 年创作的未被收录的诗歌结集而成，保持了诗人一贯的政治激情，不过，在这部诗集中，他的政治激情更多地表现在艺术形式上。他大胆而熟练地运用口语节奏、约翰·寇尔群（John Coltrane，1926—1967）等黑人音乐家的音乐风格，以声音的形式生动地呈现丰富的思想情感，反映了巴拉卡后期在"说话诗"方面所做的努力。

二、格温多林·布鲁克斯的诗歌

（一）格温多林·布鲁克斯的生平

布鲁克斯生在堪萨斯州的托皮卡，在芝加哥长大。布鲁克斯读小学时，因为肤色很黑、缺乏体育运动能力，经常受到其他非裔美国小孩的讥笑。7 岁时，布鲁克斯开始写诗，以此作为逃避黑人内化种族歧视的方法。1930 年，她刚满 13 岁就在杂志《美国儿童》上发表了诗歌《薄暮》。读中学时，她的诗歌经常发表在报纸《芝加哥卫士》上。20 世纪 30 年代，她不仅与哈莱姆诗人詹姆斯·威尔敦·约翰逊（James Weldon Johnson,1871—1938）保持通讯联系,而且还与兰斯顿·休斯一起讨论自己的诗作。约翰逊和休斯都鼓励她继续从事创作。1949年,布鲁克斯出版的诗集《安妮·艾伦》获得了1950年的普利策奖,她是第一个获得这一大奖的黑人。作为诗人,布鲁克斯获得了极大的荣誉。1962年,肯尼迪总统邀请她在国会图书馆的诗歌节上朗诵诗歌。1967年,布鲁克斯参加了在菲斯克大学召开的第二届黑人作家大会,接触到黑人文艺运动中的积极分子,在政治意识和艺术创作上都受到了很大的影响。她在此后的作品中审视了20世纪60年代因种族矛盾引起的社会动荡,表现了对黑人民族主义运动和种族团结的强烈关注。她主张黑人应该挣脱白人社会的压制,如果必要的话应该使用暴力手段。除了进行诗歌创作之外,从1963年开始,布鲁克斯先在芝加哥的哥伦比亚学院、后来在其他许多大学担任诗歌研讨班或创作课的教学工作。2000年,布鲁克斯去世。

（二）格温多林·布鲁克斯的诗歌创作

布鲁克斯因其卓越的诗歌才能和敏锐的社会见解,被称为20世纪最杰出的美国诗人之一。她的诗歌以黑人身份和种族平等为主题,深受美国读者的欢迎,是连接20世纪40年代学术派诗人与60年代黑人好战派诗人的桥梁。

布鲁克斯是20世纪重要的美国诗人之一。1950年,布鲁克斯获普利策诗歌奖,成为第一位获此殊荣的非裔作家。1968年,她在卡尔·桑德堡（Carl Sandburg,1878—1967）之后,担任伊利诺伊州桂冠诗人30余年。1985年,她出任国家图书馆诗歌顾问,是继罗伯特·海登（Robert Hayden,1913—1980）之后第二位担此殊职的非裔诗人。1990年,克林顿总统为她颁发了国家艺术奖章。1994年,在创作生涯接近尾声时,她获得了美国政府人文科学领域的最高荣誉——国家人文基金会的杰弗逊讲席。布鲁克斯的传记作家、文学评论家乔治·E·肯特（George E.Kent,1920—1982）曾提出,布鲁克斯之所以能在美国诗坛占据独特的地位,不仅是因为她将对种族身份和种族平等的坚定追求与对诗歌技巧的精湛掌控巧妙地结合起来,而且是因为她有效地弥补了 20 世纪 40 年代和 60 年代黑人诗人之间的断层。① 因此,布鲁克斯代表着 20 世纪美国非裔诗歌创作的高峰之一,在美国诗歌的传承与发展中占有一席之地。

布鲁克斯生前共出版了 20 部诗集、一部小说和两部自传,在诗歌创作上,布鲁克斯的创作大致上可划分为四个阶段。第一阶段是 20 世纪四五十年代黑人民权运动时期,布鲁克斯创作了《布朗兹维尔的一条街》《安妮·安伦》和《食豆者》。三部诗集以芝加哥南岸黑人聚居区"布朗兹维尔"为创作原型,刻画了种族歧视和种族隔离压迫下典型的黑人城市生活。《布朗兹维尔的一条街》以现实主义的笔触描绘了种族压迫和经济剥削给黑人生存造成的困境,但是不同于黑人文学的自然主义传统,诗歌中的人物并不是被动地受控于城市生存环境,而是一直为获得生命的尊严而抗争。在诗歌中,布鲁克斯将黑人民间布鲁斯融入欧洲传统韵律诗形式,为其以后的诗歌创作奠定了基础。《安妮·安伦》是布鲁克斯痴迷于形式实验的现代主义佳作,它包括《童年、少年时期诗歌》《安妮亚特》和《成熟女性时期》三部分,讲述了黑人女性安妮从童年到成熟女性的生活经历,表达了黑人城市生存困境和矛盾心理。《食豆者》是作者对政治关注的作品,诗歌涉及了大量民权运动的历史事件,如 1955 年 14 岁黑人男孩埃米特·蒂尔因为对杂货店白人妇女吹哨,而被两个白人在密西西比三角洲施以私刑残酷杀害等,由于对黑人权力的关注,诗集遭到了评论的冷遇,但是将政治关注转化为美学观念恰恰是美国非裔形式主义诗歌独特的美学机制。

第二个阶段是 20 世纪 60 年代黑人艺术运动前期,代表作品包括《诗选》《在麦加》《骚乱》三部诗集,在这三部诗集中,诗人逐渐摒弃了以民主和基督作为政治修辞的策略,对黑人民族主义

① 谭惠娟,罗良功,等.美国非裔作家论[M].上海:上海外语教育额,2016:223.

表现出更直接的认同。《诗选》的代表性长诗《走向热血愤怒的乘行者》，记录了 1961 年爆发的"自由乘行"运动，揭示了美国联邦的宪法精神与南方诸州的种族政策之间激烈的对抗。诗集《在麦加》中的长诗《在麦加》十分出名，它以黑人贫民窟住宅大楼麦加为原型，讲述了黑人母亲萨莉发现年仅 9 岁的女儿帕蒂塔失踪之后，找遍大厦的每一层楼、每一个房间，最终在黑人住户爱德华的床下发现了女儿的尸体，诗歌以寻找帕蒂塔为线索，揭示了麦加大厦黑人群体的迷失困顿。"麦加"蕴含着政治与宗教层面的意义，成为黑人民族沦落和救赎之地。诗集《骚乱》是以马丁·路德·金遇刺身亡后芝加哥掀起的种族骚乱为创作激发，并以金的名言"骚乱是无声者的语言"作为对种族暴力的起源和性质的反思。诗歌中原型化的 WASP 的捍卫者约翰·卡博特命丧种族冲突，但他至死都不明白白人的压迫才是导致暴力的根源。诗人并未止步于批判种族主义或合理化黑人暴力，而是强调暴力后获得的重生，建构新的黑人文化身份和新型种族关系。

第三阶段是在 20 世纪 70 年代黑人艺术运动后期，布鲁克斯的关注点再次回归黑人内部空间，创作了《家庭画像》《召唤》。诗集《家庭画像》突出的特点就是将黑人家庭延伸为世界黑人国度，刻画了美国黑人和非洲黑人的不同形象，传达了"以黑为美"的思想，以期建立黑人群体的自我接受与自我尊重，实现黑人内部的团结一致。诗集《召唤》是以长者的声音向黑人群体的孩子、年轻人诉说建立黑人家园的共同理想。诗歌使用了黑人方言和黑人日常语言，以田园牧歌式的民间纯朴风格增强黑人群体的情感共鸣。

第四阶段是 20 世纪八九十年代多元文化时期，随着美国非裔的政治和文化地位明显提高，布鲁克斯以更开阔的空间视角审视黑人问题，先后创作了《黑人初级读本》《上岸》《约翰尼斯堡附近的男孩及其他诗歌》《高斯查克与塔兰泰拉舞曲》《回家的孩子》等诗集。强化与非洲大陆的根源纽带是这一时期诗歌的突出特点。通过与非洲建立空间联系，布鲁克斯将西非反种族隔离斗争与美国民权运动相联系，在反殖民主义与反种族主义更广阔的框架内探寻彻底根除黑人性的压迫。诗歌中非洲根源与美洲路径之间的互动、协商表明了诗人以非裔离散的方式建构"家园"的空间策略。

第四节　面向现代主义、新现实主义与批判现实主义：二战后至 20 世纪 70 年代的黑人小说

第二次世界大战以后，一些现代非裔美国小说家受到社会变革时代激进斗争的影响，特别是"黑人权力"、黑人艺术运动和黑人女权运动的影响，从肤色、性别、阶级的角度探索批判现实主义的灵活性和适宜性。与此同时，伴随着民权运动的发展，非裔美国小说家寻求在想象空间里重构黑人双重意识的结构和风格，他们希望通过一种新的思维和情感法则来消除个人的爱恨交织感和社会荒谬性，而这种新的思维和情感法则是奠基于种族感和对人权的尊重，从而使得这一时期的黑人小说呈现出现代主义与批判现实主义交织的一种态势。这一时期著名的黑人小说家有很多，这里主要分析一下拉尔夫·沃尔多·埃里森、詹姆斯·鲍德温的小说创作。

一、拉尔夫·沃尔多·埃里森的小说

（一）拉尔夫·沃尔多·埃里森的生平

埃里森生于俄克拉何马州俄克拉何马市，3 岁时其父病逝，母亲去白人家打工，请人将他带大。他从小爱听音乐爱读书，少年时代特别喜爱文学艺术，中学时参加校乐队吹小号，爱读司汤达的小说，并将黑人区的情况与小说里的描写相对照。1933 年，他获州的奖学金，到阿拉巴马州塔斯克基学院念了 3 年音乐专业，

1936年去纽约市改行学雕刻,见到黑人作家赖特和休斯,便在赖特的鼓励和帮助下转向小说创作。1943年至1945年他入美军服役,退伍后得到罗森瓦德基金会的赞助,专门从事写作。历经7年艰辛,终于完成长篇小说《看不见的人》,1952年正式发表,一举成名,不久便荣获全国图书奖,成为黑人作家中的佼佼者。直到1960年,他的第二部小说才开始在杂志上连载。可惜未发表的手稿毁于一场火灾,无法结集出版。他从碎片残稿中重新动手写,逝世前即将完成。1986年,他又发表了第二部论文集《到未成立的州去》。从1958年起,他在巴德学院教书,后来到拉特格斯等大学执教。1963年他的母校授予他名誉博士学位。他曾任《美国学者》编辑和华盛顿肯尼迪表演艺术中心理事,获得许多奖励和荣誉学位。1994年5月他在纽约寓所去世,美国各大报刊都发表文章,对他表示悼念。

（二）拉尔夫·沃尔多·埃里森的小说创作

埃里森是美国20世纪50年代以来最重要的非裔美国作家,同时也是卓有建树的美国非裔文学评论家,还是20世纪美国文化研究的重要开拓者之一。埃里森的文学思想立足于美国非裔文学传统,同时具有难能可贵的融合意识,为美国非裔文学和美国文学做出了里程碑式的贡献。

埃里森具有文学家、文学和文化批评家、音乐艺术家等多重身份,因此,他的文学创作内容多样,其中包括一部短篇小说集、两部长篇小说、一部与音乐思想相关的文学创作汇集。其中既有小说创作,也有非小说创作,此外还有两部非小说创作。值得一提的是,他的非小说创作的思想内容和影响力完全可以与他的小说创作媲美。

1952年出版的《看不见的人》是埃里森的代表作,这部小说的故事情节远谈不上引人入胜,但每个故事场景都浓缩了作者不同的批评思想:白人至上的教育理念、面具型非裔美国人、非裔美国知识分子与兄弟会的关系、对黑人激进分子的讽刺、对美国种族歧视、对作家的天职、对美国文化和美国语言本质等问题深度而理性的思考。

《看不见的人》的主人公是一个无名无姓的黑人青年，他在一开始将自己的存在主义危机清楚地呈现在了读者面前，说自己是一个"看不见的人"。接着，他追叙了自己变成"看不见的人"的经过。他在20年前曾是一个规规矩矩的黑人男孩，中学毕业时因自己的演讲受到了白人们的欣赏而获得了去黑人学院读书的奖学金。但进入黑人学院没多久，他便因开车送一位白人校董参观黑人区而惹怒了黑人院长，被逐出了黑人学院。自此，他开始在北方流浪，并开始了寻求"自我"的旅程。他先是到了纽约，好不容易找到了一个做工的差事，却因为黑人工头的怀疑与其打了起来，不想引爆了锅炉，自己也受了重伤。被送到医院后，医生因其是黑人而将他当作了试验品，导致他差点失去记忆。之后，他到了纽约黑人集中的哈莱姆去，并被进步组织"兄弟会"看中，成为"兄弟会"的一员，并代表"兄弟会"在黑人集会上发表演说。但不久，他发现"兄弟会"的头头杰克为人不正，还搞党派政治，根本不关心黑人的斗争和黑人的声誉，于是想退出不干了，却不想因此遭到了黑人种族主义分子的追击。无奈之下，跳进了一个开着盖子的地下煤库中，自此留在了阴暗的地下室中，成为一个"看不见的人"。在地下室里，他偷偷接上了电力公司的电线，装上了一个很大功率的灯泡，将地下室照得像白天地面上似的明亮，但他所接触的人却始终看不见他。这使他意识到，自己就是一个"看不见的人"。

整体来看，小说中没有统一的故事情节，只是由主人公的种种经历组合成了整个故事。而且，小说的叙述是几乎荒诞的，但却深刻传达出了作家要表达的主旨，那就是"由于黑人在美国得不到真正的平等、独立和生存的自由，所以他们永远只能成为'看不见的人'，失去自我本质，躲在不见阳光的地层底下过着暗无天日的生活"，从而深刻披露与抗议了美国不合理的社会关系。另外，小说采用现实主义和超现实主义相结合的方法，巧妙地将荒诞和现实、过去和现在、梦境和意象、黑人民间传说和现代音乐等融合在一起，从而获得了丰富意义。

《看不见的人》不同于描写黑人遭遇的其他黑人小说。埃里森通过描写黑人的生活经历和他们与白人的种族关系，提出了黑人的身份问题，西方现代人对自我的追寻、发现和幻灭的问题。这是战后困扰美国人的问题。小说无名主人公受伤躺在医院里自我反省："我是谁？""我的身份是什么？"作者从存在主义的独特视角，对主人公怎样失去自我和寻求自我本质来隐喻现代社会里人与人、人与现实、人与自我的关系进行了探讨，从而揭示了多层次的、复杂而深刻的主题。有人称这种隐喻是一种现代寓意。小说一开始，主人公就诉说没有独立人格的苦闷之情。他没有"身份"，没有任何社会地位，周围的人对他置若罔闻。这反映了作者对美国不平等的社会关系和种族歧视的批评和讽刺。主人公虽是黑人，但他的经历使得现代社会的人们产生同感。结尾，主人公说："谁能说我不是替你说话，尽管我使用的频率比较低？"可见，社会的混乱和人与人之间的隔阂是普遍存在的，黑人的境遇正是西方世界荒诞的一个组成部分。作者不仅关注黑人的命运，而且关注人类的处境。正如他自己所说的，他首先是人，其次才是黑人。

《看不见的人》全书没有统一的故事情节，而是由主人公的种种经历组合而成，采用第一人称叙事方式，用一系列插曲构建小说的寓意。每个插曲又是围绕一些事件展开的。许多现实主义的细节描写使人印象深刻，如黑孩子的拳斗、佃农特鲁布拉德故事中的故事等。作者还运用超现实主义技巧，通过主人公昏迷和梦幻的状态下自然流露的意识流，展现对自己昔日生活的回忆和内心痛苦的感受。

象征主义手法在小说多种艺术技巧的运用中占有突出的位置。埃里森将与社会不协调、不相容的"地下人"与当代美国孤独的自我联系起来，又吸取了黑人文化的滋养，塑造了一个无名无姓的主人公的独特形象。他周围的人充满了病态，指引凡人走向天堂的学院牧师竟是个盲人;有些自以为高于一般人的大人物却双目失明或视力不佳;兄弟会头头杰克兄弟则装上一只玻璃的假眼,与小说主人公争论时假眼珠竟掉下来成了有眼无珠;拉斯和莱因哈特则是某种观点的化身,缺乏独立的个性。

如此巧妙地将许多不同的艺术手法和精彩的插曲融合成完美的结构,造就了《看不见的人》的强烈艺术魅力。小说包含了生动的黑人民间传说和宗教故事,具有强烈的爵士乐和布鲁斯节奏,将美国黑人要身份要自由的双重意识有力地展示了出来。小说扉页原题词引自赫尔曼·梅尔维尔(Herman Melville,1819—1891)和托马斯·斯特尔那斯·艾略特(Thomas Stearns Eliot,1888—1965),显得文学格调高。叙事语言口语化,文字精练优美,随着主人公经历的变化而变化,多姿多彩,恰到好处。虽然埃里森已经离世多年,但《看不见的人》的魅力不减当年。时至今日,这部小说依旧是公认的一部美国文学的经典之作。

二、詹姆斯·鲍德温的小说

(一)詹姆斯·鲍德温的生平

鲍德温出生于纽约市的哈莱姆区,自幼喜爱读书,上高中时便开始练习写作。1942 年,他离家到新泽西打工,并亲身经历或看到了一些种族冲突。1944 年,他结识了黑人作家赖特,并在赖特的影响下走上了一条以反映黑人真实的思想感情为己任的文学创作道路。从 1948 年开始,他为了躲避种族歧视、发现自我的价值,客居欧洲 9 年。在这期间,他的作品陆续在美国发表,之后又发表了《乔万尼之室》《另一个国度》《告诉我火车开走多久了》《假如比尔街能够说话》《就在我的头顶上》等长篇小说以及《去见那个男人》等短篇小说集。1987 年,鲍德温在法国的圣保罗市去世,终年 63 岁。

（二）詹姆斯·鲍德温的小说创作

鲍德温与埃里森并称为美国 20 世纪五六十年代的黑人作家"巨头"。他以美国黑人历史文化、黑白种族冲突、黑人宗教、现代性爱、自我流放等题材为背景，以充满激情、辛辣嘲讽的笔调，富有预见性地创作了集时代特征与民族特性于一体的优秀作品，为 20 世纪美国非裔文学由自然主义抗议小说向现代主义文学创作的转变做出了重要贡献。

鲍德温在美国文坛的出现与当时美国黑人争取自由运动的发展是相联系的，他虽然不是黑人解放事业的发言人，但他用小说描绘了这个事业的历史进程。鲍德温极其关注黑人的命运，并通过自己的小说对黑人解放事业的历史进程进行了生动描绘。像其他黑人作家一样，他始终关注黑人的命运，但在进行小说创作时，他并没有继承美国黑人文学的现实主义传统，而是更多地吸收了西方现代派的表现手法和存在主义哲学以及弗洛伊德精神分析法，通过描写黑人与黑人之间或是黑人与白人之间的恋爱和性关系对种族矛盾进行揭示。同时，他的小说不仅关注"黑人问题"，还关心人的状况，这是他区别于其他黑人作家的一大特色。

《向苍天呼吁》是鲍德温的半自传体小说，以黑人少年约翰在 14 岁生日当天得到上帝的拯救，皈依宗教为主线，通过其姑姑佛罗伦斯、继父加里布埃尔和母亲伊丽莎白的祈祷，讲述了约翰一家人的命运。约翰自小丧父，母亲改嫁，他便成为加里布埃尔家的长子。加里布埃尔没有遵守善待约翰的承诺，而是频频在精神上虐待约翰。尽管母亲伊丽莎白深爱着约翰，但是繁重的生活压力让她应接不暇，无法顾及约翰的感受。14 岁生日当天，约翰在母亲和好友埃利莎的帮助下，得到了上帝的拯救，最终皈依宗教。加里布埃尔曾是个浪荡子，吃喝嫖赌，打架斗殴，残忍地抛弃亲人，甚至是病危的老母亲。虽然在前妻黛博拉的无私帮助下，他皈依了上帝，但没过多久，他便背着妻子与名叫埃丝特的女子鬼混,当得知埃丝特怀孕时,他偷了黛博拉的积蓄强迫埃丝特离开,以此掩盖自己的罪行。他不仅间接害死了埃丝特,而且没能承担照顾私生子罗亚尔的责任。为了维持其牧师的地位和形象,他不敢与亲生儿子相认,眼睁睁地看着他横死街头。伊丽莎白自小失去了母亲,因父亲酗酒,生活潦倒,她被带到姨娘家抚养。姨娘对她管教甚严,企图控制她的命运和思想。她不顾姨娘的反对,与黑人男子理查德私奔,离开南方赴北方谋生。好景不长,她们的幸福生活才刚刚开始,理查德却被诬告偷窃白人商店而被抓。尽管事实证明理查德的犯罪行为子虚乌有,后来被无罪释放,但是他因不堪忍受白人警察对他的侮辱,选择了自杀,殊不知当时的伊丽莎白已怀有身孕。后来,她生下约翰,并带着他嫁给了加里布埃尔。她用自己的一生保护着约翰和她的其他孩子,同时她还极力维护加里布埃尔作为父亲的权威地位,是一位典型的黑皮肤贤妻良母。佛罗伦斯为了追求美好的生活从美国南部来到北部,和不懂得未雨绸缪的弗兰克结了婚,后来又和弗兰克在争吵中分了手。她虽年近60,但仍然要出去挣钱谋生。她是加里布埃尔良知的提醒者,她怀疑加里布埃尔对宗教的虔诚和狂热,揭露了他的种种罪恶。通过小说人物的生动刻画,鲍德温犀利地揭露了宗教的虚伪、无情地抨击了宗教对黑人群体的麻痹与欺骗,与此同时,他还极力塑造公正、博爱的民间上帝,从而实现对宗教的回归。

　　这部小说是由三个部分组成的,第一部分是"第七日",通过描写约翰刚刚睡醒后的内心活动对格兰姆斯一家的状况进行了生动的反映。在生日这天的早上,约翰很怕母亲忘记今天是他的生日,但幸运的是,母亲不但没有忘记,还给了他几枚硬币买自己喜欢的东西。拿着钱的约翰先去看了场电影,之后便返回家中,却发现弟弟罗伊被白人孩子刺伤,而父亲将怒气都撒在母亲伊丽莎白身上。到这里,作家便将约翰14年来生活中的受压迫和贫困的环境淋漓尽致地勾勒了出来。第二部分是"教徒的祈祷",包括弗罗伦斯、加布里埃尔和伊丽莎白的祈祷。在"祈祷"中,三个人分别对自己的生活道路进行了回忆，进而将黑人种族的苦难详细地叙述了出来。由于三个人的回忆有时会被教堂中发生的事情所打断，从而形成了过去和现在的交错。第三部分是"打谷场"，描写的是约翰在教堂悔罪，最终皈依了宗教。这样的结局从某种意义上来说象征着约翰，实际上也是作家对其生活在其中的环境的一次超越。

《向苍天呼吁》的写作是作者鲍德温的一次狂欢化的文化实践，他从宗教角度描写冷酷的黑人现实生活，在彼岸的世界里为其民众访寻一种心理的慰藉和精神的安慰，释放出一种生命的力量。狂欢理论倡导生命的力量和精神的永恒，本身追求的是自由、平等和精神解放，体现了对社会民众的由衷关怀。然而，尽管狂欢改变不了非狂欢的现实生活态势，但我们却从作者的狂欢描写中看到了黑人无法狂欢的物质生活和贫瘠的精神诉求，更看到了作者对人性的追问和对人类生命诉求过程中原初样态的描绘。这部小说的主题思想，即美国黑人的悲惨生活状况是非常值得人们深思的。此外，这部小说中还提出了另一个发人深省的问题，即约翰生活的劳累与痛苦是谁造成的。当然，美国种族歧视的大环境是最首要的原因，但最直接的原因却是约翰的继父。这似乎是在暗示，美国黑人对自己的苦难也需要承担一定的责任，而且有必要反省和扪心自问，对自身存在的问题进行深入的挖掘，以增加责任意识，从而更好地打理与改善自己的生活。

除了《向苍天呼吁》外，鲍德温另一部重要的作品是《倘若比尔街能说话》，小说以 19 岁的黑人女孩蒂什为第一人称讲述了一段艰难而美妙的爱情故事：蒂什与弗尼相爱并准备结婚，但结婚前夕，厄运降临，弗尼因冒犯白人警察贝尔而遭到迫害，在贝尔的教唆下，波多黎各女子罗杰斯夫人诬告弗尼为强奸犯；怀有身孕的蒂什、她的家人和弗尼的父亲弗兰克对弗尼展开了一系列的拯救行动；后来，为了帮助弗尼筹集保释金和律师费，弗兰克去公司偷窃被抓，因此而遭解雇，同时，他还得到消息说弗尼的案子因波多黎各女子的发疯而被无限期延期，无法承受双重打击的他最终选择投河自尽。小说最后以弗尼的案件悬而未决、蒂什顺利生下孩子为结尾。小说最终以开放式结局结尾——弗尼的解救道路困难重重,但是蒂什和家人继续努力着。鲍德温用朴实而又深邃的语言讲述了一个适合不同年龄、时期、阶层、国度的读者的关于爱的故事。

在《倘若比尔街能说话》里,鲍德温采用意识流描写手法,颠覆了传统小说的书写方式,没有采用全知视角的方式来介绍小说人物的身世、籍贯、外界环境或对相关事件和人物评头论足,而是主动"退出小说",使小说中的人物主观感受到的"真实"能够客观地、自发地再现于文本。鲍德温在意识流片段描写方面所采用的主要方法有内心独白、内心分析、自由联想和时空蒙太奇。在这些意识流片段中。故事的安排和情节的衔接,一般不受时间、空间或逻辑、因果关系的制约,往往表现为时间、空间的跳跃、多变,前后两个场景之间缺乏时间、地点方面的紧密的逻辑联系。时间上常常是过去、现在、将来交叉或重叠。鲍德温在对意识流小说创作手法进行总结、借鉴的基础上,丰富和发展了意识流文学的表现手法,呈现给读者的是人物的潜意识。他不注重表现事件、人物之间的关系,而把创作重心放在对人物思想感情流程的再现上,重视环境和景物写实的印象主义效果。

首先,内心独白是小说人物内心世界的写真性表达方式,如在《倘若比尔街能说话》中鲍德温就使用了大量的直接内心独白,其特点是在独白中完全看不到作者的行迹,纯粹是小说中人物自己的真实意识流露。在小说开始的第一段里,鲍德温就以小说主人公的第一人称叙述人方式开始了直接的内心独白。"我看着镜子中的自己。我知道我洗礼后的教名是'克里门泰恩',有人叫我'克里门'就行了,或者甚至开始想到这个名字,克里门泰恩,因为那是我的名字:但是他们不会想到的。人们称我为:狄茜'。我觉得那也行。"在这个独白中,小说主人公开始注意到我是谁的问题,她的独白成为整部小说的引子。

其次,鲍德温在《倘若比尔街能说话》中采用了大量的内心分析来剖析种族歧视社会环境里的黑人心理。鲍德温通过狄茜表达了自己对社会的看法："我敢发誓纽约一定是全世界最丑陋、最肮脏的城市。这座城市拥有最丑陋的建筑和最讨厌的人，还有最坏的警察。"从狄茜的潜意识思绪里，我们可以得知：因为弗恩尼被关在纽约城的监狱里，所以，纽约城的建筑是最丑陋的；因为弗恩尼被人诬陷入狱，所以狄茜认为这城里没有好人；因为警察总是迫害黑人，所以，她认为这里的警察是全世界最坏的。由此可见，种族社会的非理性导致黑人看待种族关系的非理性。狄茜在意识流中的心理分析似乎有理，但都犯了绝对化和主观化的错误，反映出黑人在种族主义社会环境里的绝望和无奈。

再次，鲍德温还采用了自由联想的意识流描写手段，使人物的意识流表现不出任何规律和次序。例如，小说中，当弗恩尼的妈妈胡恩特太太来到狄茜家时，狄茜一看见她，一股意识流思绪涌上心头。"她是我从来没有见过的女人。弗恩尼曾在她的肚子里待过，她孕育过他。"狄茜非常担心弗恩尼在监狱中的安危，所以一看到他的母亲，就倍感亲切，从她母亲的身体联想到她的肚子曾经怀过她的爱人。这是触景生情所引发的自由联想。

最后，时空蒙太奇也是该部小说意识流的重要表现形式之一。在《倘若比尔街能说话》中，鲍德温不时采用"多视角"的方式展现小说人物的意识流动。例如，在谈及狄茜怀孕的问题上，鲍德温描写了母亲莎伦、姐姐厄尼丝戴恩、父亲约瑟夫和弗恩尼之父弗兰克关于支持狄茜生下小孩的意识流，还描写了胡恩特太太和其两个女儿不赞成狄茜生下小孩的意识流，揭露了黑人在经济压力下对生育下一代的不同意见。

第五节　黑人生活阴暗面的揭露：二战后至 20 世纪 70 年代的黑人戏剧

第二次世界大战后至 20 世纪 70 年代，美国社会出现了争取政治经济和社会平等权利的民权运动，非裔美国人是这场运动的主要参与者。在浩浩荡荡的民权运动影响下，美国的黑人戏剧也在迅速发展，成为响应"黑人权力"的有力呼声。这一时期的黑人戏剧一方面是民权运动宣传鼓动机器的重要组成部分，另一方面又超越了 20 世纪 30 年代左翼戏剧时期的"活报剧"、街头剧等简单粗糙的歌舞形式，在艺术上更加成熟，思想性上更加深邃厚重，舞台效果上更加受到观众的欢迎。在这场黑人戏剧运动中，参与的作家很多，本节主要以洛兰·薇薇安·汉斯贝利、艾德丽安·肯尼迪和艾德·布林斯为例，对第二次世界大战后到 20 世纪 70 年代的黑人戏剧进行分析。

一、洛兰·薇薇安·汉斯贝利的戏剧

（一）洛兰·薇薇安·汉斯贝利的生平

汉斯贝利出生在芝加哥市的一个有钱中产阶级家庭里，但这并没有把她跟穷苦黑人隔离开来，因为她在拥挤不堪的种族隔离学校里读书，很熟悉穷人的世界。在她 8 岁那年，父亲卡尔·汉斯贝利在离芝加哥南部黑人居住区不远的白人中产阶级居住区里买了一座房子，但是白人不准他们搬入，万般无奈之下，他的父亲将这件事情上告到了地方法院，但最终事情也没有得到解决，直到 1940 年 11 月美国最高法院才否决了地方法院的决定，她父亲才被允许占有自己的财产的。这一事件对洛雷因的影响非常大。从这件事情中可以看出，洛雷因从小就是在白人的歧视下长大的,种族意识很强烈,这导致她后来积极参加争取民权的斗争,也为她后来的戏剧创作提供了素材。1965年1月12日,洛雷因不幸患了癌症而去世。她英年早逝,赍志而没,使美国戏剧界失去了一位优秀剧作家,对黑人戏剧则更是一大损失。

（二）洛兰·薇薇安·汉斯贝利的戏剧创作

汉斯贝利是第一位在百老汇上演剧本的黑人女性剧作家,被认为是美国黑人戏剧中最重要的声音之一。

汉斯贝利1959年为国家广播公司写《酒葫芦》,以美国奴隶制为主题,意在以此来纪念内战一百周年。由于这一主题备受争议而没有上演。除此之外,汉斯贝利的作品还有1964年的《布鲁斯顿窗户上的符号》以及在她去世后上演的《作为年轻黑人》以及由她前夫改编1970年上演的《白人》等。在汉斯贝利的作品中,最具有代表性的就是《阳光下的葡萄干》。

《阳光下的葡萄干》的背景设在芝加哥南部,描述了20世纪50年代芝加哥南部一个美国黑人家庭在几个星期之内发生的事情。梦想的价值和家庭的重要性是这部戏剧中的两个重要主题。在汉斯贝利的这部剧作中,每一位剧中人都有自己的梦想。主人公瓦特·李想利用他父亲的一万美元保险金来开一家卖酒的商店,母亲和妻子则希望用这笔钱来买一套房子,他的妹妹则想用这笔钱去念医学院。他们不断地同周围困扰着他们的环境作着斗争,努力地实现自己的梦想。"在剧的最后,买一套新房子成为最大的梦想,因为这能够把整个家庭联系到一起,这也就是另一个重要的主题——家庭的重要性。作为一个黑人家庭,他们面临着严重的种族歧视,并进行着社会上或经济上的斗争,直到最后实现了买房子的梦想。母亲坚信家庭的重要性,努力把整个家庭团结在一起,并试图把家庭的价值教给每一个成员。"[①]结果母亲

获得了胜利,儿子、儿媳、女儿都将家庭梦想放在了个人梦想之上,瓦特一家也因此而得到一个团结友爱的幸福之家。

《阳光下的葡萄干》是第一部由黑人妇女创作,是戏剧史上的一个里程碑,汉斯贝利也因这部戏剧被称作"现代非裔美国戏剧鼻祖"。这部戏剧是一出卓尔不群的佳构剧,故事情节紧凑,人物鲜明,对话兴趣盎然,内容发人深思,英语语言比较标准。该剧获得了黑人社会的大力支持,在纽约市百老汇剧院的夜场演出几乎有一半观众是黑人,这在过去是罕见的。另外,这部戏剧还被评论家称之为"抗议剧",在美国各大城市里,在大学里,甚至在社区剧院里都久演不衰,连那些剧本中抗议的对象的观众也报之以热烈的掌声,这一切都说明,剧本的艺术魅力征服观众。这部作品荣膺纽约戏剧评论家协会奖,它是第一部为美国黑人剧作家赢得该项奖的剧作。

二、艾德丽安·肯尼迪的戏剧

(一)艾德丽安·肯尼迪的生平

肯尼迪是获得奥比戏剧奖的第一位黑人剧作家。她出生于匹兹堡一个中产阶级黑人家庭里,在克利夫兰黑人白人混合居住区里长大。她早年的经历跟巴拉卡早年的经历有些相似:她进大学就读后不久,因感到学习跟自己的生活似乎毫无相干而决定辍学;在60年代也同样被纽约市的先锋派艺术潮流吸引住了,但她的创作风格跟巴拉卡的创作风格迥然不同。她的剧作展示了她的思想活动,将内心世界暴露在观众面前,即她运用表现主义戏剧手法使内心活动通过不同类型人物外化,同时她也利用超现实主义戏剧手段中的梦幻,展示出鲜明的直观形象。简单地说,她将表现主义手法跟超现实主义手法巧妙地糅合在一起,形成了自己独特的戏剧风格。

（二）艾德丽安·肯尼迪的戏剧创作

肯尼迪在参加爱德华·阿尔比（Edward Albee,1928—2016）主办的剧作家训练班时撰写的《黑人的开心馆》是她的成名作，也是她这种戏剧风格的代表剧作，揭示了白人和黑人两个种族和两种文化的冲突。剧本塑造了黑人和白人两类人物，重点是写黑人姑娘萨拉寻觅自我身份的痛苦过程，因为父亲是黑人，而母亲是白人，上吊自杀的父亲整天像幽灵一样萦纡在她的心头，两种血统，即两种文化在她身上起作用，她以两种人物面目出现，都使她痛苦不堪；而她的"开心馆"又被一个白人太太和她的犹太人情夫控制着，因而在她这黑人办的开心馆中对心绪烦乱的人来说没有真理，也没有安宁。

剧中使用了面具，人物变了形，即在对方眼中都被扭曲了；剧结束时又回到了剧的开头，一个黑人男子敲门，一个黑人女子吊死在开心馆中。该剧于1964年膺选奥比奖。

《猫头鹰的回答》一剧沿袭了她前一剧作的格局，继续写黑人妇女在从父亲身上或父亲的替身人物身上寻找自我身份主题，女主人公也同样受着两种文化传统（黑人母亲和白人父亲的文化传统）争夺的折磨，她以几种不同的人物面目出现，在她"向上帝呼吁时，猫头鹰作了回答"，而她自己最后也变成了狮头鹰。此剧开拓了她的另一种创作风格，即塑造"动物形象"，借用各种动物形象和它们的口来影射现实，表达黑人的痛苦和揭示黑人所面临的种种社会问题。比如在《老鼠的弥撒》一剧中的老鼠人物、《用死亡语言教课》一剧中的"狗——老师"和《野兽传奇》一剧中的组成一个黑人神甫家庭的野兽人物等，都从不同的角度影射着黑人面临的一些重要问题。1976年上演的剧本《电影明星得演白人和黑人两种角色》复活了《猫头鹰的回答》剧中的人物克拉拉。

肯尼迪的剧本《跟已故艾塞克斯在一起的晚上》是一出少见的现实主义戏剧，以黑人青年狙击手马克·詹姆斯·艾塞克斯的真实经历为基础写成的,主人公在跟白人种族主义者的对抗中被杀死,酿成一场悲剧。肯尼迪虽然不像琼斯那样激进,但她在戏剧艺术上大胆进行创新,在黑人戏剧界里是独树一帜的。

三、艾德·布林斯的戏剧

(一)艾德·布林斯的生平

布林斯出生在黑人资产阶级家庭里,他常说他家所有的成员都属于有罪阶级。他从高中辍学后离家独居,过着饔飧不继的生活,后加入海军服役。他退役后迁居美国西海岸城市,在旧金山开始写诗、散文、小说,后开始戏剧创作。他之所以转向写戏是因为他发现他的人民不喜欢读小说、散文和诗歌。事实上,他没有指出,他的人民也很少看戏。他在那里还当过黑豹党的文化部长,后来因为该党分裂而退出,从此专事戏剧写作。1967年,他应邀到纽约市新拉斐特剧院任职。

(二)艾德·布林斯的戏剧创作

布林斯被公认为黑人艺术运动中最多产和最有影响的剧作家、散文家和短篇小说家之一。他擅长描写内城贫民区非裔美国人的生活,并为观众提供与演员进行言语交流的机会。他鄙视在作品中光喊政治口号而不采取行动的行为,其创作思想对非裔美国戏剧的发展有着重大的影响。

布林斯是一位多产作家。他早期的剧作是在旧金山的外外百老汇式的小剧院里上演,但影响不大。不过,奚落黑人知识分子的剧本《电子黑人》却多次被编入一些戏剧选集中。他的戏剧集《四部富有爆炸性的戏》像琼斯的革命剧本一样,短小、简明,洋溢着反对白人的气氛。其中《就是那个样子》是一出冒犯白人观众的戏,因为它让贫民窟的黑人把矛头指向白人观众。作者在《死亡名单》一剧中写一个黑人革命家把那些支持以色列的黑人列入名单处死，表示美国黑人支持阿拉伯民族的斗争。《猪圈》写豪放不羁的黑人艺术家们对马尔科姆·艾克斯遇刺所产生的反应，即他们对此事件几乎是无动于衷。《野兽的夜晚》是电影剧本，写黑人跟白人的战争，以黑人取得胜利告终。

　　他的有影响的剧本多写城市黑人居住区，写其生活的丑陋面，笔下的人物不少是小偷、拉皮条的人、妓女或毒品贩子。布林斯的代表作是剧本《去布法罗》。该剧本于1968年6月在美国地方剧院上演。这个剧本的主要人物有街头混混克特和其妻子潘多拉，克特的朋友里奇、绰号为"妈妈太紧"的白人妇女和曾在监狱斗殴中救过克特命的阿尔特。虽然他们中的有些人决定离开洛杉矶，但是克特决定把布法罗作为目的地，希望他能和潘多拉从头开始做合法生意。然而，随着剧情的展开，他们陷于各种暴力、欺诈和阴谋之中。关于监狱、金钱、毒品和性的主题揭露了城市生活的阴暗面和人与人之间的尔虞我诈。该剧本中有很多潘多拉在夜总会唱歌的场景，其中也夹杂有暴力打斗的场面，戏剧氛围被场景音乐渲染。该剧本的血腥打斗以俱乐部经理迪尼的到来而结束，他宣布演出结束，所有演员都得不到工钱。该剧本中的种族张力显而易见，展现了非裔美国人在贫穷中挣扎、与社会司法机构不断发生冲突的社会现实。为了增强剧本的戏剧效果，布林斯把俱乐部老板和顾客设置为白人，加剧了人物冲突的张力。布林斯不是通过描写人物生活的方式来决定道德取向，而是允许人物参与相关事件，通过他们各自的生存环境来表现社会的道德伦理风尚。

　　布林斯后来由于政治思想上的倒退，没有能再写出任何像琼斯那样有战斗性的剧作，但他在戏剧艺术上的成就愈来愈举世瞩目。1975年，他的《强奸珍妮小姐》为他赢得纽约戏剧评论家协会奖，他成了第二个获得该项奖的黑人剧作家。另外，该剧还被收入戏剧丛书《七十年代美国佳剧选集》。布林斯娴熟的戏剧技巧表明，他的才能是受戏剧传统影响的，赞美每个人物身上通有的或独有的品质，以动人心弦的笔触描绘了黑人与白人之间的复杂关系。《强奸珍妮小姐》似乎是另一个有代表性的通过写 13 年的求婚过程来反映 60 年代青年幻想破灭的戏,但实际上并非如此,它也不是一个象征性的强奸情节剧。布林斯笔下的珍妮不代表白人女性,也不代表白人机构;而蒙蒂也不代表黑人女性,或任何黑人机构。"强奸"几乎可以说是偶然发生的,有一定背景。双方都长期抱有幻想,欺骗对方,而结果发现环境对双方都不利。强奸变成了影射社会冲突的一种隐喻手法。

布林斯以激进剧作家的面目崛起于美国剧坛,但后来由于长时间脱离轰轰烈烈的政治斗争,对他作品中的思想性不可能不产生消极影响。

第六节　自传式的种族斗争武器:二战后至 20 世纪 70 年代的黑人散文

在第二次世界大战到 20 世纪 70 年代期间,一些美国黑人作家以自传式的散文为斗争武器,争取黑人种族的权力,在民权运动中掀起了一个个种族赋权的斗争高潮。在这些作家中,名气较大的有被公认为黑人艺术运动重要代言人的小爱迪生·盖尔,黑人民权运动活动家玛雅·安吉罗。

一、小爱迪生·盖尔的散文

(一)小爱迪生·盖尔的生平

盖尔出生在弗吉尼亚东南部港市纽波特纽斯。他在纽约城市大学读书,大学还未毕业就加入了美国空军。1966 年他从加利福尼亚大学洛杉矶分校获得文学硕士学位,然后回到曼哈顿,担任大学教授、文学评论家和黑人艺术运动的代言人。早在读研究生时。盖尔就投身于非裔美国文学和文化的研究工作。他出版了学术专著《黑人陈述》和论文集《黑人美学》。《黑人美学》被称为黑人艺术运动的"圣经"。盖尔于1991年去世，享年59岁。

（二）小爱迪生·盖尔的散文创作

盖尔是当代杰出的非裔美国散文家和演说家。20世纪六七十年代，他被公认为黑人艺术运动的重要代言人之一，他倡导的黑人美学思想有助于提高非裔美国人的种族自尊心，对现当代非裔美国文学传统的发展有着重要的影响。

盖尔希望黑人艺术家创作以黑人生活素材为基础的作品，鼓励非裔美国艺术家反对任何贬低或丑化非裔美国人的社会机构或媒体。他恳切呼吁非裔美国作家接受"黑就是美"的观念，并且创造与这个观念相应的形象，也就是塑造非裔美国人的正面形象。《黑人美学》就是这样一部作品，这部由不同作家提供稿件所组成的论文集分为四个大类——"理论""音乐""戏剧"和"小说"。在这部书里，盖尔发表了自己的艺术宣言。他坚信"普遍存在"这个术语是西方标准的肤浅伪装，质疑美国大肆传播的否定非洲和非裔美国人的意象、神话和象征的西方文化，认为它抑制了非裔美国文化和文学创造性。在文中，盖尔以优美的散文语言提出自己的批判观点，对非裔美国文学产生了深远的影响，被称为美国文学中反对社会不合理现状最有力、最令人钦佩的作家。

二、玛雅·安吉罗的散文

（一）玛雅·安吉罗的生平

安吉罗生于密苏里州圣路易斯市。安吉罗是一个自学成才的黑人女诗人，青少年时曾在阿肯色州和加州受教育，但并没有获得大学的学位。她学过音乐、舞蹈，后来成了演员、舞蹈家。安吉罗少年时曾遭人强暴，但她不屈不挠、不向逆境屈服，努力向上，终于走出阴影，取得了令世人羡慕与感慨的成功。安吉罗多才多艺,除了是歌唱家、舞蹈家,她还是教授、作家、诗人、教育家以及民权活动家等。

（二）玛雅·安吉罗的散文创作

安吉罗最闻名的作品是她的六卷自传,记录了她走过的痛苦、步履维艰但步步向上的人生道路。第一卷《我知道笼中鸟为何歌唱》写的是父母离异后她在阿肯瑟州外祖母家的生活情况,这部自传体散文出版后销售量达几十万册,受到广泛好评。第二卷《以我的名义集合在一起》描写非裔美国人民第二次世界大战后的生活状况和她自己吸毒、卖淫的短暂经历。第三卷《像圣诞节一样歌唱、舞动、欢快》写的是她做母亲与职业发生矛盾这一阶段的情况。第四卷《女人心》标志着安吉罗作为演员、作家以及政治组织者业已步入成熟。安吉罗的丈夫是个南非自由战士,把她带到了非洲,第五卷《上帝所有的孩子都需要旅游鞋》就讲述了她的非洲之旅。第六卷《向天而歌》是她对老年生活的描述。这六部作品风格和叙事各有特点,情节也并不连贯,却基本概括了安吉罗跌宕起伏的人生,不过其更大的意义在于真实记录了美国黑人从被奴役到争取解放的历史。

《我知道笼中的鸟儿为何歌唱》是自传六部曲中的第一部,也是影响最为深远的一部,为安吉罗赢得了国际声誉,并获得了国家图书奖的提名。如今,这部作品是美国很多高中和大学的必读课本。该书出版于1969年,是当时刚刚步入不惑之年的安吉罗对自己充满不安、屈辱、甚至暴力的童年生活的回忆。记忆的开端是当时只有3岁的安吉罗(出生时的名字是玛桂瑞特)与她的哥哥贝利在父母离异之后,被送到美国南方阿肯色州的乡村小镇斯坦姆坡斯与他们的祖母安妮共同生活。在20世纪30年代的美国,旧南方的体制随着战争"死去"了,但其固有的心理和文化却比以往更顽固、更疯狂地"存活"着。在南北战争结束半个多世纪之后的南方,白人仍然在心理上顽固地捍卫着自己曾经的特权,这种偏执的心理致使像斯坦姆坡斯这样的美国南方小镇仍旧笼罩在残酷的种族歧视和种族隔离的阴霾之中。作为一名生活在这种氛围中的黑人女孩，童年的安吉罗不得不过早地面对白人种族主义者的凶残和暴力，过早地承受黑人的屈辱和悲惨的命运。在安吉罗徐徐拉开的记忆帷幔中，我们与她共同经历了她对金发、碧眼和白皮肤的渴望，她被强暴后的惊恐和沉默，她故意打碎白人主人花瓶后愤怒情感的释放，她立志要成为公交车售票员的抗争；见证了她面对种族歧视从不知所措到无言的愤怒、从微妙抵抗到积极抗争的过程；目睹了她从黑人身份的错置到黑人的种族骄傲的变化。安吉罗的童年记忆在她 16 岁成为未婚先孕的母亲的体验中落下了帷幕。

从创作技巧来说，这部自传性作品是安吉罗对传统自传的一次革新和挑战。"通过评论、改变和拓展这种文类"，她有意尝试改变了通常自传采用的"线性时间框架"，在一幅幅看似不经意间从记忆的隧道中闪回的生活片断中，安吉罗不但向我们展示了一幅鲜活的 20 世纪 30 年代美国南方小镇的生活画卷，而且把生活于其间的形形色色的人物的"社会身份"与她的巧妙的自传叙事结合了起来，并同时构建起了一个黑人女孩的自我成长之路。

第六章　20世纪80年代后的美国黑人文学

20世纪80年代以来,美国黑人文学得到了很大的发展,同时出现了新的创作内容,这个时期的美国黑人文学不再倡导以牺牲黑人文化为代价的种族融入,而是开始提倡黑人以非裔美国人的身份进入美国社会,在保留自己的民族文化特征的基础上,推动美国多元化社会的民主进程。20世纪80年代后的美国黑人文学在诗歌、小说、戏剧和散文方面都成就斐然,本章将围绕20世纪80年代后的美国黑人文学进行详细的探讨。

第一节　当代美国黑人的生存状况与主要的黑人运动

当代美国黑人的生存状况以及当代主要的黑人运动是美国黑人文学得以发展和繁荣的土壤。20世纪80年代以前,美国黑人的生存状况一直不容乐观,他们对于美国白人的仇视是强烈的。到了20世纪80年代以后,许多非裔美国人渐渐融入美国社会,生存状况得到了极大的改善,但仍旧积极地为自己争取更多的合法权益,由此,出现了一些声势浩大的运动。本章将对当代美国黑人的生存状况与主要的黑人运动进行阐释。

一、当代美国黑人的生存状况

1980年以后,非裔美国人对个人经济成功和个人政治地位提升的强烈兴趣与"黑色权力运动"所强调的种族对抗思想形成鲜明的对比。

20世纪50年代至70年代,非裔美国人强烈抗议美国社会的种族偏见和社会不公,认为自己总是受到不公正待遇,强烈反对白人中产阶级。可是,从80年代起,许多非裔美国人把自己视为美国社会的一员。他们中有一些人获得职位上的升迁,甚至进入公司和社会机构的高级管理层;还有一些人成为著名科学家或杰出政治家。越来越多的非裔美国人能够实现在文化移入中形成的黑人美国梦。大学招生、就业和升职等方面的社会公平问题得到根本性的改变。同时,黑人家庭财富的增加为他们个人奋斗的最终成功提供了可靠的物质保障。这些变化为非裔美国人人权事业的发展和个人理想的实现打下了良好的社会基础。

20世纪80年代以后,尽管非裔美国人的种族状况和经济状况在美国社会得到很大改善。但是,他们作为一个群体在美国仍然是最穷、最不受重视、最容易受到伤害的。20世纪80年代中期,黑人贫民区下层阶级的人口基数不断扩大,遭到主流社会的排斥,大多数黑人陷入失业、犯罪、暴力、吸毒和家庭破裂等生存困境。引起这种现象的原因有很多,首先,从经济角度来看,特别是工业比重减少,引起贫民区居民大量失业,而非裔美国中产阶级和职业稳定的劳动阶层的外迁使贫民区的就业问题和社区服务问题更为恶化。从社会角度来看,家庭解体、违法行为和不尊重权威等现象严重影响了黑人社区的健康发展,贫民区的非裔美国人已经陷入恶性循环;教育和就业机会越来越少,而社会问题则越来越严重;社会问题越多,教育和就业机会也就越少。不利的社会环境影响了下一代非裔美国人的健康成长,并且形成一个使一代又一代非裔美国人不断陷入苦难深渊的怪圈。其中,最严重的还是失业问题,因为工厂关闭、商户逃匿、新技术的不合理要求,数百万产业岗位丧失,导致美国黑人工人阶级的财富缩水,恶化了黑人社区的生存环境。据统计,历史上非裔美国人失业率是白人的两倍,但在这个时期,非裔美国人遭遇的失业率远超出历史水平。这种趋势一直延续到20世纪90年代。

到了1990年,30%的非裔美国家庭年收入超过35 000美元,比 1970 年增长了 23.8%。80% 的非裔美国人中学毕业,中学毕业人数比 20 年前提高了两倍。可是,1992 年非裔美国人在当选官员中的比例还不足 2%;北方地区和南方的城市里渐渐形成了白人学生去白人集中的学校、黑人学生去黑人集中的学校上学的局面;这无异于事实上的种族隔离。实际上,住宅区的种族隔离现象在美国已经很普遍了,白人和黑人都喜欢与自己同种族的人们居住在同一个区域。这种现象是种族隔离在 20 世纪末的新表现形式之一。

20 世纪 90 年代,大多数非裔美国人居住在中心城区,非裔美国人来到一个新的十字路口,他们的生活面临着许多挑战:冷战的结束、美国资本主义的改变、后里根时代种族主义的发展、保守意识形态的影响及其政治霸权和大部分黑人社区社会和经济状况的恶化。

进入 21 世纪后,非裔美国人和其他美国人一样,也发现自己处于一个日新月异、新生事物层出不穷的飞速发展时代。手机、电脑、视频会议和因特网,曾经的想象之物,现在已变成日常生活的一部分。随着新技术引起的革新,人们在全球范围内的联系更加密切,社会关系也在重新定义之中。种族、性别和阶级问题互相交叉,需要重新审视。非裔美国人在阶级和种族方面显得更加多样化。他们比以前更富有,受教育程度更高。然而,他们的两极分化现象严重,高薪工作者越来越富有,底层工作者却变得越来越贫穷。

二、当代主要的黑人运动

1980 年以来,非裔美国人继续从事对社会正义和种族平等的追求。他们倡导的各种运动和政治主张对非裔美国人的生活和整个美国社会都有着重大的影响。下面主要介绍几个影响比较大的运动。

（一）百万人大游行

百万人大游行是指于 1995 年 10 月 16 日在华盛顿特区举行的群众集会。在黑人组织"穆斯林国"最高领导人路易斯·法拉克汉的领导下，来自全国各地的非裔美国人聚集在华盛顿，试图向全世界展示截然不同的非裔美国男性形象，号召用自助和自卫的方式团结起来与阻碍黑人社区发展的经济问题和社会弊端作坚决的斗争。

这次大游行得到了许多著名黑人领袖的支持和亲自参与，但是也出现了一些问题。例如，此次大游行的领导人路易斯·法拉克汉是一名颇具争议的人物，他对美国种族问题的尖锐抨击引起一些人怀疑这次大游行能否取得预期的效果。在大游行开始后的第一个 24 小时里，大游行组织者和公园管理部门就人数规模的预计发生了争执。公园管理部门发布的预计人数是大约 40 万名参加者，这个数量大大低于大游行组织者希望达到的人数。大游行领导人与公园管理部门就游行人数问题作了很多沟通，但实际参加人数仍然很难精确统计。波士顿大学有研究人员估计，参加游行的人数达到了 83.7 万名左右，而英国广播公司的新闻报道中游行人数超过了 200 万。

百万人大游行的组织者渴望在黑人社区倡导一种互助和自给自足的精神外，还寻求把这个事件作为引起公众注意的宣传运动，目的是反对美国媒体和流行文化中对非裔美国人的否定性种族偏见。

这次集会是华盛顿历史上最大的一次示威活动，人数远远超过了 1963 年小马丁·路德·金发表演讲"我有一个梦想"时所聚集的 25 万人。

（二）女权运动的第三次浪潮

女权运动是指旨在保护女性合法权益，促使男女平等的政治、经济和文化运动。女权主义包括政治、文化和社会学理论以及与性别差异问题有关的哲学思想。它还是一个为女性倡导性别平等、维护女性权益的运动。根据玛吉·哈姆和丽贝卡·沃克的意见,女权主义在其发展史上形成过三次浪潮。第一次浪潮出现在 19 世纪末和 20 世纪初。南北战争后,黑人男性获得了选举权,但妇女选举权问题仍然未得到解决,白人妇女和黑人妇女一样都没有选举权和被选举权。女权主义者组织了无数次示威游行,抗议美国社会的性别歧视。她们撰写各种宣传手册和传单,征集向国会请愿的签名。经过长达 72 年的不懈斗争,解决女性选举权问题的《美国宪法第十九个修正案》终于在 1920 年得到国会的批准,美国妇女从此获得了选举权。因此,美国女权运动第一次浪潮也通常被称为女性争取选举权运动。女权主义的第二次浪潮发生在 20 世纪六七十年代。参与这场运动的女权主义者强烈反对当时社会上任何形式的性别歧视。这次浪潮与黑人争取平等权利的民权运动相呼应,致力于提高妇女反对性别压迫的思想觉悟。第三次浪潮在 20 世纪 90 年代出现,一直延续至今。女权主义理论是女权主义运动长期抗争经验的总结和提炼,并且分化出许多分支学科,如女权主义地理、女权主义历史和女权主义文学批评。

女权运动第三次浪潮的兴起是对第二次浪潮失败的回应,第三次浪潮的女权主义企图挑战或避免第二次浪潮中对女性的绝对化定义,因为这个定义过分强调了中产阶级女性和上层女性的生活经历。第三次浪潮主要关注种族和性别问题,特别是如何终止种族社会环境中的性别歧视问题。美国黑人妇女挑战白人女权主义者的政治主张,进一步拓展了女权主义者的视域,推动了女权主义的纵深发展。黑人女权主义者和其他少数族裔女性对种族问题的关注在很大程度上丰富和发展了女权主义的政治主张和斗争纲领。

第三次浪潮的一个显著特点是黑人女权主义者发出更大的声音,具有更大的话语权,她们认为黑人女性不仅应该获得与黑人男性平等的权利，而且也应该获得与白人男性和白人女性同样的平等权利。第三次浪潮中出现的黑人女权主义思想包容了女权主义者内部的不同观点，为黑人女性在 21 世纪争取更大范围的性别平等权利提供了强有力的思想武器和理论基础。

（三）嘻哈文化运动

嘻哈文化是一种文化运动。嘻哈文化主要指街头音乐，在 20 世纪 70 年代末起源于纽约城的非裔美国人社区，以南布朗克斯为中心。20 世纪 80 年代，嘻哈通过电子鼓的有声敲击和人体扭动来制造韵律。

20 世纪 80 年代末 90 年代初，嘻哈音乐的发展进入了黄金岁月。这个时期嘻哈音乐的特色表现在多样性、求新性、张扬性和感染性等方面，其主题是非洲中心主义和政治上的进取性，而伴随的音乐具有实验性，该时期的作品也受到爵士乐的巨大影响。

嘻哈音乐从 20 世纪 90 年代开始影响力越来越大，成为一个庞大的行业、一种时代的精神特质和文化。随着时间的流逝，嘻哈音乐已经发展成为一个文化运动，流行音乐栏目主持人阿弗利卡·班巴塔勾画出嘻哈文化的五个支柱：流行音乐栏目主持、霹雳舞、音乐、涂鸦和知识。此外，嘻哈文化还包括流行音乐栏目主持和音乐会主持，其他成分包括电子鼓、嘻哈说唱和俚语。嘻哈文化的生活方式自从在布朗克斯出现以来，迅速在全世界传播。嘻哈音乐以流行音乐栏目主持人的活动为基础，这类主持人通过两台录音转播机转动的间歇创造出有韵律的节拍，再由"打击乐"和"电子鼓"来伴奏。敲电子鼓是一种有声技巧，主要用来模仿嘻哈音乐的打击成分和流行音乐栏目主持人的各种技术效果，原创的舞蹈和特殊的服饰也深受这种新音乐的追随者的喜爱。这些成分在发展过程中经历了不断的提炼和演变，使得嘻哈文化具有了极强的生命力。涂鸦和嘻哈文化的关系来源于在一些区域实践的新形式。在这些区域，嘻哈文化的其他成分发展成为艺术形式,使涂鸦者与流行艺术产生了某种内在的关联。

20 世纪 90 年代至 21 世纪的第一个十年,嘻哈音乐成分继续被吸收到其他种类的流行音乐里。例如,"新灵魂"把嘻哈音乐和爵士灵歌结合在一起,造就了格纳尔斯·巴尔克里这样的重量级歌星。20 世纪 90 年代之前,随着越来越多的牙买加人移居到纽约城,在美国出生的牙买加青年在 20 世纪 90 年代成熟起来,由于文化转移作用,90 年代的纽约城受到了牙买加嘻哈音乐的极大冲击,像德·拉·索尔和"黑星"之类的嘻哈艺术家已经发行了许多受牙买加文化影响的专辑。

第二节　20 世纪 80 年代后美国黑人文学的发展

20 世纪 80 年代和 90 年代是非裔美国文学的第三次文艺复兴。第三次文艺复兴在文学方面涉及比以前任何时期更开放和更审慎的性取向。这次文艺复兴表现在非裔美国男性同性恋、女性同性恋和双性恋作者创作的作品;在文学和其他艺术的各种性表达中展示非裔美国人的意象和人物塑造,包容非裔美国文学中同性恋美学的出现。

从菲利丝·惠特莱发表第一首非裔美国诗歌到 1993 年托尼·莫里森(Toni Morrison,1931—)获得诺贝尔文学奖,其中经历了两百多年时间。莫里森的成功是非裔美国文学繁荣的一个重要标志。第三次文艺复兴中的非裔美国文学无论是在质量还是数量上都超过了 20 世纪 20 年代的新黑人运动和 20 世纪 60 年代中期至 70 年代初的黑人艺术运动。非裔美国作家在这段时间获得的文学奖项有普利策奖、全国图书奖和美国图书奖等,这段时间的获奖数量超过以前所有时期的总和。

1980 年以来,非裔美国文学最显著的特征之一就是黑人女性作家的崛起。从最早的黑人女性作家弗兰西斯·E.W. 哈珀尔的《艾奥拉·勒罗伊》到现在的黑人女性文学的发展模式非常引人深思。首先，黑人女性作家竭力证实黑人女性是充满智慧的女性，并且按白人女性的各类标准来评估和要求黑人女性。其次，理想和现实的矛盾引起黑人女性更为严重的心理冲突，种族、性别和阶级等方面的因素使黑人女性难以照搬用于定义白人女性的西方价值观。最后，当代黑人女性作家质疑美国社会对女性的定义，提出自己的见解——黑人女性是毫不逊色于白人女性的群体，以此作为一种手段来传递黑人社区对女性天性的看法和对生活本质的认识。这些黑人女性作家从人性本质的角度来表达黑人社区对女性的传统认识。她们表达的价值观把非裔美国女性定义为黑人社区智慧的源泉，并竭力强调非裔美国女性生活在美国社会里的重要性。她们通过对非裔美国女性概念的重新定义表明女性问题不仅仅是女性问题，而是男人问题和发展中的人类文明问题。

面对 19 世纪和 20 世纪文学作品里女性形象被扭曲、被丑化的问题，当代非裔美国女性作家不像以前那样去塑造正面的非裔美国女性形象来作为回应，而是试图重新定义在特定环境中的女性形象。作为这种尝试的一部分，这些作家把非裔美国女性在性别压迫和性别偏见中所遭遇的精神磨难纳入其文学作品的描写。在托尼·莫里森和爱丽丝·沃克（Alice Walker，1944— ）的作品里，他们描写的女性形象中女人的创造力总是受到压抑，或者是因为她们相信了某些性别偏见，或者是因为她们无法逃脱社会为她们定义了的身份。

在 21 世纪的第一个十年里，越来越多的非裔美国青年作家登上美国文坛，在小说、戏剧和诗歌方面尝试一些新的创作技巧，为非裔美国文学传统的发展做出了新的贡献。非裔美国文学兴旺发展的突出特点是他们继续保持非裔美国传统和非裔美国人经历的独特性，而不是简单地融入欧美主流文学。非裔美国文学的繁荣必将对美国文学的文化多元化发展做出巨大的贡献。

第三节　与世界诗歌的合流：20 世纪 80 年代后的美国诗歌

　　20 世纪 80 年代以来，一批优秀的非裔美国诗人脱颖而出，将非裔美国诗歌推向了世界文坛，使其渐渐地融入世界诗歌发展的洪流。其中，取得了较大成就的诗人主要有露西尔·克里夫顿（Lucille Clifton，1936—2010）、迈克尔·S. 哈珀尔（Michael S.Harper，1938—2016）、丽塔·达芙（Rita Dove，1952—　　）等，这些诗人创作出很多优秀的作品，并且取得了极为重要的文学成就，下面将对这几位诗人以及他们的诗歌创作进行研究。

一、露西尔·克里夫顿的诗歌

（一）露西尔·克里夫顿的生平

　　克里夫顿出生在纽约州迪普。从弗斯迪克—马斯顿帕克中学毕业后，她到霍华德大学读书；1955 年毕业于弗雷多尼亚州立师范学院；1958 年与弗雷德·詹姆斯·克里夫顿结婚。1958 年至 1960 年，她在纽约州劳工部布法罗办公室担任处理索赔的职员。1960 年至 1971 年，她在华盛顿特区教育办公室担任文献助理。她的第一部诗集《好时代》于 1969 年出版，并被《纽约时报》列为当年的十大畅销书之一。她于 1970 年和 1973 年两次获得国家艺术捐款基金会创意写作研究员基金，还获得美国诗人学会的资助。

　　1971 年，克里夫顿离开了政府雇员职位，在科品州立学院担任驻校作家。她出版了两部诗集《关于地球的好消息》和《普通女性》。从 1979 年至 1985 年她担任马里兰州桂冠诗人。1982 年至 1983 年，她是乔治·华盛顿大学和哥伦比亚大学艺术学院的访问作家。她的儿童作品《埃弗雷特·安德森的再见》在1984 年获得"科勒塔·司各特·金"奖。1985 年至 1989 年,克里夫顿在加利福尼亚大学圣克鲁斯分校担任文学与创作课教授。从 1991 年起,她担任马里兰州圣玛丽学院人文社会科学教授。1992 年她被授予雪莱纪念奖。1996 年克里夫顿因其诗歌的成就,获得了兰楠诗歌文学奖。克里夫顿后期创作的诗集包括《下一集:新诗》《百衲被:从 1987 年至 1990 年的诗歌》和《恐怖故事》。1995 年至 1999 年,她担任哥伦比亚大学访问教授。之后,她在美国诗歌协会理事会工作到 2005 年。她的诗集《福佑舟船:新诗选集 1988—2000》获得 2000 年诗歌类国家图书奖。2007 年,克里夫顿成了第一位获得露丝·莉莉诗歌奖的非裔美国人。露丝·莉莉诗歌奖奖金高达 10 万美元,是美国诗歌杰出成就的标志性奖项之一。她于 1987 年出版的诗集《好女人:诗歌传记,1969—1980》也进入 1988 年普利策奖的最后评选名单。除了10 多部诗集以外,克里夫顿还出版过颇受好评的以非裔美国人生活为背景的儿童文学作品。她于 2010 年 2 月 13 日在巴尔的摩与世长辞,享年 73 岁。

露西尔·克里夫顿是当代著名的非裔美国诗人,其诗歌主题主要涉及非裔美国文化传统和女权主义话题。她通过其亲身的经历,对 20 世纪美国黑人妇女的现实生活、屈辱历史和暗淡人生都进行了入木三分的描述,具有十分深刻的现实意义。

（二）露西尔·克里夫顿的诗歌创作

克里夫顿在诗歌创作中把精心雕刻的意象与充满感染力的诗行结合起来,展示出诗歌的动态美感和静态秀丽。她的诗歌不但充满现实主义城市意象,而且具有很强的时代感,对美国诗坛有很大的影响力。其著名诗歌之一是《拥有爱的女人》。这首诗的第一个诗节如下:

> 一个女人,爱恋
>
> 不能爱的男人
>
> 长时间坐在家里
>
> 望着窗户
>
> 她没有理解
>
> 她的兄弟
>
> 他打算到哪里去
>
> 她的姐妹献上自己乳汁,盛满杯子
>
> 散发着奶香,但她
>
> 不能喝,因为她爱上了一个
>
> 不能爱的男人。

这个诗节揭示了热恋中的女性心理。她爱恋的男人在别人眼里不靠谱,不能爱,因此没有人理解她的爱,连自己的兄弟姐妹也不能理解。诗中"不能爱的男人"是其理想男人的象征。这首诗把读者带入一名年轻女孩的情感世界,她的情感如此强烈,如此执着,似乎被情所困。从这个诗节里,我们能感受到诗人对少女天真、单纯之爱的微微赞赏。她的爱是对世俗所定义的爱的反叛。

> 我没有错;错不是我的名字
>
> 我的名字是我自己的我自己的我自己的。
>
> 我不能告诉你到底是谁把这些东西像这样竖立起
>
> 但是我能告诉你从现在起我的抵抗
>
> 我简单的、每天的和晚上的自决
>
> 也许会使你付出生命的代价。

这几行诗出现在该诗的结尾部分,揭示出她反对被贴上标签的明确态度,反对任何对她文学作品的审查和限制。从这几行诗句中,我们可以感受到诗人面对强权时的坚强意志和令人称赞的勇气。这种反抗精神在其作品中被大力提倡。这首诗生动地反映了乔丹对生活和社会的态度。她的哲理主张表明：任何人，如果他能断言真理，那么他就能创造真理。

二、迈克尔·S.哈珀尔的诗歌

（一）迈克尔·S.哈珀尔的生平

哈珀尔出生在纽约的布鲁克林。1951 年他随父母搬家到洛杉矶的一个白人住宅区。不顾制度化种族歧视的压力，他坚持读书，1961 年从洛杉矶州立学院获得文学学士学位；1963 年回到衣阿华州，从衣阿华大学获得美术硕士学位。20 世纪 60 年代后期，他在西海岸的一些学院教书，同时开始在一些知名杂志上发表诗歌。1970 年他在布朗大学英语系教书。同年，他的第一部诗集《亲爱的约翰，亲爱的柯尔特龙》得以出版。他的诗歌大多是即兴创作的，韵律优美、表述清晰，人们在大声朗诵或当作歌曲放声歌唱时都会有深刻的感触。他强调诗歌的音乐性，因此，他的许多诗歌带有爵士乐的特征。1988 年至 1993 年期间，他担任罗得岛州桂冠诗人。

20 世纪 70 年代以来，哈珀尔出版了很多备受好评的诗集：《历史是你们自己的感情》《否定性：见证历史的苹果树》《歌曲：我想作证》《拆断》《噩梦激发责任》和《亲属的意象：新诗选》。20 世纪末和 21 世纪初，他继续发表作品，出版了诗集《歌词：马赛克》《令人尊敬的修改》《在迈克尔特里的歌词：新诗选》和《诗选》。

迈克尔·S.哈珀尔是当代非裔美国文学的著名诗人和文选编辑。他的许多诗歌被视为非裔美国文学的重要范例，其爵士诗被收录在各种文集里。

（二）迈克尔·S.哈珀尔的诗歌创作

哈珀尔为著名的诗歌之一是《制造灵魂的鬼》。该诗的第一个诗节如下：

> 鬼出现在冬季的黑暗时刻，
> 有时出现在夏季的白天，春季的
> 白天，在半扇门后与你碰面
> 早晨的第一个震惊
> 经常是干完农活的时候，不好的记忆
> 妨碍你的生活，在黎明里哀鸣，在树下哀鸣。

诗中的"鬼"比喻诗人创作生涯中的灵感。"冬季""夏季"和"春季"指的是人生的不同阶段；而"早晨""干完农活的时候"和"黎明"则指一天中的不同时刻。这个诗节表明诗人的灵感可能随时随地出现在脑海里，但是艰难或不利的时刻可能会引起一种难以预料之感和难以控制之感。

三、丽塔·达芙的诗歌

（一）丽塔·达芙的生平

达芙出生于美国俄亥俄州北部的阿克伦市，父母均受过良好的教育，她的父亲雷·达芙是第一位在轮胎和橡胶业领域打破种族障碍的美国黑人化学家。1970年，达芙名列全美100名优秀高中毕业生，荣获美国总统奖学金。1973年她以优异的成绩从俄亥俄州迈阿密大学毕业，随后作为富布莱特学者到德国图宾根大学继续深造。1977年衣阿华大学作家硕士班毕业。在那里她遇见了她的丈夫德裔作家、记者弗雷德·韦尔班。同年达芙出版了她的第一部诗歌作品集。1981—1989年达芙执教于亚利桑那州立大学,1989 年起达芙一直在弗吉尼亚大学任教。

达芙是当代美国著名诗人,1993—1995 年度美国桂冠诗人,第一位获此殊荣的美国黑人诗人,也是最年轻的美国桂冠诗人。1999—2000 年担任美国国会图书馆诗歌特别顾问。达芙是1987 年普利策诗歌奖获得者,1997 年海因兹奖(价值 25 万美元)获得者。达芙是美国诗人学会 15 位会长理事会成员之一,2006 年入选美国人文与科学院院士。

达芙的大部分作品集中展现平凡生活中日常事务的美好和其中所蕴含的深意。在《角落里的黄房子》和《博物馆》这两部作品中,她集中描写家庭生活的细节和个人的奋斗经历,而且主要通过间接方式说明黑人经历中更广泛的社会政治因素。她试图表明生活中如此短暂的瞬间是如何构成个人的历史,这些个人经历如何增添了人类共同分享的成分。

达芙后来的诗集包括《房屋的另一边》以及《格雷斯笔记》。《格雷斯笔记》以幽默和嘲讽的笔调叙述了她日常生活的各个组成要素。《母爱》是在古希腊得墨忒耳和珀尔塞福涅的神话故事框架下探讨家庭生活和为母之道。《与罗莎·帕克斯在公车上》涉及更广范围内的人类经验,讨论了美国民权运动激进分子罗莎·帕克斯。达芙的最新诗集包括《美国式舞步》和《穆拉提克奏鸣曲》。

（二）丽塔·达芙的诗歌创作

《得墨忒耳哀悼》是达芙最著名的诗歌之一,该诗的第一个诗节如下：

> 没有什么能安慰我。你可以穿丝绸
> 使皮肤产生渴望,可以像达官贵人那样
> 撒上黄色的玫瑰
> 你能不断地告诉我

我忍受不了(我知道)：
但是,没有什么能把金子变成谷物,
没有什么比牙齿能咀嚼得更甜。

这个诗节的叙述人"我"把自己比做谷物女神得墨忒耳。得墨忒耳是希神克罗诺斯和莉亚的女儿,是希神柏尔塞福涅的母亲。得墨忒耳使人联想起古代小亚细亚人崇拜的自然女神西布莉;这样,她就成为谷物丰收的象征。依洛西斯之谜就是用来纪念她的。诗人透过这个诗节告诉人们没有什么东西比食物更重要。像丝绸、金子之类的东西看起来好,但对一个人的生活来讲,它们没有谷物那么重要,那么不可缺少。诗人平淡、务实的生活态度可见一斑,而虚荣或奢侈的生活是叙述人摒弃和不屑的。

达芙的另一首著名的诗《几何学》通过对房屋的描述探讨了物质空间与文化空间的不同。达芙认为,文化空间不同于普通的住所与场合,是一个已经占据但仍可以通过想象、知识或者经验得以转换的空间,是一个可以重新建构的空间。这一区分帮助人们把隐喻与真实区分开;现实生活中的房屋并不能真的展开自己,而是房屋所代表的文化空间在扩张,也就是人们的思想在寻求自由与解放。

我证明一个定理,房子能展开自己：

窗子猛然挣脱束缚,盘旋在天花板附近,
天花板带着一声叹息飘然离去。
当墙壁清除掉附于自身的一切
只留下一片透明,康乃馨的香气
也随他们而去。我处于一片空旷
抬头望去,窗户已变成蝴蝶纷飞,
在那窗户蝴蝶交织之地阳光明媚。
他们飞向真理,飞向尚未证明之地。
想象的力量：从理性到非理性的转变

《几何学》发表在达芙 1980 年出版的诗集《角落里的黄房子》中，与诗集中的其他诗一样，旨在探究知识与想象之间的动态变化。这首诗通过逐渐展开的一系列令人惊奇的、稀奇古怪的、极富戏剧性的意象，带领读者从无可置疑的知识领域到想象领域做了一次迅速的、虚幻的短途旅行。诗歌似乎表明那种试图强加思维确定性的行为会导致释放出神秘的，最终可能是奇妙的、具变幻能力的力量。具有几何形状的"房子"立即从人们所知道的、确定无疑的事物中扩展出去，突然，诗中的叙事者不再受到保护，而是"处于一片空旷之中"。那些带着框架、可以观察到外部世界的窗户"猛然挣脱束缚"，在理性的思维转变成想象的过程中铰合成"蝴蝶"。诗人似乎在说思维和想象"相交"的地方有"阳光"，或者启蒙，最后是想象带领人们走向真理和尚未证明之地。

与传统的形式主义诗歌相比，《几何学》这首诗只在诗节结构上与之具有相似性。每一诗节三行，长度相等，被称作三行诗。虽然"三"是个奇数字，但这种诗歌组织形式却表达了一种几何学的对称感。整首诗中没有运用规范的押韵形式，而是按照自由体诗创作；这意味着这首诗没有使用固定的韵格，但却包含有自己独特的重音和节奏。诗人有意选择停顿的地方，借此来产生能够造成最强烈节奏的声音。

达芙在第一行诗中为其他诗行布景。叙事者宣称自己拥有无可置疑的理性知识——"我证明一个定理"，紧接着，一种神秘的事情发生——"房屋能展开自己"。在 2、3 这两行诗中，没有生命的物体——窗户，即理性思维的产物，转而具有了生命物体、甚至是人类的特性："窗子猛然挣脱束缚，盘旋在天花板附近"，然而"天花板带着一声叹息飘然离去。"几何学是数学的分支学科，致力于依据逻辑定理理解物质空间。在达芙的《几何学》一诗中，人类根据逻辑理解世界的能力被认为有利也有弊。第一诗节中房屋的扩张象征着知识可以突破物质世界的限制，使事物变得更大、更好。赋予无生命的物体以人的特性是我们所熟知的拟人修辞手法。诗中的叙事者似乎认为，人类能通过智慧来控制房屋的规模和大小。关于这一点,人类能够理解存在于自然界的秩序法则的能力已经作为一种非凡的技巧呈现出来,因为这种能力不仅能使房屋的建造成为可能,而且能使房屋得到提高,超越原有的秩序,形成这种扩展。

　　诗人在第二节诗对几何秩序的整体价值提出疑问。墙壁消失了,"康乃馨的香气也随他们而去",突然之间,叙事者不再受到保护:"我处于一片空旷"。它表明如果过分重视逻辑,我们就会失去事物。"墙壁清除掉附于自身的一切",可能还包括挂在墙上的艺术品,这些艺术品在逻辑定理中没有位置,他们的创作只能依赖于紊乱的思维。然后康乃馨也失去香气,因为他们的芬芳与几何公式格格不入。生活的快乐是非秩序的、非逻辑的快乐。如果人类完全专注于创造秩序,人们就无法欣赏这种生活的快乐。诗中运用康乃馨的意象说明作者对能够从知识的一个层面转移到另一个层面的赞美。

　　第三节诗,即最后的三行诗中,由理性思维到想象的转换完成了:"抬头望去,窗户已变成蝴蝶纷飞"。窗户,理性构造成的感知框架,已经转变成想象领域中有生命的生物,"在那窗户蝴蝶交织之地阳光明媚。"诗人似乎在说在理性思维与想象相交处我们会感受阳光,受到启迪。这些在想象中发生转变的生物"正飞向真理,飞向尚未证明之地"。诗歌在秩序与无序之间找到一种平静的和解。那些给生活带来快乐的无序的因素绝不会因为定理而完全沉寂,而总是能避开定理。人类运用几何学原理制造的窗户,具有某种能使他们像蝴蝶一样自然和自由的因素,阳光照射着他们,闪闪发亮,这种审美的快乐却不是几何学可以衡量的。最后一行提到"他们飞向真理,飞向尚未证明之地",表明人类的信心,自然世界自有它的秩序,这种秩序不会依赖几何秩序而会独立存在着。

第四节 非裔美国文学传统的弘扬：20 世纪 80 年代后的美国小说

自 20 世纪 80 年代以来，非裔美国文坛涌现出了一大批优秀的小说家，分别有托尼·莫里森、爱丽丝·沃克和格洛丽亚·内洛尔（Gloria Naylor，1950—2016）等，在这个时期，这些小说家继续弘扬非裔美国文学传统，维护和发扬非裔美国人的种族自豪感。下面我们将对这三位作家及其小说创作进行研究。

一、托尼·莫里森的小说

（一）托尼·莫里森的生平

莫里森出生在俄亥俄州的洛雷恩，其父母是移居到北方的南方人，传承着唱歌和讲故事的文化传统。在莫里森的小说中，家乡的历史和家庭的经历交替出现，展示了美国南方和北方非裔美国人的生活状况。1953 年她从霍华德大学获得学士学位后，又到科尼尔大学攻读硕士学位。研究生毕业后，她在得克萨斯大学和科尼尔大学教书。

莫里森于 1957 年回到霍华德大学任教时就开始了文学创作。与当时非裔美国男性作家不一样，莫里森在第一部小说《最蓝的眼睛》里不是讲述种族冲突，而是探索黑人家庭和黑人社区问题，揭露种族主义对黑人女性的毒害。她的第二部小说《苏拉》以俄亥俄州大奖章镇为背景，通过对黑人女青年生活的描写来揭示当时的种族问题和男女平等问题，展示了苏拉与命运抗争的精神，抨击了虚伪的社会伦理道德。莫里森的第三部小说《所罗门之歌》记叙了一个黑人家庭长达一个世纪的历史。这部小说获得全国图书评论界奖和美国文学艺术协会奖。她的第四部小说《柏油娃娃》以虚构的加勒比海岛为背景描写非裔美国人的传统文化与白人文化之间的激烈冲突,但这部小说未得到评论家的充分重视。可是,她的第五部小说《至爱》大获成功,使莫里森一跃成为当时最重要的非裔美国作家之一。这部历史小说讲述了逃亡女奴塞丝及其后代的故事。这部小说不仅被列为畅销书,而且还获得了普利策小说奖。莫里森的第六部小说《爵士乐》以尖刻的笔触描写了20世纪20年代在一座神秘之城里几名非裔美国人的生活。1997年她出版了第七部小说《天堂》,讲述了俄克拉荷马州鲁比镇的男人和生活在修道院里的一群妇女之间发生的故事。这部小说以女性为主要人物,描写了镇上男人的父权制思想、镇上女性与修道院女性之间的各种恩怨,由此来揭示性别差异和男女平等方面的问题。第八部小说《爱》是一部关于爱的小说。小说中爱的主题涉及很多方面,如家庭之爱、男女情爱、自我之爱,邪恶之爱、柏拉图之爱和不幸之爱。她于2008年出版的小说《恩惠》揭露了早期奴隶制的谎言,讲述种植园里黑人女性的不幸命运和悲惨生活。她的《家》于2012年5月出版,讲述朝鲜战争给退伍美国兵造成的精神创伤,认为种族偏见导致美国黑人在社会生活中丧失了"家"的归属感。

莫里森是一位融现代主义、后现代主义、新女性主义、魔幻现实主义等于一身的集大成者。她勇于探索和不断创新,把美国黑人民间传说、圣经故事和西方古典文学的精华糅合在文学作品里,把非裔美国文学传统和白人文学传统有机地结合起来,极大地促进了非裔美国文学的发展。与同时代的非裔美国男性作家不同,莫里森把视线转向非裔美国人社区内部,从非裔美国人的历史文化、风俗习惯和伦理道德等方面讨论非裔美国文化的价值和非裔美国人自身存在的问题,进而揭示人类文明发展中存在的诸多共性问题。她是继威廉·福克纳和欧内斯特·海明威之后美国当代文学的又一座高峰,其小说创作不断给美国文坛带来一阵阵新风,她的每一部小说都被读者奉为经典之作。

（二）托尼·莫里森的小说创作

莫里森创作了很多脍炙人口的小说,这里我们主要对她的两部小说进行分析研究。

《至爱》是莫里森的代表作之一,这部小说以奴隶叙事为基础,继承和发扬了非裔美国文学传统,吸收了美国经典文学作品中的精华。这部小说收录了奴隶制历史的大量史实。更为重要的是,该小说描写了前黑奴的男性世界和女性世界的内心生活,讲述他们在困境中生存下来的精神力量和他们珍爱自我和彼此珍爱的种族特质。这部小说的创作灵感来源于一个关于玛格丽特·加纳的报纸剪辑。加纳是一名在辛辛那提受审的非裔美国女性,她亲手杀害了亲生女婴,目的是不想让她沦落到奴隶制中。莫里森在兰登出版社工作时,编辑黑人民间历史剪贴簿《黑人之书》的工作中无意间发现这个剪辑。这部小说从谋杀案发生了18年后的某天开始。小说主人公塞丝忘我地工作,尽量不去触碰以前的记忆。但是,和她一起在斯威特农场长大的同伴保罗来到她家,惊扰了她死去孩子"至爱"的鬼魂,所以塞丝被迫重新面对自己曾经犯下的罪恶,引发了生活中的种种不幸。她幸存下来的女儿丹芙没有关于奴隶制的记忆,必须努力去理解"没说出的但又不能说的东西",这东西就是他们的历史。在那个历史中,被击碎的母女关系是核心。这部小说沿袭奴隶叙事的传统,同时还讲述了奴隶制中的痛苦事件,并触及了当时的社会禁忌,如性骚扰和暴力问题。莫里森在小说里描写了在奴隶制社会里黑人女性同时作为个体和母亲时所产生的心理冲突,探索了奴隶制对保罗和塞丝的心灵伤害。保罗和塞丝一直压抑着对过去历史的痛苦回忆,但是压抑的力度越大,相应产生的精神痛苦也就越大。

这部小说在1987年一出版,就获得了评论界的好评。当小说未能获得国家图书奖和国家图书评论家协会奖时,许多作家愤怒地提出抗议,认为评奖有失公正。但不久,这部小说获得了普利策小说奖。

　　莫里森的另外一部代表作品《恩惠》带有很强的历史性,《恩惠》揭露了美国殖民地时期的奴隶制问题和黑人人权问题。"莫里森试图将美利坚民族尚在萌芽年代发生的宗教冲突、文化冲突和阶级隔阂完全再现出来。"该书被《纽约时报书评》列为2008年十大畅销书之一。莫里森通过意识流之流变来发掘人物内心深层的奥秘,因此该部小说人物的意识流动似乎不受客观时空的限制,时而虚幻、时而联想、时而回忆,时而与蹦出的潜意识交替出现。这种反传统的叙事模式,往往分散了一般读者的注意力,似乎令人感到困惑、不知所云。但事实上,《恩惠》里人物的意识流之中处处渗透着莫里森特有的哲学思想和创作理念。

　　莫里森在小说《恩惠》里采用内省的方法来探索人物的心灵深处,创造性地打破传统小说的时间顺序;运用把过去、现在和未来三者凌乱颠倒、相互渗透的手法,来达到还原"真实"的后现代主义艺术效果。她把笔触深入到人的潜意识领域,把握理性不能提供的东西,用心理逻辑去组织故事。《恩惠》的外部时间涉及1682年前后数十年。莫里森在这部小说里以心理时间为小说叙述的主要时序,通过小说中七个主要人物的意识流活动把贾可布种植园的历史和现状浓缩到女奴弗洛伦丝的四天回忆之中。整部小说以弗洛伦丝的生活事件为中心:通过触发物的引发,人物的意识活动不断地向四面八方发射,然后再收回;经过不断循环往复,形成枝蔓式的三维时空结构。人物意识渗透于作品的各个层面,起到了内在关联作品结构的作用。

　　在这部小说里,莫里森巧妙地驾驭了小说心理时间与空间关系中的意识流演绎,揭示出人物意识的复杂性:理性与非理性的意识是共存的;意识中有明确、完整的意识,也有朦胧、片段的意识;有言语层的意识,还有尚未形成语言的前意识等。莫里森利用时间颠倒、空间重叠的意识流手法打破了传统小说的条理和顺序,重新组建时空顺序,如实地呈现了小说人物在感观、刺激、回忆等作用下出现的那种紊乱的、多层次的立体感受和意识的动态,所以人们在阅读该小说的过程中能始终体验人物所经历的心理时间。

莫里森在《恩惠》里所描写的意识流片段具有动态性、无逻辑性、非理性的特点，其创作手法是弗洛伊德创立了精神分析学之后把文学描写的触角深入到人的潜意识层的又一次尝试，可以看作是现代心理小说新发展的一个标志。莫里森在这部小说里描写潜意识层所采用的主要形态有内心独白、自由联想、意识迁移和意识流语言。

在《恩惠》里，莫里森在创作手法上"以心系人，以心系事，以表现叙述者的潜意识为主，化解其心中郁积的种种心结，弘扬人间的向善情操"。莫里森把创作重心放在对人物的精神世界的描绘上，写出人物内在的真实。她特意把创作视点由"外"转向"内"。这样，小说中的人物心理和意识活动"不再是依附于小说情节而成为达到某种艺术效果的描写方法，而是作为具有独立意义的表现对象出现在小说中。意识活动几乎成为这部小说的全部内容，而情节则极度淡化，退隐在小说语言的帷幕后面"。通过向"善"的意识流描写，莫里森在人物的心灵宇宙范围内谱写出动人的心灵史诗，具有浓郁的抒情性、感伤性和唯美主义倾向。

莫里森在《恩惠》里以人物的意识流活动为结构中心，围绕人物表面看似是随机产生、逻辑松散的意识活动，将人物的观察、回忆、联想的全部场景与人物的感觉、思想、情绪、愿望等，交织叠合在一起加以展示，以"原样"准确地描摹人物的意识流变。作家在小说中没有用花哨的言辞直接刻画小说的人物形象，而是以描写人物的意识流动过程来展示其心灵世界。作为一部有创意的意识流代表作，它之所以能吸引读者，震撼人心，"首先是因为它表现了厌恶、憎恨、反对扼杀人性的主题；其次是巧妙采用心理时空顺应人的意识流变，抒发了人类共同向往的自由、幸福的情感"。莫里森在突破了传统形式美法则的过程中，运用抽象手法对小说叙事进行夸张变形，将沉淀在人物潜意识或无意识中的东西用文字还原为在不同时空、不同心境之下的零碎的、杂乱的原始感觉，使小说里的许多人和物都带有象征意味，呈现出破碎、扭曲、怪诞的形态,给人以新奇、多样的审美体验。她把人物的潜意识思绪串联成一条条意识的河流,揭示社会的本质,并深化小说的主题,显示出她在意识流小说建构方面的独具匠心和高超的文本驾驭能力。

二、爱丽丝·沃克的小说

（一）爱丽丝·沃克的生平

爱丽丝·沃克出生在南方佐治亚州的一个佃农家庭,父母的祖先是奴隶和印度安人。爱丽丝是家里八个孩子中最小的一个。1961年爱丽丝进入亚特兰大的斯佩尔曼大学学习,并投身于争取种族平等的政治运动。1962年她被邀请到马丁·路德·金的家里做客,并于1963年到华盛顿参加了那次著名的游行,与万千黑人一同聆听了马丁·路德·金《我有一个梦想》的讲演。1965年爱丽丝大学毕业后回到了当时处于民权运动中心的南方老家,继续参加争取黑人选举权的运动。在活动中爱丽丝遇上了犹太人列文斯尔,两人克服了跨种族婚姻的重重困难结为"革命伴侣"。在列文斯尔的鼓励下,爱丽丝继续写作,并先后发表了诗集《一度》和小说《格兰奇·科普兰的第三次生命》。

1972年爱丽丝到威尔斯利大学任教,开设"妇女文学"课程,这是美国大学最早开设的女性研究课程。在研究过程中爱丽丝顿阅读了赫斯顿的全部著作,并编辑了她的文集《我开怀大笑的时候我爱自己》,同时爱丽丝还担任了《女士》杂志的编辑。在此期间艾丽丝仍坚持写作,先后出版了小说集《爱情与麻烦:黑人妇女的故事》和长篇小说《梅丽迪恩》。

1982年是爱丽丝的事业巅峰期,她发表了小说《紫色》,于1983年一举拿下代表美国文学最高荣誉的三大奖项:普利策奖、国家图书奖以及全国书评奖。1985年,著名导演斯皮尔伯格还将其拍成了电影。当电影在爱丽丝的家乡上演时,爱丽丝受到了家乡人民的盛大欢迎。《紫色》从此成为美国大学中黑人文学与女性文学的必读作品。爱丽丝于 1983 年曾随美国女作家代表团来华访问。

（二）爱丽丝·沃克的小说创作

爱丽丝的代表作是小说《紫色》，这部小说讲述了一名废人妇女与白人种族主义文化和非裔父权制文化之间的斗争。《紫色》由九十四封书信构成，有主人公西丽亚写给上帝的信、西丽亚写给她妹妹内蒂的信（被退回）、内蒂写给西丽亚的信、西丽亚所爱的女人莎格给西丽亚的信等。故事的背景是爱丽丝熟悉的美国南方佐治亚乡村，故事的年代大约在 20 世纪初到第二次世界大战前夕。14 岁的黑人女孩西丽亚被继父奸污，生下两个孩子。多病的母亲不了解真相，被活活气死了。她的孩子被继父抢走后失踪，她本人又被迫嫁给已有四个孩子的鳏夫。丈夫另有所爱，对她更是百般虐待，而她受旧思想和旧习俗的影响只是自叹命苦，从不反抗，只在给上帝写的信里倾诉内心的痛苦。她对丈夫毫无感情，甚至不愿意叫他的名字，只称他为某某先生。善良的西丽亚发现继父和丈夫都对妹妹纳蒂不怀好心，便帮助她离家出走。她任劳任怨地把丈夫前妻的儿女抚养成人。大儿子哈珀结婚以后，想像父亲那样使唤打骂老婆，但儿媳妇索菲亚生性倔强，不肯对丈夫俯首贴耳、唯命是从，在生了好几个孩子以后还是离开了哈珀。

西丽亚的丈夫以前的情人——歌唱家莎格身患重病、流落街头。某某先生把她接到家里，她在西丽亚的精心护理下恢复了健康，两人成了知心朋友。莎格开导西丽亚要充分认识自己的聪明才智，并和大男子主义思想作斗争，主动争取女人应有的权利。莎格的启发开阔了西丽亚的眼界，她开始用新的眼光观察世界、考虑问题。后来，莎格发现西丽亚的丈夫一直把纳蒂从非洲写来的信件秘密收藏起来不让她知道，西丽亚在愤怒之余决定脱离某某先生,和莎格去了孟菲斯。她走出家庭学习缝纫,成为一名手艺精湛的裁缝,并开起裁缝铺,过上了独立自主的生活。某某先生经过痛苦的思想斗争,认识到过去大男子主义思想的错误,向西丽亚作了诚恳的检讨,获得了西丽亚的原谅。他们虽然不再是夫妻,但成了朋友。西丽亚的妹妹纳蒂出走后到黑人牧师塞缪尔家干活,又随他们去非洲做传教士。她发现牧师的一儿一女就是西丽亚丢失的孩子。塞缪尔一家在非洲生活得非常艰难,他的妻子染上了非洲疟疾后不治身亡。英国殖民者为种植橡胶肆意破坏当地奥林卡人民的土地和村落,塞缪尔和纳蒂为此赶到英国向教会求救,却遭到冷落和侮辱。他们返回非洲时当地人民对他们大为失望,纷纷投奔住在森林深处反抗白人的母布雷人。纳蒂此时已经和塞缪尔结成夫妻,她决心带着儿子亚当、女儿奥莉维亚以及儿媳妇塔希回国。小说结尾处,西丽亚与妹妹和儿子、女儿重新团聚,过上了幸福快乐的生活。

在艺术手法上,《紫色》采用的是传统的书信体小说的形式。但爱丽丝突破了以往书信体的基本构思和创作原则,并不注重细节和真实,而是着力采用夸张和变形的手法,使作品具有强烈的超现实性和诗意。《紫色》在叙事技巧上的独到之处还体现在爱丽丝对语言在叙事策略中作用的充分把握。西丽亚特有的南方乡村黑人方言(这也是她唯一会说的语言)制造了一种直接的真实效果,但同时又将读者与叙述者的环境有意拉开了距离——他们是局外人、陌生人,说的是另外的一种语言通过强调西丽亚与纳蒂所使用的不同的语言(受过教育的纳蒂用的是来自外面的遥远世界的语言)强调叙述者的转换,纳蒂的信的出现也就使西丽亚有了对话的可能,从而使故事可以继续发展下去,而且使西丽亚与上帝的对话顺利地转换到西丽亚与人的直接对话上。伴随着西丽亚的成长,西丽亚的语言和思想也越来越成熟、越来越深刻起来。

《紫色》的另一成就在于塑造了一些具有女性主义特色的人物形象。索菲亚是一个懂得如何维护自己的利益和尊严的人,她真心爱丈夫哈珀,但她决不容许丈夫有家庭暴力。为了保持自己人格的完整,她最后离开了哈珀。索菲亚使西丽亚看到婚姻生活和男女关系并不一定要一方压倒另一方,她的勇气和行为赢得了西丽亚的钦佩,但真正帮助西丽亚成长和转变的是歌唱家莎格,一个敢爱敢恨、敢说敢做、自我意识十分强烈的女性,她启发西丽亚要敢于争取自己应有的权利,敢于和大男子主义思想作斗争。她坚信热爱生活、享受生活、待人以爱并为人所爱是崇拜上帝的最好方式,正是由于莎格的帮助,西丽亚才打破多年的沉默,宣布要离开家庭寻找新的生活。

三、格洛丽亚·内洛尔的小说

（一）格洛丽亚·内洛尔的生平

内洛尔出生在纽约城,内洛尔从小就非常热爱读书学习,并且在很小的时候就表现出超人的读书天赋,她的这一喜好得到了家人的大力支持。中学毕业后,她加入了宗教组织"耶和华的证人"。1968年至1975年期间,她在纽约、北卡罗来纳和佛罗里达担任传教士。后来,她离开了"耶和华的证人",来到纽约,学习护理学,并且对文学产生了浓厚的兴趣。她先后从耶鲁大学获得文学学士学位和文学博士学位。

20世纪80年代初,内洛尔刚踏入文坛,就引起读者和评论家的重视。她的第一部小说《布鲁斯特地区的女人们》一出版,就引起轰动。该部小说于1983年获得国家图书奖,并被改编成电视剧。内洛尔第二部小说《林登山》的描写视角从城市贫民区转到了中产阶级黑人居住的郊区,讲述了非裔美国青年诗人威利·梅森的故事。内洛尔在第三部小说《妈妈日》中把视角从内城和郊区转向了一个叫维洛的小岛,讲述美国内战爆发之前"妈妈日"一家自给自足的世外生活。内洛尔的第四部小说《巴利的咖啡馆》探讨了性侵犯和暴力对人们社会生活的破坏性问题。

1995年,她出版了短篇小说集《夜晚的儿童:由黑人作家撰写的最好的短篇小说,从1967年至今》。1998年,内洛尔在小说《布鲁斯特地区的男人们》里从男性的视角讲述了其第一部小说里出现过的一些人物的故事。内洛尔除了文学创作,还办有自己的实体公司,1990年她创立了单向电影制片公司。

(二)格洛丽亚·内洛尔的小说创作

内洛尔的小说创作涉及社会、政治、性别、阶层和历史等问题,其代表性著作就是《布鲁斯特地区的女人们》《林登山》《妈妈日》《巴利的咖啡馆》《布鲁斯特地区的男人们》,这里我们就其第一部小说进行研究。

《布鲁斯特地区的女人们》采用情景反讽、荒诞幻境和象征手法,叙述了谋生与艰辛、繁衍与生存、爱情与背叛、光荣与梦想、善良与奸诈等与黑人社区生存状况息息相关的事件,揭示人与人、人与周围环境之间的各种关系,展现美国黑人妇女在后民权运动时期的生活窘境和种族心态。内洛尔在这部小说里根据小说情节发展的需求,设置了三类情景反讽:柳暗花明型情景反讽、一见钟情型情景反讽和好意误解型情景反讽。她所设计的情景反讽具有逆期待性,情节发展不仅与故事中人物的期待背道而驰,故事的结局也超越了读者的惯性期待,从而使读者的心理受到巨大的冲击。此外,作者或叙述人"在小说中并不直接表明对某个人物或某个事件的看法,而是借助情景反讽来讲述故事,并将其真正的意图隐含其中,希望读者或听者能够根据其文字表达的字面意义来推断出作者的真正的写作意图"。这些情景反讽与故事情节的有机结合为该小说增添了妙趣横生的艺术魅力。

内洛尔在《布鲁斯特地区的女人们》里把现实与梦幻杂糅起来,挖掘黑人女性的心理状态,揭示美国黑人妇女的生存现状。该小说中的梦幻根据其荒诞性可以分为三类:力比多梦幻、醉态梦幻和解困梦幻。内洛尔笔下的梦幻充满荒诞,荒诞映衬着梦幻。为了展现黑人社区的"神奇现实",内洛尔采用了这种非理性的、极度夸张的荒诞手法,把梦境和荒诞植根于黑人社区现实生活的描写中,融汇和吸纳魔幻现实主义文学中的一些梦幻元素;梦幻与现实水乳交融,彰显了内洛尔小说创作艺术的独特魅力。

《布鲁斯特地区的女人们》含有丰富的社会伦理内涵,展示了种族文化价值取向。内洛尔在沉痛反思美国黑人历史、奋力开凿"文化岩层"的同时,痛感种族歧视和种族偏见给黑人带来的灾难;此外,她还从文学美学意义上对黑人民族文化进行重新的认识与阐释,发掘其积极向上的文化内核,对黑人社区存在的丑陋文化因素进行批判,对民族文化心理深层结构进行深入地挖掘和剖析。她通过情景反讽、荒诞梦幻和象征手法,将现实夸张、变形,从而更深刻地描绘出布鲁斯特地区的状况,进而揭露社会弊端,抨击黑暗现实,表现出鲜明而浓厚的美国黑人文化特色。内洛尔在小说技巧方面的创新和探索,特别是在把魔幻现实主义元素引入黑人小说创作方面,对黑人小说叙事策略的发展有着重大的影响。

第五节　种族话题与性别讽刺：20 世纪
80 年代后的美国戏剧

20 世纪 80 年代以来,在美国戏剧界有两大主题,一是种族话题,二是性别话题。这两大主题可以说席卷了当时的戏剧界。非裔美国女性作家要求在剧本创作和戏剧导演方面发挥更大的作用;非裔男同性恋和女同性恋者要求在舞台上亮相,非裔美国导演和剧作家开始引起全国观众的关注。在这个时期,出现了很多优秀的戏剧作家,其中最重要的戏剧家有奥古斯特·威尔森(August Wilson,1945—2005)、珀尔·克里吉(Pearl Cleage,1948—　)、苏姗 – 诺莉·帕克斯(Suzan-Lori Paeks,1963—　),下面我们将对他们的生平和戏剧创作进行研究。

一、奥古斯特·威尔森的戏剧

(一)奥古斯特·威尔森的生平

威尔森出生在宾夕法尼亚州匹兹堡市。父亲是德裔美国人，母亲是非裔美国人。威尔森生长在匹兹堡的一个种族混居的贫民地区。父母离婚后，他由黑人继父养大，和亲生父亲只是偶尔见面。威尔森与继父的关系充满矛盾，而这些矛盾却成了威尔森剧本创作的源泉。20世纪50年代末，他随母亲和继父搬到白人居民占大多数的郊区生活。奥古斯特亲身体会和目睹了种族歧视和种族迫害：有人向他家的房子扔砖头；同班同学不愿和他坐在一起，给他留的字条上写道："黑鬼滚回家去！"在15岁那年，一位历史老师冤枉威尔森抄袭，威尔森有口难辩，愤然退学。此后，他到图书馆去看书，走了自学之路。16岁时，他靠干一些体力活糊口，这也使他有机会接触到社会上各种各样的人。其中的一些人成了他后来剧本里的人物原型，例如剧本《看门人》中的萨姆。

1968年，他和朋友罗布·彭尼共同创办了位于匹兹堡市希尔区的黑色地平线剧院。他的第一个剧本《再循环》在小剧院和公共住房社区中心上演。1976年维尔尼尔·里莉导演了威尔森的剧本《回家》。威尔森、彭尼和诗人麦夏·巴特恩组建了昆图作家工作室，旨在把非裔美国作家团结在一起，支持他们出版和上演剧本。

1978年，威尔森来到明尼苏达州圣保罗，朋友克劳德·珀尔迪帮助他找到一份为明尼苏达科学博物馆撰写教育类剧本的工作。1980年，他从明尼阿波利斯的科学博物院获得了奖学金。威尔森与圣保罗的匹蓝布拉戏剧公司建立了长期的业务关系，这家公司演出了他的一些剧本。威尔森获得了许多荣誉学位，如匹兹堡大学的人文荣誉博士学位。1992年至1995年，他在该大学董事会任职。威尔森最著名的剧本有《篱笆》《钢琴课》《马雷尼的黑底》和《乔图尔尼尔的来和去》。1994年，威尔森离开圣保罗，来到西雅图。他与西雅图贮备剧场建立了业务合作关系。他的剧本《国王赫德利二世》和《无线电高尔夫》在这个剧场上演。他于2005年获得了美国戏剧作家联盟颁发的梅克西福特奖，以表彰他为美国戏剧发展做出的卓越贡献。威尔森于2005年9月2日在西雅图去世，享年60岁。奥古斯特·威尔森是七位两次获得普利策奖的美国作家之一，而且还是第一位有两个剧本在百老汇同时上演的非裔美国作家。

（二）奥古斯特·威尔森的戏剧创作

威尔森的代表作是《篱笆》，荣获1987年普利策戏剧奖，还获得1987年托尼奖最佳戏剧奖。该剧是一部希腊悲剧式作品，写60年代一个美国黑人家庭中发生的故事。剧中主人公托里虽然曾经是赫赫有名的棒球运动员，但他在那个有种族歧视的社会中际遇不佳，因而对白人社会耿耿于怀，不相信白人会给自己在足球方面很有特长的儿子克利奖学金，不同意儿子去某一大学读书，父子之间因此发生龃龉，并由此引起夫妻之间的隔阂，妻子罗斯虽然钟爱丈夫，但却冷落了他，丈夫有了外遇，突然将他跟另一个女人生的女婴抱回家中，善良的妻子虽然怒不可遏，还是答应收养这失去了母亲的女婴，但却离开了丈夫。这个家族濒临破裂的边缘，父子之间、夫妻之间思想上无法沟通，像有一道栅栏那样把他们隔离开来。此剧深刻地反映了美国社会中的种族关系问题以及它对黑人家族生活产生的巨大影响。

威尔森的另一个代表作是《莱妮大妈的黑臀》，该剧在纽约市科特剧院上演，立即引起轰动，荣获纽约戏剧评论家协会奖，被评为1984—1985年度最佳剧本，赢得三项托尼奖提名，被收入《二十世纪八十年代美国优秀戏剧集》。该剧是以号称"布鲁斯之母"的黑人歌星莱妮大妈的亲身经历为素材，经过艺术加工写成的。它以1927年的芝加哥为背景，写发生在一个破烂不堪的录音室里的故事:莱妮大妈准备录制几个标准唱片,在她的四个伴唱人员中,他们跟她的经理(白人)和录音室主人(白人)之间发生了一系列矛盾和冲突,种族主义气氛笼罩着全剧始终,小号手莱维是剧中的一个中心人物,过去家中有过遭受白人血腥屠杀的悲惨经历,使他对白人社会充满了仇恨和敌视,同时也对任何跟他有接触的人动辄就发火,潜藏在他心中的愤怒导致他采取了暴力行动。剧本通过写莱妮大妈为资本家灌制唱片受剥削的故事,揭示出黑人艺术家命运多舛,遭受嗜血成性的资本家残酷剥削的真实状况。他们想反抗,但又无能为力,只有向自己的同伴发泄自己心中的不可压抑的怒火和愤懑。

　　威尔森是一位讲故事的能手,他将自己的故事写得颇有节奏,情趣横溢,富有诗意。他剧作的语言丰富、生动,显然形成了自己独特的风格。他是一位多产作家,几乎是每年写出一个剧本来。他计划写一系列剧本,以20世纪每个10年为背景写一个剧本,写黑人从南方农业区向北方工业区迁徙的故事,写受到各种挫折的黑人个人和家庭的坎坷经历及其所遭受种族歧视的情形,探讨黑人的内心世界,探讨黑人在美国文化发展、在美国当代社会中的地位和作用。毋庸置疑,威尔森已经成为当代美国卓尔不群的剧作家之一,已经为黑人戏剧发展做出巨大的贡献。

二、珀尔·克里吉的戏剧

(一)珀尔·克里吉的生平

　　克里吉出生在马萨诸塞州西南部的斯普林菲尔德市,在底特律长大。母亲是教师,父亲是牧师。受父亲的影响,克里吉对戏剧产生了浓厚的兴趣。小学四年级时,她写出了第一个完整的剧本。后来,她进入霍华德大学学习戏剧,有幸师从于著名非裔美国戏剧家欧文·多德森、特德·西恩和保罗·卡特·哈里森。

　　1968年,克里吉来到亚特兰大,从斯贝尔曼学院获得美术学士学位。在亚特兰大期间,她一直担任《亚特兰大论坛》《女士》和《实质》等杂志的专栏作家,而且还负责一家文学杂志《催化剂》的编辑工作。此外,她还担任了亚特兰大第一任非裔美国市长梅纳德·杰克森的新闻秘书。她的主要剧本有《飞向西方》《亚拉巴马天空的布鲁士》《边界的微微风琴声》《我们说出你们的名字：一种庆典》和《我在巴黎学的东西》。

（二）珀尔·克里吉的戏剧创作

克里吉的代表作是剧本《飞向西方》。故事发生在南北战争后的美国南方,结束时的地点是堪萨斯的尼科德马斯。主要剧情如下：敏妮带着混血儿丈夫弗兰克从伦敦回来。不久,人们发现弗兰克经常毒打、虐待敏妮。弗兰克的奴隶主父亲剥夺了他的继承权后,弗兰克就毒打怀有身孕的妻子,企图强迫她签字同意把她的家宅转让给他。他想把这块地卖给白人投机商,然后弥补他失去家庭继承权后的损失。弗兰克的企图不仅威胁到敏妮的生活,而且还威胁到敏妮姐妹们的生活。敏妮的妹妹索菲娅是当时家里的主心骨,她决定用有毒的苹果馅毒死弗兰克。这个苹果馅由年老的女佣利厄根据一个从非洲传下来的秘方做成。剧本的最后一幕发生在弗兰克死了七个月之后。这是一个欢庆的场景。剧本里,弗兰克是一名令人讨厌的男性人物,但克里吉还塑造了一名正面男性形象维尔·帕里西。维尔对女士没有征服欲,也没有粗鲁的言行；他处处关心这些女性,乐于帮助她们解决一切困难。通过弗兰克这个形象,克里吉有力地抨击了黑人男性把自己遭受到的不幸发泄在黑人女性身上的行为；通过维尔这个形象,克里吉表明黑人男性也应该承担起责任,以绅士般的方式对待黑人女性。

克里吉的行为主义观点渗透在剧本的各个层面,非常得体地融入剧本情节,使《飞向西方》成为思想性和艺术性完美结合的作品。

三、苏姗－诺莉·帕克斯的戏剧

（一）苏姗－诺莉·帕克斯的生平

帕克斯出生于肯塔基州诺克斯堡的一个军人家庭。帕克斯的父亲唐纳德是一名陆军上校。母亲法兰西斯是一名教师，她对孩子们的阅读和写作给予了很大的鼓励。帕克斯是家中的第二个孩子，她还有一个姐姐和一个弟弟（这样的家庭模式很明显地出现在帕克斯的戏剧《第三王国不可察觉的变化》中）。她曾在德国度过童年生活，上的是讲德语的中学，而不是专门为军人小孩开设的英语学校。虽然也接受过语言的学习，但是，这段经历让帕克斯感觉自己既不是黑人，也不是白人，而是一个外国人。帕克斯在其戏剧《去他的 A》中发明的语言 TALK 就明显地受到了德语的影响。由于父亲的军旅生涯，帕克斯的童年曾辗转很多地方，她认为这段经历对她的创作也有很大影响。在高中生活的最后阶段，帕克斯回到了美国。她拼写糟糕，在写作方面受到很大的挫折，英语老师告诉她，她应该去当一名科学家。帕克斯随后进入了在马萨诸塞州南哈德利的曼荷莲女子学院学习化学专业，但在阅读了伍尔夫的《到灯塔去》之后，帕克斯渐渐坚定了自己对文学的喜爱。

她把专业改为英语和德语，之后于 1985 年以优等生的成绩毕业于曼荷莲女子学院，获得英国和德国文学本科学位。当她还在读本科时，曼荷莲女子学院的英语教授玛丽·麦克亨利给帕克斯介绍了"五大学联盟"的詹姆斯·鲍德温，帕克斯开始跟着鲍德温上课，在他的授意下，开始戏剧创作。

大学毕业之后，帕克斯在伦敦待了一年，在戏剧工作室学习表演，随后搬到纽约，学习了有关秘书事务的课程。1987 年，帕克斯把戏剧创作作为职业，开始正式创作第一部戏剧——《给赛马"沙尘指挥官"下赌注》。之前，她还干过律师助理和其他各种各样的工作。1989 年,年仅 26 岁的帕克斯因其剧作《第三王国不可察觉的变化》得到了评论界的广泛关注,《纽约时代周刊》称其为"年度最有希望的新剧作家"。随后,帕克斯的创作一直被人们所关注和评论。

1998 年,帕克斯遇到了布鲁斯音乐演奏家保罗·奥谢尔,奥谢尔曾为著名的美国布鲁斯音乐家麦金利·摩根菲尔德演奏口琴,帕克斯于 2001 年 7 月嫁给了保罗·奥谢尔,所以布鲁斯音乐对帕克斯的作品也有非常重要的影响,在小说《奔向母亲的墓地》中体现得尤为明显。作为一位培养戏剧家的导师,帕克斯曾在耶鲁大学等高校任教,还为在加州艺术学院的 ASK 剧院戏剧写作项目担任过指导。

（二）苏姗－诺莉·帕克斯的戏剧创作

苏姗－洛里·帕克斯是一位多产作家,80 年代至今,她创作了包括广播剧、音乐剧在内的近 20 部剧作,下面将对帕克斯几部主要的戏剧作品进行研究。

《第三王国不可察觉的变化》于 1989 年在外百老汇上演。这部剧有四个部分,每部分呈现一个独立的故事。第一部分"蜗牛",故事围绕莫莉、沙琳和维罗妮卡等三位年轻女性展开,她们的生活被一名称作自然主义者的人所监视。自然主义者以科学研究的名义,侵入她们的生活并把她们视为动物,研究她们的自然习性。第二部分"第三世界",是其他三个部分之间的一个合唱插曲。这部分中名叫"Kin-Seer""Us-Seer""Shark-Seer""Soul-Seer"和"Over-Seer"的人物用一些重复的话语悲叹他们身份的丧失,他们梦想着能够跨越"第一世界"与"第二世界"间的那段距离。第三部分"家庭聚会",讲述艾瑞莎对自己身份复杂的寻求过程。艾瑞莎是一名刚获得解放的黑奴,在一个富有的白人家庭里做保姆,她总是在她的过去与未来之间挣扎着。在梦幻与现实交织的各幕中,艾瑞莎意识到她的生命即将结束。迷失在对她已故丈夫的记忆和她为白人撒克逊家庭抚养的孩子的情感中,艾瑞莎试图去抓住一个难以捉摸的身份,维护在历史叙事中她自己的身份。最后一部分"鼻涕虫",讲述了家人在等待着男主人从国外的战争归来。男主人给家里写信描述了他即将获得的荣誉。后来,该男人带着受伤、残缺的身体回到家中。

《爱情花园的信徒》这部剧创作于 1991 年。该剧讲述了莉莉和乔两位女性的故事,她们代表了为寻找爱情不顾一切的女性理想主义。她们站在山头观看一场血腥的战争——男人间为了能够得到乔的争夺。同时,一个拉皮条的名叫奥蒂莉亚的妇女也在偷偷看着这场战争,还给乔的准爱人带来了乔的"爱的奉献的礼物"。最终,奥蒂莉亚给乔带来了她的爱人——一颗被斩首的头颅。乔有些失望,因为不能像她所憧憬的那样和爱人彼此拥抱了,但仍然讲述了一个关于她们爱情的浪漫故事。

《美国戏剧》这部两幕剧于 1994 年在耶鲁话剧院首演。第一幕剧围绕"弃儿父亲"的故事展开。"弃儿父亲"是一个长得特别像亚伯拉罕·林肯的黑人掘墓者。像《强者 / 弱者》中的林肯一样,"弃儿父亲"渐渐地以模仿亚伯拉罕·林肯供游客刺杀他为生。第二幕剧描述了"弃儿父亲"的妻子和儿子挖掘过去、寻找"弃儿父亲"的遗骸。他们不断地向过去挖掘,却挖掘出美国历史上一些标志性的人物,最终才挖掘出"弃儿父亲"。剧终,儿子想用梯子从这个"历史的洞穴"中爬出来,而"弃儿父亲"突然从棺材中坐了起来,拒绝再被埋葬。

《在血中》作为"纽约莎士比亚节"的一部分于 1999 年首演,获得普利策戏剧奖的提名。这部剧讲述的是海丝特·拉·尼格丽塔的故事、她是一个无家可归的单身母亲,想方设法养活自己的孩子们。尼格丽塔和她的孩子们住在一座不知名的城市的桥下,她每天都尽力做一个"完美"的母亲,以她所知的最好的方式喂养、教育、照顾她的孩子们。她遇到不同的人给予她"帮助",但事实上并没有帮到她。通过剧中忏悔式的独白,"帮助"尼格丽塔的每个人物都表达了他们对她的处境所应当承担的责任。医生在大街上的临时诊所帮尼格丽塔做检查,并趁机占有她。福利太太把她的帮助对象尼格丽塔带回家喝茶，却让尼格丽塔参与她和丈夫的性爱活动。尼格丽塔的初恋男友，在发现尼格丽塔怀孕之后离开了她。牧师 D 在每次尼格丽塔绝望、向他寻求帮助的时候都会占有她。尼格丽塔的朋友阿米加·格瑞格，说服她去做色情表演赚钱，当尼格丽塔被粗暴的顾客轮奸后，阿米加·格瑞格"有利可图的生意"也泡汤了。剧中的这几个成年人，都应该以他们自己的方式对尼格丽塔的孩子们负责，虽然他们对尼格丽塔提供了不同形式的帮助，却没有一个人为他们做过的事情承担责任。尼格丽塔的困境以及孩子们的各种需求使她筋疲力尽，几乎饿死。同时，尼格丽塔也试图学会写字，但她唯一学会的只有字母 A。剧终，在寻求帮助却遭到一连串的失败之后，尼格丽塔被推向崩溃的边缘，在周围合唱队的人们不断的谩骂声中，尼格丽塔的儿子贾伯也开始谴责自己的母亲，骂她是"荡妇"。在盛怒之下，尼格丽塔打死了儿子贾伯。尼格丽塔被关进了监狱，继续遭到民众的嘲笑和指责。

《去他的 A》这部剧于 2000 年首演，讲述的是穷困潦倒的海丝特·史密斯的故事。史密斯在富人家里工作，富人家的女儿抓到史密斯的儿子偷吃食物之后，把他的儿子送进了监狱，在法律面前，史密斯也面临两个选择：要么进监狱，要么成为一名遭人厌恶的替人堕胎者。史密斯选择帮别人堕胎的职业，她希望能够赚取足够的钱去保释监狱中的儿子。社会谴责史密斯充当替人堕胎者的角色，在她胸前做了一个臭烘烘的、溃烂的代表堕胎者职业的 A 字形标志。在《去他的 A》中，帕克斯描绘了一个史密斯必须面对的奥威尔式的具有宗法等级制度的冰冷未来。史密斯的故事是戏剧的核心，却也和卡纳里·玛丽和第一夫人的故事有关。卡纳里·玛丽是史密斯的朋友，也是富有而杰出的市长的情人，她希望市长能够摆脱他与第一夫人之间没有爱情的婚姻。并最终和她在一起。第一夫人，虽然在各方面都过着优越的生活，却也有她自己的痛苦，她因为不能怀孕而使自己与市长的婚姻受到威胁。在《去他的 A》中，帕克斯刻画的是一个紧张的、分层制的社会,在各自所处的社会地位中,没有一个人是快乐的、有安全感的。随着剧情的进展,一个神秘、危险的罪犯从狱中逃出来,主管当局派出了一群猎人追捕罪犯。"怪物"也就是人们追捕的逃犯,无意中遇到了痛苦的第一夫人,并和她发生了关系致使她怀孕。为了报复曾经告密把儿子送进监狱的富人家的女儿——第一夫人,在卡纳里·玛丽的配合下,史密斯杀死了第一夫人腹中的胎儿。随后,为了躲避猎人的追赶,"怪物"躲到了史密斯的家中,史密斯认出了这罪犯正是她多年前被抓进监狱的儿子——"男孩"。为避免猎人对"男孩"乱用酷刑、进行惨无人道的折磨、残杀。在和儿子短暂相聚后,史密斯亲手杀死了自己的儿子。"怪物"死在了母亲的怀抱里。戏剧以在自己的人生悲剧中变得麻木的史密斯拿起手中的工具继续替别人堕胎而结束。

《强者/弱者》获2002年年度普利策戏剧奖,讲述了一个黑人父亲因开玩笑而把两个儿子取名为林肯和布斯,以及两黑人兄弟与贫穷、家庭责任、种族和历史宿命进行抗争与妥协的故事。事件发生在两兄弟共同居住的一个出租屋里。两兄弟小的时候就被父母抛弃,母亲给每人留下了500美元作为"遗产"。林肯以在游乐场扮演总统亚伯拉罕·林肯、让游客刺杀他为生。弟弟布斯是一个有偷盗癖的人,他也想成为一个纸牌赌博游戏的高手,总是缠着林肯要他传授游戏的诀窍,在此期间,布斯还试图用各种各样的小玩意儿和花招追求格蕾丝,也是一个暗场人物。布斯既穷困潦倒,又不愿花费母亲留给他的500美元,于是就靠偷窃来满足给格蕾丝许诺的各种爱情纪念品。当布斯试图让林肯加入他的纸牌赌博游戏时,两兄弟之间的关系变得越来越紧张,林肯拒绝加入纸牌游戏,不管能靠这个游戏骗取多少钱,他都不想回到过去的生活,他只想干扮演林肯总统这个中规中矩的工作。然而,好景不长,为了缩减开支,游乐场决定用一个蜡像来扮演林肯总统,并解雇了林肯。就在第二天,林肯回到街上,在一天之内就挣了四倍他在游乐场一个星期才能挣到的钱。林肯最初隐瞒弟弟自己又加入了纸牌赌博游戏。布斯带来了自己的好消息:

格蕾丝在布斯的求爱之后恳求布斯能够娶她，布斯让林肯搬出住所。布斯和林肯因为纸牌游戏发生了冲突，布斯决定用母亲留给他的 500 美元做赌注和林肯最后来比试一局，结果林肯赢得了游戏。正当林肯要切开丝袜拿出他赢得的 500 美元时，布斯从后面抓住他，给了林肯的脖子一枪。林肯死了，布斯也毁掉了他生命中的最后一个亲人。

第六节　黑人女性话语权的探究：20 世纪 80 年代后的美国散文

　　20 世纪 80 年代后的非裔美国文坛呈现出欣欣向荣的景象，诗歌、小说和戏剧在美国乃至全世界都获得了很高的声誉，除此之外，许多非裔美国作家还撰写可很多的文章、回忆录和自传，探究黑人女性的话语权，极大地推动了非裔美国散文的发展。本章将对这个时期出现的两位具有代表性的作家贝尔·胡克斯（Bell·Hooks，1952—　）、米歇尔·费思·华莱士（Michele Faith Wallace，1952—　）的散文创作进行研究。

一、贝尔·胡克斯的散文

（一）贝尔·胡克斯的生平

　　胡克斯出生在肯塔基州霍普金斯维尔的普通劳动阶层家庭，父亲是一名普通的看门人，母亲是家庭主妇。从童年起，胡克斯就如饥似渴地读书。她起初在种族隔离的黑人学校读书，后来转入一所教师和学生主要是白人的学校。她毕业于霍普金斯维尔中学。1973 年她从斯坦福大学毕业，获得英国文学学士学位；1976 年从威斯康星大学麦迪逊分校毕业，获得文学硕士学位。1983 年她在加利福尼亚大学圣克鲁斯分校获得文学博士学位，其博士论文研究的是非裔美国作家托尼·莫里森。

1976年,她在南加利福尼亚大学担任英文教授和种族学高级讲师。1978年,她发表了第一部诗集《我们在那里哭泣》,首次使用她的笔名"贝尔·胡克斯"。"贝尔"取自母亲的教名,"胡克斯"来源于外婆的名字。她认为她作品中最重要的是"作品本身,而不是我是谁",因此,她的笔名都是用小写字母写成的。20世纪80年代初期,她在加利福尼亚大学圣克鲁斯分校和圣弗兰西斯科州立大学任教。1981年她出版了第一部主要书籍《难道我不是女性?》。这本书出版后,影响很大,被公认为对后现代女权主义思想的形成做出了重大贡献。在80年代中后期,她在耶鲁大学担任非洲和非裔美国学教授、在俄亥俄州的欧柏林学院担任女性学和非裔美国研究的副教授和在纽约城市学院担任英国文学的讲师。2004年她在肯塔基州的贝利尔学院担任教授。1991年,她的散文作品《渴望:种族、性别和文化政治学》获得美国图书奖和哥伦布基金奖。她的其他重要散文作品是《黑色的面容:种族和表征》《骨黑:少女时期回忆录》《都是关于爱:新视角》《交流:女性寻找爱》《见证》和《讲授批判性思维:实践中的智慧》。

（二）贝尔·胡克斯的散文创作

胡克斯最著名的著作是《难道我不是女性?》。这部书的出版大大提高了她在美国学界的声誉,她由此被称为杰出的左派和后现代主义政治思想家和文化评论家。

这部书审视了几个反复出现的主题:性别歧视和种族主义对黑人女性的历史影响、对黑人女性身份的贬低、媒体作用与描述、教育制度、白人至上—资本主义—男权制的思想、黑人女性的边缘化和在女权运动中对种族和阶级问题的漠视。

在这本书里,她认为性别歧视和种族主义在奴隶制期间同流合污,并把黑人女性的地位降到美国社会最低的社会阶层,她们的生活状况也最为糟糕。白人女性绝对主义者和主张扩大女性参政权者更容易和弗雷德里克·道格拉斯等黑人男性绝对主义者取得共识,然而每当黑人女性发言时,南方种族隔离主义者横加非难,指责黑人女性的乱交和不道德行为。胡克斯指出,这些白人女性改革者更关注的是白人的道德观,而不是引起非裔美国人恶劣生存环境的原因。她进一步指出在奴隶制时期形成的偏见今天仍然对黑人女性造成恶劣的影响。她相信奴隶制允许白人社会把白人女性美化为女神般的纯洁处女,把非裔美国女性丑化为淫荡无耻的妓女。这些偏见和错误观念极大地贬低了黑人女性的人格,而这种偏见一直延续至今。胡克斯还认为黑人民族主义在很大程度上是渲染父权制和厌女症的运动。同时,她指出,女权主义运动主要是白人中产阶级和上层阶级的事,强化了性别歧视、种族主义和阶层偏见,并没有表达出身贫寒的少数族裔女性的正当要求。

二、米歇尔·费思·华莱士的散文

（一）米歇尔·费思·华莱士的生平

华莱士出生在纽约,她在哈莱姆读完小学和中学。在少女时代,她经常离家出走,与其母亲的冲突一度白热化。她曾在墨西哥迷恋上了一名吸毒的男朋友,后被母亲通过美国驻墨西哥大使馆的外交途径强行带回家。之后,她渐渐喜欢上了读书和创作。1979 年她出版了第一部书《黑人大丈夫与超级女性的神话》。这部书出版后立即引起轰动,而她也因此一举成名。在这部书里,她批判了黑人民族主义和性别歧视。此后,她关于文学、电影和大众文化等方面的作品在很多地方出版发行,从而把她推上了新一代非裔美国知识分子领袖的地位。

华莱士关于视觉文化及其与种族和性别的关系的论文很有创见和说服力,她对艺术、电影和电视中的非裔女性身份问题的研究引起大众文化中关于种族和性别的新批判性思维。华莱士作品的特点是思路清晰、观点有说服力,受到广大读者的喜爱。

华莱士从纽约城市学院获得学士学位和硕士学位；1996 年她从纽约大学获得电影学哲学博士学位。2004 年她在杜克大学出版社出版了专著《黑色图案与视觉文化》。该书收录了 50 多篇论文和一些访谈录，探究了通俗文化与视觉文化的相互关系。目前，她在纽约城市大学城市学院和研究生中心担任英文教授。

（二）米歇尔·费思·华莱士的散文创作

华莱士的代表作是论文集《布鲁士的隐身性：从流行到理论》。这部论文集由 24 篇论文组成，这些论文的完成时间是 1972 年至 1990 年之间。这部书被美国学界公认为非裔美国女权主义史的里程碑。这部书的原版本收录了华莱士对母亲、艺术家费思·林戈尔德的评价、对早年哈莱姆生活的回忆、对自己作家之路的反思、对非裔美国艺术家佐拉·尼尔·赫斯顿、斯派克·里和麦克尔·杰克森文化遗产的调研。在该书的最新版本里，华莱士还增加了前言和一些在 20 世纪 70 年代和 80 年代拍摄的家庭照片。作者的目的是引起读者关注非裔美国女性在美国文化中的窘境，探究黑人女性话语权缺失的社会原因和种族原因。她的非裔女性视角使她的观点完全不同于白人中产阶级女权主义者，有助于把非裔美国妇女的人权问题提上议事日程。华莱士把文学批评与大众文化结合起来，从而以一个更加充满激情的女性视角重新审视非裔美国女性问题。

参考文献

[1] 庞好农. 美国黑人文学史（1619—2010）[M]. 北京：中央编译出版社,2013.

[2] 丹尼斯·博所德. 美国文学 [M]. 杨林贵译. 长春：东北师范大学出版社,2015.

[3] 罗小云. 美国文学研究 [M]. 重庆：重庆出版社,2013.

[4] 焦小婷. 非裔美国作家自传研究 [M]. 北京：科学出版社,2017.

[5] 王淑芹. 美国黑人女性主义文学批判研究 [M]. 济南：山东大学出版社,2014.

[6] 范湘萍. 后经典叙事语境下的美国新现实主义小说研究 [M]. 上海：上海交通大学出版社,2015.

[7] 郭继德. 美国小说研究（第七辑）[M]. 济南：山东大学出版社,2014.

[8] 杨仁敬.20 世纪美国文学史（第 3 版）[M]. 青岛：青岛出版社,2014.

[9] 谭惠娟,罗良功,等. 美国非裔作家论 [M]. 上海：上海外语教育社,2016.

[10] 杨仁敬. 新历史主义与当代美国少数族裔小说 [M]. 上海：上海外语教育出版社,2013.

[11] 金莉.20 世纪美国女性小说研究 [M]. 北京：北京大学出版社,2010.

[12] 王卓. 多元文化视野中的美国族裔诗歌的研究 [M]. 北京：中国社会科学出版社,2015.

[13] 周维培,韩曦.当代美国戏剧 60 年:1950—2010[M].北京:人民文学出版社,2014.

[14] 刘文.二十世纪美国诗歌研究 [M].上海:上海交通大学出版社,2013.

[15] 郭继德.美国戏剧史 [M].天津:南开大学出版社,2011.

[16] 王家湘.20 世纪美国黑人小说史[M].南京:译林出版社,2006.

[17] 毛信德.美国小说发展史 [M].杭州:杭州大学出版社,2004.

[18] 徐颖果,马红旗.美国女性文学:从殖民时期到 20 世纪.天津:南开大学出版社,2010.

[19] 刘海平,王守仁.新编美国文学史 [M].上海:上海外语教育出版社,2002.

[20] 常耀信.精编美国文学教程(中文版)[M].天津:南开大学出版社,2005.

[21] 施展.美国简史 [M].北京:商务印书馆,1978.

[22] 黄铁池.当代美国小说研究 [M].上海:上海三联书店,2014.

[23] 翁德修,都岚岚.美国黑人女性文学 [M].长春:吉林大学出版社,2000.

[24] 艾周昌,舒运国.非洲黑人文明 [M].福州:福建教育出版社,2008.

[25] 陈许.精编美国文学教程 [M].杭州:浙江大学出版社,2009.

[26] 常耀信.美国文学史 [M].天津:南开大学出版社,1998.

[27] 杨仁敬,杨凌雁.美国文学简史 [M].上海:上海外语教育出版社,2008.

[28] 杨国政.从自传到自撰 [J].欧美文学论丛,2005(00).